致青春

檸檬汽水糖 下

蘇拾五 著
阿殉Amo 繪

高寶書版集團

目錄
CONTENTS

給你一顆糖　蓄謀已久

周安然的呼吸間全是他的氣息，可能是眼睛迅速適應了黑暗，男生稜角分明的臉在她眼中又稍微清晰了些，說不出是不是被蠱惑，她不自覺順著他的話問：「什麼壞事？」

陳洛白繼續低頭靠近，最後停在快要親上她，卻又沒真的親到她的距離，手指勾住她的外套拉鍊：「先解釋一下，妳為什麼一整晚都沒傳訊息給我，我再具體考慮一下。」

什麼叫「再具體考慮一下」？

她小聲道：「你也沒傳訊息給我啊。」

陳洛白勾著她的拉鍊往下拉，唇幾乎快貼著她的唇，卻始終隔著一點距離：「是誰晚上不肯回公寓的？」

周安然不知道他打算做什麼，房間安靜，一點細碎聲響也清晰，聽得人心尖發顫，她輕著聲和他解釋：「我很久沒見她們了嘛。」

黑暗中，陳洛白像是點了點頭，手指又勾著她的拉鍊往上拉，語氣不悅：「所以就把妳男朋友拋到一邊了，是吧？」

周安然又稍稍有點心虛。

分不清是他這麼要親不親的格外磨人，還是本來就想哄他，她稍稍抬起頭。

兩人唇間最後那點距離終於消失，陳洛白拉拉鍊的動作一頓。

這還是周安然第一次主動親他。

唇貼到他唇上，就不知道下一步該怎麼辦了，心跳快得像是要爆炸。

目光在黑暗中對上他的視線，隱約能看出他看她的眼神比剛才暗了不少。

周安然倏然紅著臉退回來，下一秒，後頸突然被一隻大手用熟悉的力道扣住。

「周安然，妳是不是親得太敷衍了？」

周安然：「哪有。」

陳洛白重新低頭靠近，熱氣打在她唇上：「我平時是怎麼親妳的？」

他平時是怎麼親她的？好像是先含著她的唇，吻了一會兒，然後舌尖……

周安然的臉突然紅得要爆炸。

陳洛白突然抵著她鼻尖笑了聲，「算了，這已經算是天大的進步了，剩下的我自己來。」

周安然還有些反應不過來，一直維持著要親不親狀態的男生，終於低頭吻了上來。

他這間房好像是套房？周安然其實沒有看得太清楚，因為他開燈的時候，都是一邊扣著她後頸低頭親她，一邊摸索著將房卡插進卡槽。

會覺得是套房，是因為他拉著她在沙發上坐了下來。

確切地說，是他坐在沙發上，她坐在他腿上，被他繼續扣著後頸親吻。

北方冬天的室內比南方好過許多，南城冬天的室內常常又溼又冷，全靠裹著厚厚的家居服熬過去。此刻房間裡的暖氣充足，他們兩個都把外套脫下放在一邊，周安然向來是畏寒體質，卻依舊覺得熱。

時間好像喪失了流速，或者說，她感知不到時間，只能感知到關於他的一切。

他的親吻，他的氣息，他埋在她肩膀上，呼吸不太穩，像是想壓抑什麼，最終又沒能壓抑住。

周安然的手腕被攥住，陳洛白很近地貼在她耳邊，呼吸灼人：「寶寶，幫個忙？」

周安然從來都拒絕不了他，也沒想拒絕他。手背被他灼熱的手心貼著，她自己的手心裡更燙，這下換成周安然把腦袋埋在他肩膀上。

對時間的感知好像又重新回歸，一分一秒都變得格外清晰且磨人。

周安然聽見他的呼吸隨著時間流逝，又重新變得急促，脖頸上有細密的汗，有點像那天剛打完球時的模樣。但又和那天不像，他那天打滿全場，全程沒下去休息過，一直拼到了最後一秒鐘。球賽結束後，他和她說話的聲音也低，像是累得厲害，回公寓的一路上也沒怎麼說話。

但此刻這個人還有心思不停跟她說混帳話：

「臉怎麼又這麼紅？明明被占便宜的是我吧。」

「真的不看一眼？」

「沒有想說的話嗎？」

周安然想起身去洗手，又被他重重地扣回懷裡，於是她把腦袋重新埋進他的脖頸間。

「說什麼啊？」

陳洛白幫她揉著手腕：「元松下午說的事，妳不想問我了？」

周安然本來是想趁機問問他的，但被他這麼一胡鬧，就完全把這件事拋到九霄雲外了，他一提醒，她才重新想起來，「想，元松下午想說什麼？」

陳洛白：「他剛開學的時候，偷拍了妳一張照片，被我用一雙球鞋換過來。」

周安然回想了下：「是他腳上那雙嗎？」

陳洛白「嗯」了聲，繼續幫她揉著手腕，剛剛後半段她難得跟他撒嬌了下，先是紅著臉小聲問還沒好嗎，他笑著問她急什麼，然後她把臉埋在他肩膀上，半天才小聲說手有點酸。

因為他，周安然對球鞋多少有些了解：「他腳上的那雙鞋不便宜吧，換我一張照片不是很虧？」

「哪裡虧了？」陳洛白微垂了垂眼，目光瞥見她那隻細白小手時，喉結又滾了下，「多划算，我那時候很久沒見到妳了，腳也還沒痊癒。」

元松說是剛開學，他也說是腳還沒痊癒，這個時間點已經有點超出她的預計。

周安然正想趁機問一下他到底是什麼時候喜歡上她的，就感覺他指尖往下一滑，輕輕捏了捏她的手心，剛才的某些記憶瞬間閃回腦海中。

周安然臉一熱，在他懷裡掙扎了下：「我還是先去洗個手吧。」

「洗什麼——」男生頓了頓，他耳朵其實還有點紅，像是仍有著幾分少年的青澀感，偏偏眉眼間的笑意又格外混帳，說的話也混帳，甚至還用剛剛捏過她手心的手，又捏了捏她的臉，「不是都幫妳擦過了嗎？」

周安然：「……」

感覺就像是間接接觸再接觸似的，周安然的臉突然燙得像發燒。

某個混蛋越發笑得不行，變本加厲地又拿那隻手捏了捏她臉頰：「剛才看都沒看就害羞成這樣，以後怎麼辦？」

周安然：「？」

什麼以後？

周安然：「……我要下去睡覺了。」

「好了。」陳洛白又把人壓回懷裡，安撫似地親了親她的耳朵，「不逗妳了，還有話跟妳說。」

周安然又靠回他懷裡：「什麼話啊？」

陳洛白沉默了下，等周安然以為他還在逗她時，他才緩聲開口：「宗凱說，想親口跟妳道個歉。」

周安然乍一聽見這個名字還愣了下，隔了幾秒才抬起頭回話：「你跟他還有聯絡？」

「沒有。」陳洛白重新開始幫她揉手腕，「他今天看見湯建銳他們傳的聚會照片，所以特地聯絡我。想聽他道歉嗎？」

周安然想了下，還是對著他搖了搖頭，「我不太想原諒他。」

不管當初她的兩位家長決定搬家，有沒有被其他原因左右，導火線都是那封「情書」。因為那封情書，她和最好的朋友分開，搬去陌生的城市，轉去陌生的學校。

要不是因為岑瑜，她很難想像剛轉學的那段日子有多難熬。要不是他那天站出來承認，說情書是他寫的，將她從泥沼裡拉出來，她也不知道要多久才能忘記那種被人懷疑，卻又百口莫辯的情境。

可宗凱當初畢竟是除了祝燃之外，和他關係最好的朋友。周安然攥了攥他的T恤布料，多少有點不安地問：「你會不會覺得我有點小氣？」

陳洛白又很輕地碰了碰她臉頰：「那正好，我也挺小氣的，到現在都還沒原諒他。」

周安然稍稍鬆了口氣，又問他：「他當初為什麼會覺得，把那封信放進我課本裡，殷宜真就會對你死心啊？只是因為你在福利社請我喝了瓶飲料嗎？」

這件事她一直困惑到現在。

陳洛白垂眸，定定地望著她：「妳到現在還不明白嗎？」

周安然有點茫然：「明白什麼？」

陳洛白空著的那隻手勾了勾她垂在一側的頭髮，動作有點漫不經心，語氣卻是認真的：

「他那天看到是妳送藥給我，猜妳可能喜歡我，所以把信塞到妳的英文課本裡，想著萬一沒被別人看見，妳可能會被這封信促使著再對我做點什麼。」

周安然：「那如果被人看見了呢？」

「如果被人看見，他知道我一定會護著妳。」陳洛白頓了頓，抬手撫著她的臉頰，「因為他比我更早就看出來，我那時候已經對妳有點好感了。」

周安然想過他可能會比她預想中還要更早地、因為某個她還沒想出來的契機喜歡上她，但從沒想過會這麼早。

她大腦一片茫然：「你說什麼？」

「這麼驚訝做什麼？妳高中不是一直在偷偷關注我？妳見過我逗其他女生，見過我主動請其他女生喝飲料嗎？」

陳洛白見她一雙漂亮的眼睛睜圓，一副難以置信的模樣，忍不住又捏了捏她的臉，「不是告訴過妳嗎，我惦記妳很久了。」

盛曉雯習慣不到早上六點就起來練口說，生理時鐘比鬧鐘還準時，雖然前天晚上聊到快一點才睡著，這天早上依舊五點多就醒來了。

半夢半醒間，盛曉雯想起昨天出來聚會，今天不在學校，於是又迷迷糊糊地閉上眼，只是視線朦朧間，依稀看到原本該是周安然睡的位置是空的。

她還睏得厲害，也沒多想，只當她是起床去洗手間，眼皮再次沉沉地闔上。

等盛曉雯再醒過來時，已經快要早上九點。張舒嫻和嚴星茜還睡得正香，但周安然睡的位置依舊是空的。

盛曉雯感覺到不對，她起身去洗手間打了七八通電話給周安然，都沒人接。她莫名擔心起來，從通訊錄裡翻出昨天剛新增的祝燃的手機號碼，撥過去。

鈴聲響了幾十秒後才接通，盛曉雯從他那裡問到了陳洛白的號碼。

撥過去後，這次只響了幾秒，那邊就有了反應——直接掛斷了。

盛曉雯又打過去，又被掛了，打到第三遍，那邊才接通，聲音壓得很低，卻依舊能聽出對方的情緒有點暴躁。

畢竟在同一間學校待了三年，還同班過一年，盛曉雯對他多少有點了解。陳洛白雖然會跟女生保持距離，但從行為上能看出教養很好，她還從未聽過他語氣這麼不耐煩。

『有事說事。』

盛曉雯隱約想起周安然好像說過他有起床氣，也不敢廢話：「我是盛曉雯，然然不在我們房間，電話也打不通，你知道她在哪裡嗎？」

「然然」兩個字像是某種安撫劑似的，再開口時，陳洛白的聲音中全沒了剛才那股暴躁，又恢復成平日的散漫：『她在我懷裡睡覺。』

盛曉雯：「對不起，打擾了！」

周安然接近十一點才醒，中途依稀感覺陳洛白像是接過電話，她那時睏得厲害，也沒聽清楚，只感覺他掛斷後好像很輕地親了親她，哄她繼續睡。

她的漱洗用品全在樓下房間，只能下去漱洗。進房間時，裡面三個女生都坐在床頭看著電視，各自動作不同，嚴星茜正在吃洋芋片，盛曉雯拿著手機，張舒嫻在敷面膜。

周安然打開房門一進去，裡面的三個人像是被按下了暫停鍵似的，動作瞬間停下。下一秒，按下播放鍵，三個人又恢復動作，但是很統一地，齊齊朝她這邊望過來。

周安然被她們看得臉熱，指了指廁所：「我先去漱洗。」

沒人開口說話，周安然快步往房間裡面走去。

她的包包還放在裡面的書桌上，經過床邊的時候，盛曉雯不緊不慢地開口道：「咳……那什麼，有做安全措施吧？」

周安然反應過來，倏然紅著臉重重搖頭。

嚴星茜差點沒拿穩洋芋片，從床上跳下來，連拖鞋都來不及穿：「沒做措施？」

她飆出了句髒話，「靠，我他媽還以為陳洛白是個好人。」

張舒嫻也把面膜撕掉，下了床，語氣緊張：「妳這個學生科的人，怎麼會不懂根本沒有所謂的安全期呢？」

「是啊，就算是安全期，沒做措施也不保險。」盛曉雯皺眉：「我先去幫妳買藥。」

周安然的心情瞬間有點複雜，又有點好笑，更多的是滿滿的感動，連忙搖搖頭：「不是，我的意思是沒做。」

「啊？」盛曉雯鬆了好大一口氣，「沒做的話，妳的臉怎麼會紅成這樣？嚇死我了。」

她不好意思解釋得太仔細：「也不是什麼都沒做，反正離做什麼措施還差得遠。」

另外兩個也鬆了口氣。

知道她臉皮薄，幾個人也沒多問這件事。但周安然下來前已經聽陳洛白說了，電話是盛曉雯打過去的，本來就有點愧疚，想跟她解釋一下，只是剛才被這三個人盯得有些不好意思。

「我也不是故意不告訴妳們我不回來睡，我昨晚本來是想回來睡的，但是——」

張舒嫻剛才怕她不好意思就沒打趣她，此刻見她主動開口，八卦地衝她眨眨眼：「但是什麼？」

「但是——」周安然頓了頓，還是覺得有點難以置信，「他昨晚跟我說，他高中就有點喜歡我了。」

「什麼？他高中就喜歡妳了？」嚴星茜的洋芋片真的掉了。

這天大家本來約好上午先去逛A大，中午再一起吃頓飯，結果最後去逛A大的只有從學校趕過來的董辰，還有早早爬起來的湯建銳和黃書傑，以及當他們「導遊」的賀明宇。

到了中午吃飯時間，一群高中老同學才又聚到一起。等上菜的時候，湯建銳抱怨道：「你們是怎麼回事？不是說好今天一起去逛A大嗎，結果就我們幾個去了？」

嚴星茜幾人其實九點多就醒了。

沒去逛A大，是因為知道周安然臉皮薄，如果只有她和陳洛白沒去，其他人多半能猜出點什麼，就決定留下幫她當掩護，反正嚴星茜和盛曉雯早就逛過了，張舒嫻以後肯定還會再來。

此刻盛曉雯隨口扯道：「這不是昨天聊晚了，起不來嘛。」

湯建銳又看向陳洛白：「洛哥，你怎麼也沒來？昨天不是說好要當我們的導遊嗎？你也起不來？」

陳洛白瞥了旁邊低頭不看她的女生一眼，倒了杯溫水推到她面前：「是啊。」

祝燃是在早上接到盛曉雯的電話的，但看在某人表姐的份上，也沒揭穿他。

湯建銳完全不知情，又好奇問：「你昨晚不是跟我們玩遊戲還沒玩到一點，就回自己的房間了嗎，怎麼還起不來？」

陳洛白垂在桌下的手握住旁邊女生的手，語氣聽起來懶洋洋的：「這不是……回去補了份作業了嗎？」

周安然：「……」

他補哪門子的作業！

「下次過來再當你們的導遊。」陳洛白隨手捏著她的指尖玩，「這頓還是我請。」

吃完飯又聊了片刻，一群人才出了包廂。

董辰不小心把東西忘在賀明宇的宿舍，跟他折返回學校拿。周安然跟陳洛白送其他人去搭車。

到了車站門口，周安然把剛才吃飯前去買的零食塞到張舒嫻手裡，又幫她理了理被風吹亂的外套領口。

張舒嫻有點捨不得走，伸手抱住她：「然然，早點搬回來住吧，不然都很難見妳一面。」

周安然很輕地「嗯」了聲，又說：「我們家今年可能會回南城過年，就算不回去過年，我也會去茜茜家住幾天的。」

「那就好。」張舒嫻又抱了她幾秒才鬆手，「那我走啦。」

周安然點點頭：「路上注意安全，到了再傳訊息給我。」

湯建銳就站在旁邊，笑道：「大嫂妳放心，我跟老黃保證幫妳把人送回她校門口去。」

周安然聽見「大嫂」這個稱呼，多少還是有點不習慣，耳朵微微熱了下，又衝湯建銳他們笑了笑，「謝謝你們了。」

男生告別時倒不像女生一樣親暱，黃書傑和湯建銳只是隨便朝陳洛白揮了揮手，「洛哥，我們走了啊，寒假見。」

陳洛白一手插在口袋裡，另一隻手搭上旁邊女生的肩膀，把人拉回自己懷裡：「寒假見。」

周安然又跟嚴星茜和盛曉雯兩人告別，隨即看著他們一群人轉身下樓，身影慢慢消失在視線中。

陳洛白見她遲遲不動也不說話，勾著腰把人澈底抱進懷裡，垂眸看著她：「捨不得？」

周安然點點頭。她不是太喜歡熱鬧的人，但送走朋友還是覺得難過且空落落的，她反手抱住男生的腰身：「我從小學開始就天天和茜茜一起上學，高一的時候，我們兩個差不多也是每天和曉雯、舒嫻她們一起吃飯。」

那時候總盼著趕快熬過高中，趕快長大成人。但現在真的長大了，朋友卻無法時時陪在身邊。

陳洛白突然開口：「我不是說了嗎。」

周安然抬起頭：「什麼？」

陳洛白幫她把被風吹亂的頭髮掛回耳後，聲音微低，「我會一直陪著妳，她們永遠都會是妳最好的朋友。」

再過幾天就是元旦，俞冰沁的樂團在元旦晚會上有表演節目。

臨近期末，周安然和陳洛白又忙碌了起來，但這天晚上還是抽空過來看晚會，周安然還買了束花，在俞冰沁上臺表演前，提前送去後臺給她。

俞冰沁的樂團上場表演時，場上掌聲四起，但周安然旁邊的人醋海翻飛。

他們沒待太久，看完俞冰沁樂團的節目就提前離場，進入一月份的北城格外寒冷。

出了禮堂大門，周安然的手被一隻大手拉過去，放進了他羽絨衣柔軟溫暖的口袋裡。

她聽見陳洛白涼涼地開口：「我怎麼覺得，妳好像喜歡我姐勝過我。」

周安然：「哪有。」

陳洛白捏著她的指尖玩：「我之前決賽的時候，也沒見妳送花給我。」

周安然那天確實忘記要送花給他。一來他是男生，二來看球賽大家好像都是送水居多，不過就算當時想起來，她可能也不好意思當著那麼多人的面送水給他。

「那我等一下買一束給你。」

陳洛白的腳步停了停。他真的感覺，無論他說什麼，她好像都會答應。

「逗妳的，哪有讓妳送花給我的道理，要送也是我送給妳。」

周安然想了下：「那不要用送的，我做一朵給你。」

「做一朵？」陳洛白問她，「怎麼做？」

周安然：「回去再告訴你。」

陳洛白挑了挑眉：「我們然然也會賣關子了。」

周安然剛看完俞冰沁的表演節目，現在又聽他提「賣關子」幾個字，突然想起一件事：

「之前你彈小星星給我聽的時候，不是說最初想學的不止這一首嗎？到底還有哪首啊，現在能告訴我了嗎？」

陳洛白繼續牽著她往前走：「我是說，不止想學這一段。」

周安然還以為他那天是口誤，原來不是嗎？

「什麼叫『不止想學這一段』啊？」

陳洛白：「本來想學〈知足〉，我們重逢那一天，妳看都不看我一眼，一直在認真聽歌，感覺很喜歡這首，但那段時間太忙了，又覺得歌詞不太好，剛好這首歌中間間奏用了小星星，就跟我姐學了這一段。」

原來他是想學〈知足〉，然後彈給她聽嗎？周安然心裡突然湧上一股酸甜交織的感覺。

當初她在教室聽著〈知足〉，悄悄偷看他的時候，從沒想過有一天，他會想學這首歌來彈給她聽。

周安然被他攥在手裡的指尖蜷了蜷：「歌詞寫得挺好的啊。」

「不是寫得不好，是意思不好。」陳洛白緊握她的手，沒讓她繼續亂動，「哪有拿苦情歌去追女生的道理，多不吉利？」

周安然不由莞爾，頓了頓，又忍不住小聲說：「我那天不是不想看你，就是怕你不記得我了。或者是記得我，但會跟你以前知道別的女生喜歡你後一樣，會清楚地跟我保持距離。」

陳洛白倏然停下來，盯著她看了兩秒，抬起空著的那隻手，在她臉上捏了下，「傻不傻啊？我怎麼捨得跟妳保持距離。」

周安然握了握他的手：「反正都過去了。」

「嗯。」陳洛白把手收回，牽著她繼續往前走，「反正我以後都是妳的。」

周安然的圍巾半擋著臉，嘴角在裡面一點點彎起。

臨到校門口時，迎面走來一個高高瘦瘦、戴著眼鏡的男生，看見他們後，腳步停了停，「周學妹。」

周安然看了對方一眼，有點印象，應該是謝子晗的其中一位室友。她笑著跟對方打招呼：「學長。」

「周學妹這是要跟男朋友出去過節啊？」那位學長笑著問。

周安然點點頭：「嗯，提前祝學長元旦快樂。」

「元旦快樂。」那位學長回了一句。

兩人完全不熟，寒暄這兩句就互相告別了。

周安然繼續被陳洛白牽著往前走。沒走兩步，又聽見旁邊男生語氣微涼地開口：「學長？叫得這麼親熱？」

周安然失笑：「哪裡親熱了？」

「連個姓都不帶，還不親熱嗎？」陳洛白又停下來，黑眸淡淡地望向她。

周安然有點窘迫：「不是，是我不記得他姓什麼了。」

陳洛白唇角勾了下，牽著她繼續往前走：「好吧，算妳過關。」

周安然的唇角不由淺淺彎了下。

「不過——」陳洛白突然停下來。

周安然也跟著停下來：「不過什麼？」

「我好像還沒聽妳叫過我別的稱呼。」陳洛白偏頭看向她，「不然妳也叫我一聲學長聽聽？」

周安然：「……？」

給你兩顆糖　屬於我的那道光

兩人一路步行回公寓後，周安然拿了一包汽水糖坐到沙發上拆開。

她先從裡面挑了兩顆檸檬口味的出來，拆了一顆遞到旁邊男生的面前：「你要不要吃？」

陳洛白就著她的手咬走了那顆糖果。

周安然自己拆了一顆吃掉，又把剩下的糖果都拆出來，裝進密封袋裡。

「妳這是在做什麼？」陳洛白問。

周安然：「折一朵糖紙花給你。」

陳洛白眉梢一揚：「還真的要送我花啊？」

周安然點頭：「當然啊，剛剛不是說好了嗎？」

「好。」陳洛白懶洋洋地往沙發上一靠，「那我等著收。」

周安然唇角彎了下，頰邊的小梨渦淺淺露出來，陳洛白則靠在沙發上看著她。

她剛進來的時候，隨手將長捲髮挽成低丸子頭，此刻只有一小縷黑髮靜靜垂在頰側，吸頂燈光線偏暖，映照在她瑩白的小臉上，襯得她神情溫柔得不像話。

他剛剛只是隨便說了一句，她回來就真的乖乖折起了糖紙花想送給他。

在一起已經有一段時間，好像還是不管他說什麼，她都會一一答應下來，乖得不行，也傻得不行。

陳洛白嚼碎了嘴裡的糖果，靜靜看著女生漂亮的側臉，心裡一時軟得厲害，又好像有波瀾在不斷掀起。

公寓裡的糖果不多，只夠周安然折出兩朵糖紙花。當初學折糖紙花是為了能把他送的零食長久保留，她也沒想到，有一天能親手折一朵送給他。

將兩朵糖紙花細緻折好，周安然正想遞給他，才剛轉過頭，雙唇就突然被堵住。

周安然愣了愣，下一秒人就被他撈起，抱到他腿上，唇上的吻依舊沒停，陳洛白捏了捏她的下巴，她習慣性張開嘴，男生立刻將舌尖探進來。

她剛進來的時候，隨手開了手機的音樂播放器。此刻不知放到了哪首歌，她也沒有心思去聽。

客廳沒了說話聲，不停播放的歌聲掩蓋了房內細碎的親吻聲，偶爾播放到間奏時，那一點細碎的聲響又會突然變得明顯。

不知響過了幾首歌，陳洛白稍稍退開，鼻尖碰著她的，看她的眼神帶著某種明顯的火星子，聲音仍低著：「我是不是該禮尚往來？」

周安然大腦缺氧，舌尖也發麻，緩了幾秒才回他：「往來什麼，糖紙花嗎？不用啊。」

「那——」陳洛白捏了捏她的手心，像是在暗示什麼，「在飯店那次呢？」

周安然又愣了下，反應過來他指的是什麼後，本來泛紅的臉瞬間燒起來。

陳洛白鬆開她的手，稍稍往下：「寶寶，這裡能碰嗎？」

周安然瞬間攥緊他的T恤布料。

陳洛白看她的眼神像是帶著某種勾子：「不說話就當妳答應了？」

周安然被他看得臉熱心也熱，她避開他的視線，將腦袋埋在他肩膀上，卻也沒說一句拒絕的話，是全然默許的姿態，但等到那股陌生的觸感襲來時，她攥著他肩線布料的指尖瞬間收緊，忍不住叫了他一聲，「陳洛白。」

懷裡的女生身體一瞬變得僵硬，聲音也發顫，陳洛白動作一頓，偏頭親了親她額頭，低著聲哄人，「別怕，沒做好準備也沒關係。」

周安然把腦袋埋在他肩膀上，想說她不是怕，就是有點緊張，但沒好意思說出口，他也沒給她這個機會。

陌生的感覺瞬間抽離，周安然偏頭，看見他扯了張紙巾擦了擦手，她瞬間把臉埋回到他頸間。

或許是歌曲放完了，從手機裡傳出來的歌聲早已停下，房裡一時只剩兩人都亂得不行的呼吸聲。

過了好久好久，周安然才聽見陳洛白開口：「快十二點了，等一下陪妳倒數？」

周安然輕輕「嗯」了聲，又接道：「這還是第一次和你一起跨年。」

陳洛白偏頭，很輕地親了親她，聲音也輕：「以後還會有無數次。」

進入期末後，圖書館變得一位難求，周安然沒去跟人搶座位，大部分時間都是跟陳洛白去他公寓複習。

雖然是在私人空間獨處，但他們兩人都有繼續讀研究所的打算。不管是出國進修還是考研究所，期末成績都尤為重要，就沒在這種時刻胡鬧，大多是複習結束或兩人都提前複習完當天的內容後，陳洛白才會把她拉進懷裡接吻。

往往這時候差不多都已經過了晚上十點。

偏偏周安然的兩位家長怕耽誤她讀書，所以選擇在這段時間打電話給她。

有天何嘉怡打電話過來時，正好撞上陳洛白在親她。

周安然被他扣著後頸不好回頭，手往後摸了摸，沒摸到手機，還是陳洛白略偏了偏頭，幫她看了一眼，目光又隨意地收回來，幾乎貼著她的唇問她：「不重要的電話就別管了？」

周安然呼吸不穩地問他：「誰打來的啊？」

陳洛白一邊親她，一邊漫不經心地說：「好像是什麼何女士，是妳存的哪推銷員嗎？」

周安然的臉一下燒起來，推了推他：「那是我媽。」

陳洛白：「……」

他動作一頓，放開她，清咳了一聲：「那妳先接電話吧。」

周安然伸手去拿手機，剛要接通，手腕又突然被他攥住。

「等等。」

周安然眨眨眼：「怎麼啦？」

「妳先緩一下。」陳洛白說。

周安然茫然問：「緩什麼？」

陳洛白瞥了她上下起伏得厲害的胸口一眼，唇角勾了下：「妳現在喘得多厲害，妳自己聽不見？」

周安然：「……」

片刻後。

周安然整理好衣服，紅著臉躺上沙發接通了何嘉怡的電話。何嘉怡的聲音從裡面傳過來：『然然，妳決定好回家的時間了嗎？機票買好了吧？』

周安然輕輕「嗯」了聲：「嗯，訂了，我買二十五號下午的機票。」

何嘉怡疑惑：『妳不是二十三號就考完了嗎？怎麼買了二十五號的機票？』

周安然的臉又熱了幾分：「茜茜二十四號才考完，我和曉雯等她一起回南城。」

『好。』何嘉怡說，『妳們三個一起回來，我們也比較放心，正好二十五號下午我和爸爸去機場接妳。』

周安然：「不用啦，你們不用特意跑一趟，我自己回去就好，反正蕪城很近。」

『我和妳爸爸那天正好要去南城辦事。』何嘉怡說，『就是順路接妳，順便把茜茜送回去。』

周安然這下也沒了拒絕的藉口：「好吧。」

何嘉怡知道她讀書任務重，怕打擾到她休息，也沒多說，隨口再跟她閒聊幾句就掛了電話。

周安然隨手把已經暗下來的手機放到一邊，一抬起頭，就看見靠在沙發上的男生似笑非笑地朝她看過來。

「不是說二十五號走是為了等我嗎？怎麼又變成等嚴星茜了？」

周安然：「……」

她把手機放下，拉了拉他的手：「都等嘛。」

陳洛白拿她這種撒嬌的小動作沒轍，反手攥住她的手把人扯回懷裡，繼續做剛才沒做完的事，順便隨口問她：「妳沒和爸媽講我們的事？」

周安然搖搖頭：「沒有，你跟你爸媽說了嗎？」

「我爸不重要，他不太管我談戀愛，我媽——」陳洛白頓了頓，又笑著看她一眼，「高中就知道了。」

周安然一愣，攥在他腕上的手倏然收緊，「高中就知道？」

陳洛白繼續笑：「是啊，這麼驚訝做什麼？她還問我什麼時候帶妳去見她。」

周安然：「見……見她！」

看她眼睛倏然睜大，神情似乎慌了幾分，陳洛白低頭親了親她，又笑著哄人：「別緊張，等妳什麼時候做好心理準備，或者妳想什麼時候見她，就什麼時候再見。」

考試的時間總是過得很迅速。

之前忙於複習，滿心都是學習和對大學第一次期末考的緊張，無暇多想，等到最後一科考完，周安然才恍然意識到寒假即將到來，也意味著她和陳洛白要分開差不多兩個月。

剛意識到這件事的時候，心裡就突然空了一小塊，還因此產生了一點惶恐與不安。

他們二十三號就考完了，于欣月想早點回家，就沒等她一起，謝靜誼也是二十四號一早就要離開，柏靈雲倒沒立刻回家，但她留下來也是為了和謝子晗多待兩天，二十三號晚上就跟謝子晗去住飯店。

轉眼間，宿舍就只剩周安然一人。她也沒在宿舍多待，陳洛白不放心她一個人住宿舍，二十四號上午就把她連同行李一起接回公寓。

當天下午，陳洛白要出門考最後一門考試。周安然一個人待在空闊的公寓裡，那點不安感又冒上來，她把手機拿出來，傳了一則訊息給他：『我幫你收拾行李吧？』

陳洛白回得很快。

C：『不用，我回去自己收。』

周安然：『一個人沒事做，好無聊。』

C：『那別收衣服，我家裡有。妳看看有沒有是妳覺得我需要帶回家的東西，就先幫我收一下，屋裡的東西妳隨便動。我要進考場了，要是能提前寫完，我就早點回去陪妳。』

周安然稍稍安定下來，唇角彎了彎：『不用，你先好好考試。』

C：『嗯，不想動去床上睡一下也好。』

周安然：『好。』

那邊沒再回覆，大概是已經進去考場了。

周安然把手機放到一邊。

她來公寓的次數不少，卻很少翻他的東西。周安然先拉開左邊床頭櫃上的一格抽屜，裡面放了幾條傳輸線，他今晚可能還要用到，她就暫時沒收。她慢吞吞地拉開各種抽屜和櫃子，行李還沒幫他收到一半，陳洛白就已經回來了。

聽見腳步聲，周安然回過頭，看見高大的男生站在臥室門口，模樣乾淨又帥氣，連羽絨衣都還沒脫就直接先進來見她了。

周安然把手上的東西隨便往行李箱一丟，起身過去抱住他。

陳洛白知道她性格有多內斂，有些意外，把人往懷裡帶了帶，低聲問：「怎麼了？」

「沒事。」周安然搖搖頭，又抬頭看他，「你怎麼這麼早就回來了？還是提前交卷了嗎？」

陳洛白「嗯」了聲。

周安然隔著羽絨衣抱著他的腰：「怎麼不多檢查幾遍啊？」

「沒辦法。」陳洛白看她確實不像有什麼事情的樣子，這才放下心，「題目太簡單，寫完而且檢查完後，發現還剩很多時間，正好回來陪女朋友。」

語氣猖狂得仍像高中時期的他。

周安然的唇角又翹了下：「我只幫你收了一半的行李。」

陳洛白：「那我先脫個外套陪妳一起收，收完我們出去吃個飯？」

周安然點點頭：「好呀。」

收完東西，兩人出去吃了頓飯，回來時，剛下計程車沒多久，就突然下起大雨。

計程車剛才就停在社區門口，不遠處就是便利商店。陳洛白顧不上自己，先幫她把羽絨衣的帽子戴到她頭上，自己才跟著戴上，牽著她往便利商店跑。

周安然跟在他身後，看著男生高大的背影。

明明季節不同，穿著也不同，不知怎麼，她卻突然想起高一報到那天和他的初遇。

當初穿著白色T恤、跑得離她越來越遠的少年，和眼前穿著黑色羽絨衣的高大男生瞬間重疊在一起，真實又虛幻。

便利商店很近，兩人的衣服都沒怎麼淋溼就已經到了屋簷下，但進社區還有一段路。

陳洛白轉過身，剛想跟她說進去買把傘，女生柔軟的手臂就環了上來。

這已經是她今天第二次主動抱他了，而且這次還是在室外。

「怎麼了？」陳洛白摟住她的腰，聲音低下來，「今天怎麼這麼黏人？」

周安然沒有回答，只是很輕地叫了他一聲：「陳洛白。」

陳洛白也很輕地「嗯」了聲，但又想不起來今天有什麼特別的、能讓她情緒異常的情況：「是捨不得和我分開？」

周安然把腦袋埋在他胸口上，不看他，也不讓他看自己，只小聲說：「我準備好了。」

「準備好什麼？」陳洛白愣了下，「見我媽嗎？」

他垂著眼，看見羽絨衣胸口打溼了一小塊，平日怕冷的女生像是沒察覺似的，臉就貼在那一塊。

陳洛白抬起手，也沒逼她抬頭，只用手擋在她的臉和衣服中間，手心貼在她的臉頰上。

他們剛從外面回來，他的手其實也比平常涼了一點，卻還是比冰冷的羽絨衣好很多。

可能是他這個細心溫柔的動作給了周安然一點勇氣，她在他手上蹭了蹭，然後小聲繼續道：「不是，我說的是，你第一次帶我來這裡的時候，在社區門口和我說的那句話。」

貼在她臉上的那隻手動了動，又忍住，像是把那些浮動的心思也壓回去，「給妳一次反悔的機會。」

周安然的臉依舊埋在他手上：「還是覺得好像在做夢。」

「做夢？」陳洛白又愣了下。

周安然輕輕「嗯」了聲：「和你談戀愛，就像是在做夢。」

怕一和你分開，夢就會醒。

陳洛白摟在她腰上的手倏然收緊，「像做夢是吧……那妳等一下別哭。」

從便利商店回到公寓，一進門，周安然就和那天在飯店一樣，被他推到了門板上。也和那天一樣，他連燈都來不及開。

剛從便利商店買回來的雨傘已經打得半溼，和到了室內就失去作用的羽絨衣一樣，被人隨手扔在地上。

進了臥室後，他反而主動把燈打開了。周安然想阻止，卻沒成功。

男生額上已經有細汗，黑眸比平時更暗、更深，他一邊咬開剛才從便利商店買回來的另一樣東西，一邊半控制著她的脖頸，不許她轉頭躲開視線。

「不是說像做夢嗎，怎麼可以不看著我呢？」

周安然知道他骨子裡是有些惡劣因子，平日她越害羞，他反而會越喜歡欺負她，一開始可能多少還會忍著，但在一起的時間越長，這一點就越明顯。

但她沒想到他今晚能惡劣到這種程度。

最開始那溫柔又漫長的磨合，和最難受的那一陣過去後，天花板上的吸頂燈像是開始晃動。

周安然的頭差點撞上床板，被他拿了顆枕頭塞過來，提前擋住。

陳洛白的額頭和脖頸上已經有著細密的汗水，因為耳朵也紅，依稀還有幾分少年乾淨青澀的氣質，但更多的，是撲面而來的荷爾蒙。

他手臂撐在她身側，上面青筋浮起，動作憋著一股壞勁，「還覺得像做夢嗎？」

周安然沒說話，也說不出話。

陳洛白突然笑了下，聲音比平時更低，幾乎帶了一點啞，莫名勾人。

「不說是吧？看來還是太輕了。」

周安然咬唇偏過頭。

窗簾遮得嚴實，卻擋不住外面的聲音。

北城這晚的雨來得又急又大，外面的雨聲聽起來比剛才急促了幾分。雨柱強烈地撞擊著窗面，水花濺起，激起陣陣雨聲，直到後半夜才停。

周安然也終於得以清淨下來。

室內暖氣太足，她出了一身汗，想去洗澡，又不太想動。

有人像是還沒欺負夠，一邊熱烘烘地靠過來，裝模作樣地安慰她，指尖落在她眼尾，動作確實是溫柔的，輕得要命，但說出來的話也混帳得要命，「還真的哭了啊？我都捨不得真的用力。」

周安然實在不想理這個混蛋，她把被子往上扯，把臉遮得嚴實。

陳洛白被她這個動作可愛到，有點想繼續欺負她，到底又沒捨得，低著聲哄人，「真的不理我了？」

被子裡的女生沒說話。

「周安然。然然。寶寶。」

周安然根本經不住他這樣叫她，又把被子扯下來一點。

陳洛白把她被汗打溼、黏在脖子上的頭髮撥開，聲音輕著：「還覺得像做夢嗎？」

周安然：「……」

她的臉倏然熱起來。

今晚過後，她大概不想再聽到「做夢」這兩個字了。

陳洛白拉著她的手貼上自己的胸口：「感覺到了嗎？每次見妳，這裡也會跳得很快。」

周安然的手緊緊貼在他的胸膛上。可能是因為身體裡還留有剛才那場瘋狂的餘韻，也可能是他胸口裡的心臟正在她掌心下快速跳動著，她第一次清楚地感知到——她真切地擁有了青春裡那道可望而不可即的光。

陳洛白又低頭親了親她，然後周安然聽見他低著聲，溫柔地開口：「如果妳還覺得這是做夢，那我陪妳做一輩子。」

給你三顆糖 一敗塗地

第二天下午，周安然跟男朋友還有兩個好姐妹一起飛回南城。她的位置臨著陳洛白，跟嚴星茜和盛曉雯中間隔著條走道。

前一天晚上胡鬧得太晚，周安然隔著走道跟嚴星茜兩人聊了會兒天，眼皮就開始打架。她跟兩人說了聲想睡一會兒，就靠在座椅上，沉沉地閉上雙眼。

半夢半醒間，周安然感覺頭不停地往旁邊掉，隨後被一隻溫熱的大手扶住，很輕地托到了一個氣息熟悉的肩膀上。

她莫名覺得心安，再次沉沉睡去。

再醒來，是陳洛白在旁邊推了推她。

周安然迷迷糊糊的，還有點睜不開眼，在他肩膀上蹭了蹭，嗓音帶著將醒未醒的鼻音：「到了嗎？」

男生聲音低得溫柔：「快到了。」

周安然慢慢睜開眼，繼續靠在他肩膀上，等緩過這陣睏意，才想起登機前何女士傳給她的訊息。

她攥了攥他的袖子，抬頭去看他：「你等一下跟我們分開走，好不好？」

陳洛白黑眸瞇了下：「為什麼要分開走，我見不得人？」

周安然連忙搖搖頭：「怎麼會，不是和你說了嗎？我爸爸媽媽會來接我，我還不知道要怎麼和他們說你的事。」

見男生靜靜地望著她沒說話，周安然攥在他袖子上的手稍稍往下滑，握住他修長的食指輕晃幾下，「好不好呀？」

輕軟的聲音鑽入陳洛白的耳中，他喉結滾了下，把那些不合適的想法壓回去，開口道：「周安然，妳是不是就吃定我受不了妳撒嬌？」

周安然：「……哪有。」她朝他笑了下，唇邊的小梨渦甜甜地露出來，「我晚上再打電話給你啊。」

陳洛白盯著她看了兩秒，伸手在她臉上掐了下，把小梨渦掐沒了，語氣沉沉：「妳最好記得。」

周安然跟兩個好姐妹一起下飛機後，意外發現過來接她和嚴星茜的何女士與周顯鴻，居然有緣地跟同樣過來接人的盛曉雯父母碰上面。

幾位家長在高一時都有去參加過家長會，因為女兒是好友，當時就打過招呼，現在對彼此都還有印象，在她們出來前，已經熱絡地聊了好一會兒。

周安然幾人走近，同幾位家長打完招呼，一群人又在原地多聊了片刻，才分道而行。

因為何嘉怡和周顯鴻第二天還要加班，他們原定的計劃是把嚴星茜送回家後，只在嚴星茜家裡略坐一坐，就返回蕪城。

但嚴星茜的爸媽和何嘉怡、周顯鴻有一陣子沒見，和周安然更是有大半年沒見了，熱絡地把他們留下來吃飯。

吃完飯，周安然跟著父母上車返回蕪城時，時間已經過了晚上八點，天色早已暗下。

兩位家長坐在前方，周安然一個人坐在後座，突然有點想陳洛白。

她從包包裡把手機拿出來，雖然暫時還不能打電話，但可以先傳訊息。

之前在嚴星茜家裡的時候，她就想傳訊息給他了，但嚴星茜的媽媽好久沒見到她，一直坐在她旁邊和她聊天。

周安然打開通訊軟體，點開他的頭貼。

還在想要傳什麼內容，手機就響了聲。

陳洛白先傳了一則訊息給她。

C：『不是說要打電話給我？』

晚上不是才剛開始嗎？

但嘴角卻不自覺地往上翹了一點。

周安然：『留在茜茜家吃飯了，現在正在回家的路上。』

她拍了一張車窗外的夜景傳過去。

C：『好吧，暫時原諒妳。』

周安然唇角彎著，正想回他，他下一則訊息突然跳出。

C：『還有沒有不舒服？』

周安然愣了下。

反應過來他這句話的意思後，只覺得連這行字都燙手，手機差點沒拿穩。

可能是見她沒立刻回覆，也可能是了解她的性格，某人又接二連三地傳訊息給她。

C：『誰叫妳選在寒假前一天跟我說妳準備好了，這次我也沒辦法幫妳看。』

C：『到底還有沒有不舒服？不說我明天就去蕪城找妳。』

周安然的臉瞬間燙得厲害。想起他昨晚也是這樣逼問她是不是還覺得像做夢，但他那時候的手段比現在多很多，也更混帳。

他還想怎麼看？

昨晚加現在，雙倍的惱羞成怒。

周安然：『陳洛白！』

C：『嗯？』

周安然：『你好煩啊！』

C：『這就開始覺得我煩了？周安然，妳睡完不認帳？』

明明是他從昨晚到現在一直在欺負她，這個人怎麼這麼會倒打一耙？

周安然：『再說，我晚上就不打電話給你了。』

C：『好，不打就不打。』

不打就不打？他現在都不哄她了？睡完不認帳的人是他才對吧！

下一秒，手機又響了兩聲。

C：『我打給妳。誰叫我找了個睡完不認帳的絕情女朋友。』

周安然的唇角不自覺又翹起來。

何嘉怡回頭，剛好看到這一幕，「然然，妳在跟誰聊天呢，笑得這麼開心？」

周安然心裡一跳，看著螢幕上「睡完不認帳」那幾個字，心跳又快了幾拍，耳朵快燒起來，幸好車裡的光線暗。

「跟茜茜聊天。」她撒了個小謊。

何嘉怡好奇道：「妳們兩個哪有那麼多話可以聊，還聊得這麼開心？她又跟妳講那種奇奇怪怪的笑話了？」

奇奇怪怪的笑話？周安然想了下。

好像是在高一放暑假的那天，她拿嚴星茜講的冷笑話當成藉口過。

那天她因為找筆帽耽擱，在考場裡留到最後，夏初的陽光炙熱，蟬鳴聲喧囂，高大的男生站在窗外，笑著和她說「下學期見」。

當初的他，是她只能藏在心底的祕密。

現在，已經是她的男朋友了。

寒假頭幾天，周安然過得很是單調，基本上就是白天在家讀書，晚上偷偷躲在房間跟陳洛白視訊。

他那天說第二天要來蕪城看她，並沒有來成。

一來是她確實不好意思答應他，二來是他早就和他媽媽說好，寒假要去律師事務所實習，第二天就直接被他媽媽抓去幫忙打雜。

倒也不是不能請假，但周安然還是希望能在他家長那邊留個好印象。

更何況，他過來也不是為了什麼正經目的。

蕪城離南城很近，冬天一樣溼冷難熬。

他們回來的那天是週六，之後好幾天，周安然都窩在家裡不敢出去，一直到週五，去親戚家玩的岑瑜回了蕪城，約她出去看電影，她才終於踏出家門。

兩人就約在她家附近的商場，挑的時段是人不多的下午場。

下午看完電影，時間剛過五點，正好是吃飯時間，周安然跟岑瑜又轉去商場的一家餐廳吃晚餐。

吃飯期間，周安然就感覺岑瑜悄悄看了她好幾次，卻又不開口說話。

臨近吃完時，周安然忍不住問她：「妳今天怎麼一直看我啊，是有什麼事嗎？」

岑瑜欲言又止地看她一眼，隔了兩秒，像是下定什麼決心似的，她把筷子往碗上一放：「妳是談戀愛了，對吧？」

周安然點頭：「是啊，不是和妳說過了嗎？」

岑瑜又問：「妳男朋友叫陳洛白，對吧？」

周安然又點點頭，有點莫名其妙。

她和岑瑜的關係雖然不像和嚴星茜她們那樣親近，但也算是很要好的朋友，和陳洛白談戀愛的事，她並沒有瞞著她，只是她不認識陳洛白，她並沒有說得太細。

但周安然確實有告訴她「陳洛白」這個名字。

「怎麼了？」

岑瑜像是猶豫了下：「那我跟妳坦白一件事，妳別生我的氣啊。」

「什麼事啊？」周安然更好奇了。

岑瑜又沉默了兩秒：「妳還記得妳剛轉學的時候，那天早上在公布欄前面看俞學姐的照片，我過去找妳搭話的事情嗎？」

周安然：「記得。」

「其實我那天是故意找妳搭話的。」岑瑜說。

開了頭，岑瑜好像就沒那麼難開口了，繼續道：「徐洪亮是我表哥，妳也見過了，他和俞學姐是朋友，那時就是俞學姐託他請我幫忙，說讓我照顧一下班上新來的轉學生，也就是妳。」

周安然攥著筷子的指尖倏然一緊。

那天她還是第一次在公布欄上知道俞冰沁的名字，在這之前完全沒來過蕪城，俞冰沁絕對不可能認識她。

唯一的可能就是，俞冰沁也是受人所託。

岑瑜拉了拉她的手腕，又比了個發誓的手勢：「我發誓，我一開始確實是幫俞學姐的忙去照顧妳，但和妳接觸後，是真的覺得妳性格很好、很溫柔，是真心跟妳當朋友的，妳別怪我啊。」

周安然喉間發澀：「沒怪妳。」

「那我繼續說了啊。」岑瑜小心翼翼地看她一眼。

周安然一愣：「還有？」

岑瑜喪著臉：「對不起。」

「沒事，不是怪妳。」周安然能感覺出來岑瑜是真心跟她當朋友的。

她性格說好聽叫細心，不好聽就叫敏感，岑瑜如果不是真心跟她當朋友，她不可能感受不出來。

「妳繼續說。」

「就是——」岑瑜說到這裡，好像又變得很難開口似的，停頓了好一會兒，「我每次送禮物給妳，不是都送兩份嗎？其實不是我有送兩份禮物的習慣，是其中一份是俞學姐那邊託我送給妳的。我一開始還異想天開以為俞學姐喜歡女生，想追妳，但我表哥說學姐喜歡男生，就是和妳有別的機緣，但前幾天我去表哥家玩，聽他不小心說溜嘴。」

岑瑜又停了下，看向周安然。

周安然已經猜到了，手上攥著的筷子一直忘了放，指尖因為用力已經明顯泛白。

然後岑瑜輕聲接著道：「然然，那些禮物好像都是妳男朋友送給妳的。我就說為什麼當年那些包裹都是從南城寄過來的。」

周安然說不清此刻是什麼感覺，只知道她鼻子瞬間酸得厲害。

「岑瑜。」她一開口就滿是哭腔，「我先回去了。」

她想回去重新看一下那些禮物，也想回去打電話給他。

岑瑜一個局外人聽了都挺感動，多少能理解她現在的心情，點點頭：「妳去吧，這頓飯不用妳請，我等一下自己去結帳，就當給妳賠罪了。」

周安然其實有點聽不進她說什麼，拿起包包起身就想走。

剛一抬腳，突然又被岑瑜拉住。

「差點忘了。」岑瑜從包包裡拿出一個小資料夾遞過來，「當初我只送了一份禮物，但白得了妳那麼多感謝，一直於心不安，就把從那邊寄過來的東西列成清單，想著哪天有機會跟妳坦白的時候，也不至於連自己都忘了，還有他寄東西過來的快遞單，我也全都幫妳留下來了。」

兩位家長都還在上班。周安然到家後，一路直奔自己的臥室。

岑瑜送她的禮物不少，因為用途不同，被她收納到了不同的地方，如今一一找出來，發現幾乎都快擺滿了半張書桌。

大多是一些玩偶、吊飾等女生喜歡的小東西，價格看起來都不算太貴，所以她當初根本沒有懷疑過。

周安然在書桌前坐下，從資料夾裡把岑瑜寫的清單拿出來。明明只是一張薄薄的紙，拿在手上卻好像有千萬斤重。

周安然隔了好幾秒才緩緩打開，入目第一眼，就看到清單上第一行寫著——『旅行禮物：兔子吊飾。』

那個兔子吊飾剛好就擺在她手邊，當時她覺得挺可愛，收到後就一直掛在書包上，高中時換過幾次書包，這個小吊飾也一直掛著，被洗了許多次，已經有些發白。

難怪那天岑瑜送給其他人的第二樣禮物都是手鍊，只有她一個人是小兔子吊飾。

周安然順著清單慢慢往下看，發現他送來的東西遠不止她桌上放的這些。

端午節的粽子、中秋節的月餅、聖誕節的蘋果，這些曾經岑瑜給過她不止雙份的食物裡，其中一部分都是他送來的。

還有她十七歲生日，岑瑜送給她的那束玫瑰，原來也是他送的。她上次折了朵糖紙花給他，還以為是她先送花給他。原來早在她不知道的時候，他就已經送花給她了。

十八歲生日，岑瑜送她一條項鍊和一條玫瑰金手鏈，這是所有禮物中，明眼就能看出價值不菲的兩樣禮物。

尤其是那條手鏈。

但岑瑜家境不差，當時跟她說成人禮一生就一次，不准她拒絕。

在清單上看到玫瑰金手鏈，周安然一點也不意外。難怪那天她戴著手鏈去看他打決賽時，他會特意多問一句。

周安然的鼻子已經酸得不行，眼淚一直在流，卻好像哭不出聲，喉間像是有什麼東西哽住。

那時候的她以為他不可能喜歡她，一心只想著不能再給他造成任何困擾。

可怎麼會呢？他怎麼會一直在偷偷對她好，怎麼會到現在都還不告訴她？

周安然把手機拿出來，想打電話給他，但電話打了好幾通也沒人接。

她心裡幾乎生出一股想要回南城去找他的衝動，可他今天一早說了要跟律師事務所的人去其他城市出差，就算去了，他人也不在南城。

周安然的目光又落到那條玫瑰金手鏈上。

對了，那天祝燃好像也特別問了這條手鏈的事情。

他當時好像是說，我朋友也買了一條送人。周安然那天以為他就是隨口一說，現在看來，祝燃好像是在提醒她。

她把手機重新拿過來，撥了祝燃的電話，這次接得很快。

祝燃的語氣聽起來像是有點意外：『周安然，妳怎麼突然打電話給我？』

周安然顧不上跟他寒暄，急忙問：「他高中的時候，是不是送過很多禮物給我？」

電話那端沉默了下，祝燃裝傻問：『什麼禮物？』

周安然的聲音滿是壓不住的哭腔：「我朋友都跟我說了，那條玫瑰金手鏈就是他送的，對吧？」

祝燃又沉默了下：『看來妳已經知道了。』他嘆了口氣，『他其實不准我跟妳說這些事，但我總覺得還是該讓妳知道，有些事妳朋友應該都不知道，他高中去看過妳好多次。』

周安然喉間越發酸澀，艱難地問：「他來看過我？」

周安然攥著手機，不知怎麼，突然想起有一次，她請岑瑜幾人出去吃飯，在十字路口等紅綠燈時，回頭看見一個很像他的身影，穿著一身黑，戴著棒球帽。

她當時以為是太想他所以看錯了，也可能只是身形有點像。

但有沒有可能，當初那個人就是他？

『是啊。』祝燃說，『最後一次是妳畢業的時候吧，我們打聽到妳要請嚴星茜她們吃飯，那天是我陪他過去找妳的，他那天其實有點想跟妳告白，但過去的時候，剛好聽到妳說不喜歡他了。』

周安然頓時茫然：「那天——」她頓了頓，「是不是還有人叫了他一聲？」

祝燃意外道：『是啊，他舅媽那天也在那家餐廳吃飯，看到他意外叫了他一聲。妳們聽見了？』

周安然的視線已經完全模糊：「我以為不可能會是他。」

祝燃接著道：『他暑假那陣子心情滿不好的，原本跟我們約好去旅遊也沒去，一直待在家看書，快開學的時候我看不下去，喊他出來打球，他那天也一直心不在焉，然後拐到腳了。』

周安然心裡一揪。難怪他那天不准祝燃告訴她，他自己也沒騙她，只是隱瞞了一小部分的真相。

『哦，對了。』祝燃像是又想起什麼，『他當初其實還考慮過轉去蕪城，反正他舅舅家就是妳俞學姐家就在蕪城，他過去也不會沒地方住，他媽媽當時也沒攔他，就問了幾個問題，說讓他考慮清楚。』

「什麼問題？」

『問他能不能確定他轉過去對妳來說，會是感動而不是困擾；問他能不能保證如果因為轉學成績下降，不會因此對妳心生不滿；問他能不能保證不會影響到妳的成績，不然在高二這麼重要的時間點去打擾妳也不合適。最後還問他能不能保證一輩子喜歡妳。』祝燃頓了下，『他說他能保證一輩子喜歡妳，他說他再也不會碰到第二個、明明膽子小得好像連話都不敢跟他說，卻又每次都會站出來保護他的女孩了，但他不確定會不會影響到妳的成績。』

六點十分，何嘉怡下班到家。客廳裡一片幽暗，看起來像是完全沒人在家。

何嘉怡想了想，還是走到女兒的臥室門口，裡面沒有一絲光線透出來，人像是也不在房裡。

她還是抬手敲了敲門：「然然。」

裡面沒人回應。何嘉怡擰開房門，一眼看到昏暗的房間裡，有個身影一動不動地坐在書桌前，書桌上亂七八糟擺了一堆東西，要不是窗戶外隱約透了點光線進來，何嘉怡怕是會嚇一跳。

「然然，妳人在家，怎麼媽媽敲門也不回應，燈也不開？」何嘉怡說著，自己開了燈，眼睛先被明亮的光線晃了下，而後才看清女兒的眼睛紅得厲害，「怎麼了然然，怎麼又哭了？是不是又跟那個叫陳洛白的男孩子有關，我就說他怎麼又在我們家樓下。」

周安然一直沒打通他的電話，哭得有些頭暈，聽到「陳洛白」三個字才回過神：「媽媽，妳說什麼，他在我們家樓下？」

何嘉怡點頭：「是啊。」

「妳沒看錯？」周安然猛地從椅子上站起來。

何嘉怡：「他樣貌出眾，想認錯也難——」

周安然再也沒心思聽她說完，拿起手機就要出門：「媽媽，我等一下再和妳說，我先下去找他。」

何嘉怡拉住她：「等等。」

看到女兒這個反應，倒不像是又被對方傷了心的樣子，何嘉怡猜測的方向瞬間相反，「妳和他在一起了？」

周安然「嗯」了聲，也沒再瞞著，他暗中付出了這麼多，她怎麼還能連跟家長坦白的勇氣都沒有。

「我等一下跟妳說好不好，我有急事要找他。」

「然然。」何嘉怡頓了頓，「他當初來找過妳。」

周安然倏然一愣：「妳說什麼？」

剛才一些沒注意到的細節，慢半拍地全鑽入腦中。

比如媽媽怎麼會認得他？比如媽媽剛才說的是「我就說他怎麼又在我們樓下」。

何嘉怡：「他來找過妳一次，就是在妳轉學那天。」

因為當時她把周安然的手機沒收，所以那個男孩的電話是她接的，也是她下去見他的。那個男孩的樣貌確實優越，所以哪怕隔了好幾年，她今天也一眼就認出來了。

當時對方就穿了身二中的制服，身上沒什麼配飾，只戴了一隻用來看時間的手錶。但她畢竟有個愛炫耀的大嫂，一眼就看出對方那隻手錶和腳上那雙球鞋都價值不菲。那雙鞋是她大嫂想買給他兒子穿，卻沒能買到的限量款。

但那個男孩身上卻不見半點富家子弟的驕矜，語氣格外禮貌，問她能不能見她女兒一面。

她當時是怎麼回他來著……

「你見了她又能做什麼？你別怪阿姨說話直接，我把女兒養這麼大，昨晚還是第一次見她哭得這麼厲害。你們現在正值高二，是高中最關鍵的階段，阿姨看得出你家境不錯，將來升學考分數多少並不重要，你的退路多得是。但然然能進二中實驗班，能保持現在穩定向上的成績，是她每天五六點多就起床換來的結果，我不想讓她這些努力都白費。」

「她是個女孩子，以後就業相對困難一些，而且我們家就這麼一個孩子，我和她爸爸將來也沒辦法保護她一輩子，她也沒個兄弟姐妹幫襯，我們還是希望她能盡量考上好一點的大學，將來能有更好安身立命的本事。」

陳洛白下午把手機關靜音，忙完一打開，發現裡面有將近六十通的未接來電，其中有三十幾通是周安然打來的，剩下二十幾通來自祝燃。

他心裡一慌，周安然從來沒有一次性打過這麼多通電話給他，而且還是在知道他今天跟著出來出差的情況下。

怕是出了什麼事，陳洛白指尖落到她號碼上的時候都有些發顫，想撥回去，祝燃卻突然打來。

想著這兩人同時打了這麼多通電話給他，多半是因為同一件事，陳洛白迅速接通。

祝燃的聲音聽起來有些急促，也有些心虛：『那個，陳洛白，我跟你說一件事啊，周安然不知道怎麼從她朋友那裡知道那些禮物都是你送的，我就順便把其他的事都和她說了，她打電話給我的時候一直在哭，現在也不知道怎麼樣了，你快去哄哄她。』說完像是怕被他罵，立刻把電話掛了。

陳洛白心裡有種想回南城把他拖出來打一頓的衝動，不過確定是他自己之前做的事情被暴露，不是她出了別的事情，他還是稍微鬆了口氣。

陳洛白也沒空再理祝燃，現在當務之急，還是要先哄女朋友。他本想立刻回電給她，卻突然瞥見樓下正好有個車站，他把手機揣回口袋裡，折回辦公室跟帶他過來的律師說了一聲，就匆匆下了樓。

從這邊到周安然家附近的車站只要二十分鐘，陳洛白卻覺得一分一秒都過得格外慢，中途他想著要先打電話哄她一下，又怕會像之前一樣，他越哄她就哭得越厲害，隔著電話他也做不了什麼，而且下班高峰期的車站格外擁擠，他連手機都拿不出來。

等好不容易下了車，陳洛白把手機拿出來，卻發現螢幕完全點不開。他今天下午匆匆忙忙地出門，也顧不上充電，手機多半是沒電了。

陳洛白進了她社區樓下的一家便利商店，隨便買了兩瓶飲料，然後跟老闆借了充電器。

螢幕一亮他就立刻開機，點進通話記錄，點開她的號碼撥出去。

便利商店的老闆娘是個中年女性，見狀提醒道：「小帥哥，網路上都說邊充電邊打電話很危險，容易爆炸。」

陳洛白也顧不上抬頭：「您放心，不會打太久，我只是想叫個人下來。」

老闆娘見多了人來人往，瞬間猜道：「找女朋友啊？」

陳洛白「嗯」了聲。

電話那邊迅速接通，他斂神，聽見女生哭腔明顯地問：『你在哪裡啊？』

陳洛白在電話裡哄了兩聲，報完位置後，他拔掉充電線，跟老闆娘道了聲謝，就走到社區門口的樹下等她，沒一會兒，就看見女生匆匆從裡面跑出來。

蕪城今天的氣溫只有七度左右，她沒穿外套，只穿著一件毛衣就跑了出來。

陳洛白拉開羽絨衣的拉鍊朝她張開手。周安然撞進他的懷裡，她跑得太急，陳洛白顧著看她有沒有哭，難得被撞得往後退一步。

他拿羽絨衣團團把人裹在懷裡，抬頭去碰她臉頰，果然碰了一手的淚。陳洛白又後悔剛才忘了買包紙巾，她哭得厲害，只用手根本沒辦法擦乾淨。

他低頭親了親她的眼尾，嘗到了一點淚水的鹹澀滋味。

「寶寶，別哭了。」陳洛白低著聲哄她。

其實周安然的情緒在剛才已經穩定了下來，但一見到他，不知怎麼又忍不住了。

「你為什麼不告訴我？」

陳洛白還在用手背幫她擦淚，聲音也低，「覺得沒什麼好說的。畢竟當初那封情書是我寫的，宗凱也是因為想要讓殷宜真對我死心，所以才會把情書夾在妳的英文課本裡，妳突然轉學，我本來就該負一部分責任，我託人照顧妳也是應該的。跟妳說的話，反而像是把應該做的事情拿出來跟妳邀功。至於送妳禮物……畢竟利用了妳對好朋友的信任，算不上多光彩的手段。」

「那腳傷呢？」周安然又問。

陳洛白想也知道祝燃說了些什麼，那股想把他拖出來打的衝動又冒了上來：「腳傷真的和妳沒關係，誰打球沒受過傷啊？那時候都快開學了，我也做好開學去追妳的準備了，我暑假一開始的心情確實不好，但還不至於那麼脆弱。」

周安然哽咽道：「要是我一直都沒發現該怎麼辦？」

「妳不是已經發現了嗎？」陳洛白的手都被她哭溼了，心裡揪得發緊，「別哭了好不好？再哭我還以為妳要後悔了。」

周安然哭聲一頓：「後悔什麼？」

陳洛白垂眸看著她：「後悔當初不該對我有濾鏡，現在發現陳洛白這個人除了長得還行、成績不錯之外，其實就是一個一身毛病的普通人，會利用妳對朋友的信任來達成自己的私心。小心眼，脾氣差，還總愛欺負妳，其實根本沒什麼好喜歡的。」

周安然連忙搖搖頭：「不是的。」

「不是什麼？」陳洛白問。

周安然想也沒想就說：「不是濾鏡，也沒有覺得你現在有哪裡不好，我還是很喜歡你。」

陳洛白幫她擦淚的動作倏然一頓。

他當然知道她喜歡他。

不管是她看他的眼神，還是她為他做的事情，都在說明這個事實。但她性格太內斂，平時連心裡話都不太習慣跟人說，更何況是情話，他也沒指望她哪天會好意思說出口。

周安然被他裹在羽絨衣裡，手揪了揪他衣服裡的毛衣。

他跟她告白的那次說得沒錯，有些話應該要正式地和他說一次。

「你上次不是問我，『不是乖，是什麼嗎』？」

陳洛白心裡好像已經有了答案，仍很輕地順著她的話問：「那是什麼？」

周安然抱著他的腰，忍住羞怯，仰頭看向他：「因為我真的、真的好喜歡你。」我那天在飯店跟茜茜她們說不喜歡你了，那不是真心話，我是怕她們擔心，也怕造成你的困擾。」

「我從高一報到那天，就一直喜歡你到現在，沒有一分一秒停止過，也沒有一分一秒後悔過。」

陳洛白心裡瞬間軟得不行，拉著羽絨衣的手落到她腰上，把人重重抱了下，才輕聲開口：

「那不就行了？」

周安然一下沒明白：「什麼行了？」

陳洛白：「妳以前喜歡我，現在喜歡我，將來也會一直喜歡我，對不對？」

周安然點點頭。

陳洛白很輕地碰了下她的眼尾，好像終於乾了，他重重地鬆了口氣，唇角勾了下：「那我偷偷送禮物給我未來的老婆，有什麼好值得哭的？」

周安然：「……？」

等等？他未來的什麼？

「你就不能正經一點嗎？」

陳洛白又笑了下：「我哪裡不正經了？剛才不是妳自己承認，說以後也會一直喜歡我嗎？又不認帳了？」

周安然：「……」

她鼓了鼓臉頰：「反正我說不過你。」

陳洛白：「妳怎麼就說不過我了？」他捏了捏周安然的臉頰：「妳跟我撒個嬌，我不就一敗塗地了？」

糖果罐　永遠喜歡妳

周安然的眼睛還紅著，唇角不自覺往上翹了下。

「終於笑了。」陳洛白笑著捏了捏她的臉，「再哭下去，妳鄰居都要過來圍觀了。」

周安然：「！」

她還被裹在他的羽絨衣裡，探出腦袋看一眼。

冬天白晝短，天色早已全暗下來，但社區外面的路燈多，光線很充足，確實有一些人好奇地朝這邊望過來。

周安然連忙把腦袋縮回來：「你怎麼不早點告訴我啊！」

陳洛白笑得不行：「現在知道害羞了？妳剛才哭成那樣，我哪有心思管別人。」

周安然把臉埋在他胸口不說話了。

「好了。」陳洛白低著聲哄她，「妳一直被我裹著，只要不走近看，又沒人能看到妳的臉。」

周安然小聲：「可是我等一下要回去啊。」

陳洛白繼續哄：「我把外套給妳穿，妳把帽子戴上，低著頭走，天這麼黑，也沒人看得到。」

「你把衣服給我穿，你不會冷嗎？」周安然仰頭看他。

陳洛白用指腹輕撫著她的臉頰：「我怕不怕冷妳不知道？是誰之前在學校一冷，就天天往我懷裡鑽的？」

周安然：「……」

沒有天天吧，頂多一兩次。

當時她偶爾還是會覺得像是在做夢，不敢放肆地跟他撒嬌。而且如果是在外面的話，她也不好意思跟他撒嬌。周安然不想承認：「我哪有。」

女生微仰著頭，眼睛哭得有些紅腫，但看他的眼神像是有水洗過的澄淨愛意。

陳洛白心裡微動，突然有點想低頭親她。但在他懷裡哭一下，她都不好意思了，要是在這裡親她，她大概一週都會害羞得不敢出門。陳洛白忍下這股衝動，低著聲叫她：「然然。」

周安然：「怎麼啦？」

「明天回一趟南城？」陳洛白問她。

周安然眨眨眼：「怎麼突然讓我回南城？」

「湯建銳他們之前不是找妳一起聚聚嗎，妳這個當——」陳洛白頓了頓，似笑非笑地看著她，「大嫂的，不能說話不算話吧？」

周安然還是第一次從他口中聽到「大嫂」這個稱呼，耳朵熱了下：「我那次說的是『有時間就去』。」

陳洛白的聲音又輕下來：「那明天有時間嗎？」

周安然抱著他的腰，輕輕點了點頭：「有。」

周安然回到家，換好鞋從玄關轉出來，就看到何嘉怡靜靜地坐在沙發上。

似乎是聽見動靜，何嘉怡轉頭朝她這邊看過來，臉上沒什麼表情，也看不出喜怒，語氣淡淡的：「這麼快就跟他聊完了？」

周安然「嗯」了聲，走到她旁邊坐下。

「不是有話要和我說？」何嘉怡問她。

周安然有點忐忑，主要是怕她反對，她又肯定不會和他分手：「就是要和妳說，我跟他在一起了啊。」

說完見何嘉怡沒什麼反應，周安然心下更加忐忑。

「媽媽，妳不會反對的，對吧？」

何嘉怡瞥她一眼：「要是我反對呢？」

周安然挽住她的手臂，輕輕晃了晃：「媽媽，他對我很好的。」

「妳年紀小小就知道什麼叫『好』了？」何嘉怡像是一副不太相信的模樣。

周安然想了想：「那妳知道我今天為什麼會哭嗎？」

何嘉怡淡淡地說：「不就是因為他嗎？」

「是因為他沒錯。」周安然抱著她的手臂，「但不是因為他讓我難過了，是因為岑瑜今天跟我說，她當初會主動接近我，是因為有人託她幫忙照顧我，帶我融入新班級，還有她這幾年送我的那些禮物裡，有一半也是別人送我的。」

何嘉怡的臉上露出了點意外：「都是他做的？他怎麼會認識岑瑜？」

周安然搖搖頭：「他不認識岑瑜，是他表姐和岑瑜的表哥在同一個樂團，是他表姐託岑瑜的表哥讓她幫忙的，妳也見過那位表姐，就是我開學那天出來接我、帶我辦入學手續的那位俞學姐。」

「所以那位俞學姐那天接妳，也是受他所託？」何嘉怡問。

「我沒問過他，但應該是的。」周安然又晃了晃她的手臂，「他是不是對我很好啊？」

何嘉怡垂著眼。她剛才發現周安然沒穿外套就跑出去，其實有拿著衣服追出去。追到社區門口時，正好看見那個高大的男生第一時間就拉開自己的羽絨衣，把她家這個平日細心得不行，難得衝動莽撞一回的女兒拉進懷裡。她回來後又一直站在窗外，遠遠看見周安然穿著他的外套，被他牽著手送回來。

天色有點暗，但她不可能認錯自己的女兒。

何嘉怡撥了撥她耳邊的頭髮：「眼光確實不錯。」

周安然心裡一鬆，頰邊的小梨渦也淺淺露出來：「妳不反對了吧？」

何嘉怡看她這副高興的模樣，不由笑了下：「我什麼時候說過我要反對了？」

周安然：「……因為妳剛才看起來很嚴肅嘛。」

何嘉怡笑了下：「其實我跟妳爸爸一直都有點後悔，當初也沒仔細問過妳的意見，就急忙決定讓妳轉學。」

周安然搖搖頭：「我真的沒怪你們，你們來這邊後，比爸爸之前在大伯那邊開心多了，而且我還是和他在一起了啊。」

「在一起就好。」何嘉怡頓了下，像是想起什麼，「對了，妳當初拍他打球的影片，媽媽其實沒有刪掉，只是存到妳爸爸的電腦裡了。」

周安然眼睛一亮：「真的嗎？」

何嘉怡：「就這麼高興？」

周安然點點頭，又有點不好意思：「那個影片還是很有紀念價值的。」

「好，我之後讓爸爸傳給妳。」何嘉怡說。

周安然也想起一件事：「媽媽，我明天要回南城一趟。」

何嘉怡：「回去見他？」

回去見他當然是主要原因之一，但她也不太好意思說。

周安然：「有個同學聚會。」

「好。」何嘉怡點了點頭。

周安然鬆了口氣，突然聽見她又緩緩開口：「不過妳自己也要注意一點，媽媽還不想這麼早就當外婆。」

周安然的臉倏然一燙，急忙轉移話題：「媽媽，妳是不是還沒吃飯？我去幫妳煮個麵。」

何嘉怡拉住她：「還是我自己去吧，妳就別弄亂我的廚房了。」起身後，何嘉怡又回過頭，「對了，他今天沒看見我，下次有機會帶他上來坐坐吧。」

周安然點點頭：「好。」

陪何嘉怡吃完晚餐，周安然就回到了臥室，她打開電暖爐，在書桌前坐下，盯著那一桌子的禮物看了幾秒，嘴角又緩緩翹起，拿起手機低頭傳訊息給他。

周安然：『你到家了嗎？』

一秒後，那邊直接打視訊電話過來。周安然接通，男生輪廓分明的臉和身後的房間陳設，一起出現在她的螢幕裡。

他應該已經回到了自己的房間，這段時間跟他打視訊電話，周安然對他房間的樣子已經很熟悉了。

和北城的公寓一樣，主色調是灰色，牆上貼了幾張球星的海報，比大部分男生的房間要乾淨不少。

『到了。』陳洛白說。

周安然趴到桌上：「跟你說件一事呀。」

陳洛白：『什麼事？』

周安然指尖勾著他送的小兔子吊飾：「我媽媽今天下午看見你了。」

陳洛白像是愣了下：『妳怎麼不早說？』

「忘了嘛。」周安然當時滿心都惦記著他偷偷找人關照她，又一連送了她兩年禮物的事，哪還記得別的。

向來猖狂得不行的某人難得有些緊張：『早知道我就跟妳一起上去跟她打聲招呼……不行，我今天什麼都沒帶。』

周安然的嘴角又彎起來：「沒事啦，她知道你沒看見她，剛才還跟我說，叫我以後有機會再帶你上來坐坐。」

陳洛白剛才那點緊張像是她的錯覺，聽見這句話，他眉梢輕輕一挑，語氣壓得格外曖昧：『這麼早就準備帶我見家長了啊？』

「誰要帶你見家長啊。」周安然的耳朵熱起來，「明天的聚會是幾點開始啊？」

『寶寶。』陳洛白笑了下，『妳這話題是不是轉移得太明顯了？』

知道她是在轉移話題，還故意拆穿她。

他對自己愛欺負她的這個認知倒是相當準確。

周安然捏了捏小兔子吊飾：「我現在就想聊這個話題，不行嗎？」

『當然可以。』陳洛白還在笑，『我們家女朋友說了算。』

周安然又被他逗笑：「所以聚會到底什麼時候開始？」

『我明天下午一點過去接妳？』陳洛白問。

聽見他說要來接她，周安然有點高興，卻也沒答應：「我自己搭車過去就好，你跑來跑去的多麻煩啊？」

『不麻煩。』陳洛白說，『我開車過去接妳。』

周安然驚訝道：「你還會開車啊？」

螢幕那端的男生揚了下眉，一身張揚的少年氣：『開車而已，誰不會啊？』

周安然：「我就不會。」

『以後教妳。』陳洛白把話題拉回來，『下午一點可以嗎？』

周安然點點頭：「可以啊，但我們這次聚會是做什麼呀，下午兩三點就要開始了？」

陳洛白「嗯」了聲：『他們說想一起回學校一趟，先去球場打球，然後去看看老高，再找地方一起吃頓飯。』

周安然沒想到會這樣安排。

陳洛白突然在這時叫了她一聲：『然然。』他在螢幕裡定定地看著她，『想不想再看到我在二中打球的樣子？』

在二中。

在當初第一排第三個球場，以他女朋友的身分，再看一次他打球的樣子嗎？

周安然的心情突然變得雀躍，她唇角又彎起來，重重地朝他點點頭：「想看。」

周安然在第二天中午十二點五十分下樓，一走到社區門口，就看見陳洛白已經提前抵達。

男生今天又穿了一身黑，懶散地倚在一輛黑色大G上，正低著頭玩手機，來往的路人像是都入不了他的眼，一副酷得不行的模樣。

等她走近，他像是察覺到什麼，抬頭看見她，唇角突然勾了下，那股少年氣又盡數冒了出來。

周安然走到車邊，陳洛白幫她拉開副駕駛座的車門。

她抬腳上了車，陳洛白繞去另一邊，從駕駛座上來，側頭看她：「安全帶。」

周安然點點頭，正要去繫安全帶。

「我來吧。」他突然說。

周安然唇角彎了下，鬆開拉住安全帶的手。陳洛白傾身靠過來，幫她繫上安全帶，卻沒有立刻退回去，漆黑的眼眸落在她臉上，聲音低著，「貼了防窺膜。」

周安然愣了下，還沒反應過來。下一秒，陳洛白已經低頭親了上來。

有點溫柔的吻。

他先在她唇上貼了貼，又含著她的唇瓣吮了幾下，隨即才輕輕捏了捏她下巴。

在一起快三個月，周安然明白他這個動作的含義，乖乖張開嘴。

男生的舌尖順勢抵進來，輕掃過她上頜，又纏住她舌尖，親得又慢又深入。不像平時那樣容易喘不過氣，卻莫名有種心要被他親得融化的感覺。

過了許久，陳洛白才稍稍退開，額頭抵著她的，聲音仍低：「昨晚就想親妳了。」

他們昨晚可是在人來人往的社區門口！

「想我了嗎？」陳洛白輕著聲問。

周安然抿了抿唇，還是有點不好意思開口。

陳洛白的呼吸打在她唇上：「不想？」

周安然搖搖頭。

「搖頭是什麼意思，確實不想？」

周安然看他黑眸瞇了下，一副不太爽的模樣，指尖攥了攥，鼓起勇氣主動在他唇上貼了下，聲音也輕，「想。」

陳洛白看她的眸光暗了一瞬，又低頭重新親上來。

這次的吻比剛才激烈不少。

等兩人真的準備出發時，已經一點十分了。

周安然的臉還燙著，舌尖有些發麻，她緩了下呼吸，側頭問他：「我們不會遲到嗎？」

「不會。」陳洛白手搭上方向盤，骨節清晰的手被黑色的方向盤襯得越發冷白好看，「我預留了時間。」

周安然：「？」

預留了時間？什麼時間？

親她的時間嗎？

周安然不想問他了：「……那走吧。」

蕪城和南城距離不遠，開車過去只要一個多小時，周安然一路跟今天同樣會來聚會的嚴星茜她們聊著天，車子很快就停在二中門口。

周安然意外發現，嚴星茜幾人居然站在校門口。

陳洛白停下車後側頭看她，低聲問：「妳先下車跟她們一起進去？我去前面接祝燃，他家就在這附近。」

周安然也有好幾天沒見好友，聞言點點頭，解開安全帶。

要開車門時，不知怎麼，她突然伸手去牽他的手。

陳洛白難得愣了下。

周安然臉一熱，趁他還沒反應過來，快速拉開車門下車。

張舒嫻一看見她就親暱地跑過來抱了抱她。

周安然好奇問：「妳們三個怎麼碰到一起？到了怎麼也沒進去？」

剛才在群組裡也沒聽她們提到。

盛曉雯朝那輛開走的車子抬抬下巴：「這不是……有人讓我們三個一起在校門口等妳嗎？」

周安然回頭看了那輛車子一眼，忽然有點後悔剛才下來前只牽了牽他的手。

「那我們現在進去嗎？」周安然又問她們，「不過我們都已經畢業了，還進得去嗎？」

嚴星茜拉住她的手：「放心，妳男朋友好像提前跟學校的老師說好了，我們今天可以隨便進出，在門口登記一下就好，湯建銳他們早就進去了。」

周安然：「那進去吧。」

可能是因為路線最近，陳洛白的車剛才就停在學校東門外，從門口一進去，不遠處就是當初她總是偷偷看他打球的籃球場。

兩年多過去，學校好像沒什麼變化，一草一木，似乎都還是她熟悉的模樣。只是正值假期，學校並沒有來來往往的學生，不見那抹藍白的制服，顯得空蕩又寬敞。

周安然看了同樣空蕩蕩的球場一眼：「湯建銳他們在哪裡？」

他昨天說要先去球場打球，她還以為他們會先來球場的。

「說是去教室了。」張舒嫻說，「我們也去教室看看吧。」

四個女孩子手牽著手，沿著熟悉的道路往教室走，就好像時光還沒遠去，她們依舊天天一起吃飯、一起上學，頭一抬就能看到彼此。

幾人進了教學大樓，直接往二班的教室走過去。

湯建銳幾人果然在教室。

除了湯建銳和黃書傑，包坤和邵子林也在，這兩個人在其他城市上學，上次沒去北城，這會兒一見到她就笑：「喲，我們大嫂來了。」

周安然還不習慣這個稱呼，耳朵熱了下，笑著衝他們點點頭，又問：「你們怎麼坐得這麼分開？」

湯建銳：「我們坐的都是自己之前的座位，這不是難得回學校一趟嗎？想回味一下已經走的青春。」

「酸不酸啊你？」黃書傑翻了個白眼。

周安然對他們的座位依稀還有印象，剛才乍一看沒多想，現在發現他們好像真的是按照自己的座位坐的。

湯建銳也翻了個白眼：「那你別坐啊。」說完又看向周安然，「大嫂，妳們要不要也坐到自己的位子上試試？」

張舒嫻欣然點頭：「好啊，我正想坐過去呢。」

盛曉雯：「我和茜茜高二就轉班了。」

黃書傑：「沒事啊，一天是二班的人，終生都是二班的人。妳們就坐大嫂前面的位子吧，反正坐前面那排的人今天也沒來。」

「好吧。」嚴星茜點點頭。

張舒嫻拉著周安然走到她們的位子旁邊，笑嘻嘻道：「桌椅要擦一下，是吧？我今天就想著可能要來教室，就帶了紙巾。」

她拿了包紙巾出來，從中抽了兩張分別遞給嚴星茜和盛曉雯，又拿出一張幫周安然擦了下座位，再擦了擦自己的。

「有需要擦嗎？」包坤在後面問。

張舒嫻頭也沒回：「當然，一放假教室就會被搬空，上面也沒什麼東西擋著，幾天就能積一堆灰塵。」

「完了。」包坤道，「全都沾到我褲子上了。」

黃書傑嘲笑：「人家女孩子講究，是因為本來就愛乾淨。你就算了吧，說不定你的褲子比這張椅子還要髒。」

「喂，造謠犯法啊，黃書傑。」包坤說。

湯建銳趴在桌上笑道：「算了，你就當作是幫學弟妹們打掃了。」

包坤又瞥了黃書傑一眼：「瞧瞧人家，多會說話。」

後面的男生鬧成一片。

周安然在他們的笑鬧聲中，在熟悉的位子上坐下。

可能是某些習慣已經刻進了骨子裡，她才剛坐下，就下意識想回頭看一下那個空位。

剛想回頭，坐在她前面的嚴星茜先轉過頭來，從包包裡拿了本書放到她面前。

「然然，妳的英文課本，之前幫妳收東西的時候，不小心把這本落在我家了。」

周安然看著面前那本仍然嶄新的英文課本，稍稍愣了下。

大概不是嚴星茜不小心把這本書落在家裡，多半是她難得細心了一回，或者是被盛曉雯和張舒嫻提醒了下，怕她觸景傷情，故意沒把這本書給她。

當時的她確實怕觸景傷情，東西都是何嘉怡幫忙收的，就沒發現落了本英文課本。

不過前幾天去嚴星茜家的時候，她怎麼沒拿給她啊？

想起嚴星茜大大咧咧的性格，周安然又猜可能是因為今天要回學校聚會，她才難得想起這件事吧。

後面的男生們還在吵，笑聲一陣陣傳過來。

周安然指尖落在英文課本上，正想翻開，書上突然搭上了另一隻大手，手指骨節清晰，腕骨上有一顆棕褐色的小痣。

他什麼時候來的？周安然眼睛一亮，忙抬起頭看他。

旁邊的男生眉眼間還是那副讓她無比心動的模樣，身上穿的卻不再是早上見面時的一身黑。他不知何時換了一身二中的秋季制服。

見她抬眸望過來，男生眉梢輕輕揚了下，蓬勃的少年氣瞬間冒出，依舊是當年那個意氣風發的少年。

「高二二班的周安然同學。」

陳洛白的手先她一步翻開那本英文課本，另一隻手拿著一個信封，動作緩慢地將信封火進英文課本。

周安然緩緩抬起頭，穿著制服的男生看她的目光，帶著從前在這間教室裡沒有過的溫柔愛意。

她像是明白了什麼，心跳聲喧囂無比，鼻間倏然酸澀起來。

周安然緩緩回過頭。

湯建銳、黃書傑、包坤、邵子林，還有不知何時也進來教室的祝燃，都坐在他們高二第一學期的位置上，不知怎麼也都換上了一身藍白制服。

周安然又轉回頭。

她旁邊的張舒嫻，前面的盛曉雯和嚴星茜正把冬季的外套脫下，裡面竟然也都穿著二中的秋季制服。

一瞬間，就好像他們不是重回學校聚會，而是真的回到了高二一般。

身側同樣穿著秋季制服的男生，將那本英文課本挪到她課桌邊緣、和當初一樣要掉不掉的位置，然後低聲問她：「不打開看看嗎？」

周安然努力壓了壓鼻間的酸意，伸手翻開那本英文課本，也和那天一樣，因為裡面夾著東西，她一翻，就翻到了那一頁。

書裡夾著一個信封，在信封上，周安然再次看到了那無比熟悉的字跡，上面寫著「高二二班的周安然收」。

時間好像突然被拉回到當初那個炎熱得宛如夏季、卻還沒過去的初秋。

太陽的光線像今天一樣躲在雲層裡，天氣卻熱得悶人，學校的香樟樹常年翠綠，蟬鳴聲久不停歇。

那天她和幾個好友一起去校外吃飯，回教學大樓後，嚴星茜和盛曉雯上樓去文組的教室，張舒嫻在教室外被朋友攔下。

她獨自走進這間教室，發現英文課本不在原位。

那天她翻開英文課本，看到裡面夾著一張紙，上面遒勁熟悉的筆跡寫著：『謝謝妳那天的藥，我很喜歡，也很喜歡妳。』

當時她滿心難以置信，怎麼也不敢相信那封情書是他寫給她的。

但是今天，陳洛白真的寫了一封情書給她。

視線迅速變得模糊，周安然聽見男生又叫了她一聲：「周安然。」

她抬起頭，淚光朦朧中，看見陳洛白側倚在她桌邊，正垂眸看向她，然後周安然聽見他低聲說——「高二二班的陳洛白喜歡妳。」

——〈檸檬汽水糖〉正文完結——

番外一　之後的我們

01

日光從雲縫中鑽出來，一連陰了數日的南城終於在這天放晴。

下午三點。

正值寒假期間、已經安靜了許久的二中又重新熱鬧幾分。第一排第三個球場上，穿著藍白制服的少年們在場中肆意奔跑，籃球擊地聲和笑罵聲此起彼伏。

「我靠，哈哈哈，銳銳你行不行啊？又投了一顆空心球。」黃書傑一邊跑動，一邊大肆嘲笑。

湯建銳朝他翻了個白眼：「你還好意思說我？你今天走步了那麼多次，我都懶得說，也就我們沒裁判，不然就你今天這犯規次數，早就被判下場了。」

投出去的籃球連籃框都沒沾到，倒是剛好落在跟湯建銳同隊的包坤手裡，只是包坤球還沒拿熱，就被人抄截。

「洛哥！哥！」包坤哀號，「你怎麼又抄我們球啊？就不能讓我們幾分嗎？」

他們這次剛好來了六個男生，正好打三對三。

三對三只打半場，兩隊進攻同一個籃框，相當於拿了球就可以立刻在原地展開攻勢。和湯建銳同隊的祝燃一邊去防守陳洛白，一邊忍不住吐槽了一句：「周安然在旁邊看著呢，某人孔雀開屏都來不及，怎麼可能放水？想得美。」

「是啊。」陳洛白晃開祝燃，往後一退，投了顆三分球，「我女朋友正看著呢，我怎麼能做出像作弊這種、這麼沒有運動家精神的事情呢？」

日光下，橙紅色的籃球劃出一道漂亮的拋物線，穩穩落入籃框。

黃書傑歡呼：「洛哥這後撤步三分還是美如畫、準如神！」

雖然三對三只打半場，但球輪轉快，防守和進攻都不能有片刻鬆懈，並不比打全場輕鬆多少。

他們一群人打著玩，又沒怎麼計分計時，這會兒不知打了多久。

祝燃剛才被姓陳的狗東西晃得腳步亂了下，正好有點累，直接放棄掙扎，摔倒後隨便往地上一躺，不起來了。

陳洛白伸腳踢了踢他，語氣嘲諷：「行不行啊？這才打了多久。」

「這是時間的問題嗎？」祝燃躺在地上朝他翻了個白眼，「你不知道防你有多難啊？我他媽上場後就一直在跑，一秒都沒停過。你去找你女朋友親熱吧，我躺兩分鐘再繼續。」

一提到「女朋友」，嘴毒心黑的某人就變得很好說話。陳洛白唇角勾了下：「好，那你慢慢躺。」

周安然捧著奶茶站在場邊，看見男生一步步朝她走來，身上仍穿著二中的秋季藍白制服。

不知是因為球場上全是熟悉的面孔，也全都穿著二中熟悉的制服；還是因為他剛才那句「高二二班的周安然同學」言猶在耳，他寫給她的那封情書也正放在她包包裡。

又或者是因為她現在站的地方，差不多是高一她看他比賽時站的位置。周安然在恍然間，有種此刻是高中的陳洛白正朝著高中的她，一步步走來的感覺。

但她不再是他注意不到的路人甲，她現在是他的終點與方向。

額頭被人輕輕彈了下。

周安然回過神，看見陳洛白已經走到她面前。

「想什麼呢？」陳洛白的手順勢往下滑，在她白皙的臉頰上捏了下，「我人都到妳面前了，還沒發現？」

周安然搖搖頭：「沒什麼，就是感覺好像回到了高中。」

陳洛白眉梢輕輕揚了下，唇角勾著：「能讓妳有這種感覺，那我今天這幾件制服就不算白找。」

周安然的唇角也彎了下，從口袋裡拿出剛才特意放進去的紙巾，幫他擦了擦臉上和脖子上的汗，又輕聲問他：「渴不渴，要不要喝點水？」

學校的福利社寒假沒開門，她們剛才點外送時，還順便點了一些水和飲料。

陳洛白點頭。

周安然正想彎腰去幫他拿水，手腕突然被他攥住。

周安然動作停下，疑惑地朝他眨眨眼，下一秒，就見男生突然俯身低頭就著她的手，咬住她剛才含過的奶茶吸管。

「喂喂喂。」就站她旁邊的盛曉雯故作不滿，實則打趣，「我們幾個活人還站在旁邊呢。」

嚴星茜：「就是說啊，當我們是空氣啊？」

周安然耳根一熱。

過來喝水的湯建銳幾人也跟著打趣：

「洛哥，你這就過分了啊，我們是來喝水的，不是來看你們放閃的。」

「是啊，大庭廣眾之下，別隨便虐單身狗。」

陳洛白直起身，手還攥著那隻細白的手腕，轉過頭，淡淡地掃了那幾人一眼：「過分？我還想說晚上的聚餐我請，不用AA，看來是不用了。」

湯建銳立刻轉頭看向黃書傑：「剛才是你說洛哥過分吧！」

黃書傑看向包坤：「不是我，是老包說的。」

包坤指指邵子林：「他說的。」

邵子林腦袋往後一轉，繼續甩鍋：「老祝你怎麼這樣啊？怎麼能說我們洛哥過分呢？」

祝燃還躺在地上，不知是休息夠了，還是被氣得中氣十足地吼了聲：「你們他媽的要不要臉啊？」

湯建銳當作沒聽到，彎腰隨手拿了瓶水：「洛哥你和大嫂繼續，我們去別的地方休息。」

黃書傑同樣拿了瓶水：「對，保證不打擾你們。」

「打擾個屁。」陳洛白笑罵，「休息夠了就繼續上，等會兒還得去看老高，別耽誤到吃飯時間。」

邵子林：「了解！那我們先去另一邊休息。」

幾個人勾肩搭背地走去另一邊，陳洛白懶得理這群活寶，他打了這麼一會兒球，倒不是累，就是熱得厲害。

他鬆開手，拉開制服拉鍊，脫下外套：「高一二班的周安然同學，幫我拿個衣服？」

周安然：「怎麼又變成高一二班了？」

陳洛白把外套塞進她懷裡。

男生脫下制服外套，裡面就只剩一件夏季短袖制服，眉眼間的張狂與少年氣一如當年。

「妳不是高一就看過我打球了？」

周安然心裡一下軟得厲害，唇角又彎了下，隔了幾秒才抱著他的制服輕聲問他：「你只穿一件短袖會不會冷啊？」

陳洛白垂眸看著她。

女生梨渦淺，耳廓緋紅，還是當初那副乖得又漂亮又好欺負的模樣。

陳洛白突然俯身湊到她身前，聲音壓得格外低：「怎麼會冷？妳知道我現在有多熱嗎？」

周安然眨眨眼。

男生頓了頓，聲音壓得更低，語氣像是多了點勾人心跳的笑意，剛打過球的緣故，呼吸熱得燙人。

「也就和我們回南城前一天晚上差不多吧。」

周安然：「！」

雖然盛曉雯幾人剛才也走遠了，周安然的臉還是瞬間燒紅。

「快回去打你的球吧。」

這場球賽最終打到三點二十五分。

本來就是打著玩，後面湯建銳幾人耍賴開始亂打，最後也沒分出勝負。

結束後，幾個男生先去把衣服換回來，而後一群人沿著學校林蔭道往校外走。

那時頭頂上最後一片烏雲已經散開，冬日的太陽毫無遮擋地照下來，曬得人身心都暖洋洋的。

周安然跟陳洛白走在最後，高大的男生把手搭在她肩膀上，虛攬著她往前走。

她從高一報到那天就喜歡上的人，終於陪她走上了以前上學必經的路。

日光照出來的影子在他們身後親密無間地疊在一起。

「我們下次再單獨來一趟吧。」陳洛白突然開口。

周安然轉頭看他：「怎麼啦？」

陳洛白的目光在她唇上落了兩秒：「下次來的時候再告訴妳。」

周安然的鼻子皺了皺：「怎麼又賣關子啊？」

「這不是——」陳洛白拖長尾音，笑著看她一眼，「怕妳始亂終棄嗎？得留點懸念吊著我女朋友。」

周安然：「我怎麼就會始亂終棄了？」

這個人又在亂說些什麼亂七八糟的。

陳洛白突然湊近她耳邊。

可能是因為知道這個地方對他們來說意義非凡，走在前面的一大群人各自笑鬧，卻沒有任何一個人回過頭，給他們留足了空間。

男生幾乎快貼著她的耳廓，壓低的聲音和滾燙的呼吸直往她耳朵裡鑽，「前幾天是誰睡完就不認帳，已經開始嫌我煩的？」

周安然：「！」

陳洛白說完，看她耳垂瞬間由白轉紅，又小又可愛，不由伸手輕輕捏了下。

周安然的耳朵不太經碰，輕顫了下，想起還在學校，擔心前面的人不小心回頭看上一眼，連忙伸手推他：「陳洛白！」

陳洛白看她的臉紅透，再逗大概真的會生氣，又笑著重新退開距離：「妳是在叫哪個陳洛白？」

周安然愣了下：「什麼意思？」

陳洛白：「是高一二班的陳洛白、高二二班的陳洛白還是現在的陳洛白，想叫哪個？」

周安然眨眨眼：「有什麼差別嗎？」

「有啊，高一的陳洛白有點眼瞎，高二的陳洛白已經想當妳男朋友，現在的陳洛白實現了他的願望——」陳洛白頓了頓，笑看著她，「但不管妳想叫哪個，他們都可以幫妳實現一個願望。」

周安然嘴角彎了下。

他好像總是這樣，每次把她欺負到快生氣的邊緣才停止，但每次又有辦法再把她哄開心。

耳垂上似乎還留著剛才被他碰上去時的觸感，周安然有點想去摸一下，又不好意思，臉仍紅著：「那我希望現在的陳洛白少欺負我一點。」

「這個不行。」

周安然偏頭瞪他：「這就說話不算話了？」

陳洛白：「因為已經在努力忍著了。」

周安然：「……？」

高國華的住處離學校不遠，出校門後，一群人也沒搭車，繼續步行過去，順路又買了一堆水果和飲料。

因為正值寒假，也怕貿然造訪太打擾，他們上午就已經提前打電話給高國華了。

可門打開後，高國華看見他們的那瞬間，仍滿是溢於言表的驚喜，等看見祝燃那幾個男孩子手上都提了不少東西，他才微皺了下眉頭，「不是跟你們說了人來了就行，不准帶東西嗎，怎麼又買了這麼多東西？」

祝燃笑著說：「就一點水果跟飲料，不值錢。」

「值不值錢都不准帶，等一下統統拿回去。」高國華說，「你們都還是學生，哪來的錢？亂買什麼東西。」

陳洛白在後面笑了下：「誰說我們沒錢了？我們有獎學金啊。」

「就是說啊。」湯建銳附和，「我們能考進大學拿獎學金，不就是您和其他老師教出來的嗎？買點水果也是應該的。」

高國華愣了一瞬。

教出來的學生都考上好大學，拿著用獎學金買的東西回來看他。

當老師最驕傲的事情，也就莫過於此。

但也就一瞬。

可能是怕他繼續反對，前面那幾個男生還像高中時一樣，一個個從他旁邊鑽進去，把拎著的東西全堆到玄關，一副「就算您不要，我們今天也要硬送」的態度。

高國華哭笑不得，只是剛才那男孩子一溜進去，前面再無阻擋，他一眼就看到了剩下的幾個女生，其中一個正和靠在門邊的陳洛白牽著手。

周安然這一下午，因為某人的刻意安排和稱呼更改，一直都有種回到高中讀書的感覺，此刻高國華目光掃過來，她不知怎麼的，莫名心虛了下，像是跟他早戀被班導抓到似的。

周安然連忙把手抽出來，下一秒，又被男生拉回去。

陳洛白笑得不行：「怕什麼，高老師早就知道了。」

祝燃已經放好東西，此刻就靠在門邊打趣道：「不止高老師知道，這位姓陳的每次發文都不鎖權限，我們班那幾個科任老師都看到了他當初宣布戀愛的那則貼文，包括我們高老師在內，好幾個都幫他點讚了。」

高國華看出周安然臉皮薄，雖然只教了她一年，印象中一直是格外乖巧聽話、成績穩定前進的那種好學生。

他招招手：「別站在門口了，都先進來吧。」

高國華就一個獨生女，比他們大了幾歲，之前去其他縣市讀書，畢業後留在當地工作，家裡就只有高國華和他太太。

師母姓胡，一邊笑著幫他們倒茶，一邊跟他們爆料：「你們高老師下午一直在看手錶，還沒到三點就開始幫你們泡茶了，現在幫你們倒的，已經是他煮的第四壺了。」

高國華咳了聲：「亂說什麼呢。」

一群人或坐沙發，或坐在搬過來的椅子上，不大不小的客廳瞬間熱鬧無比。

陳洛白從師母手裡接過茶，先試了試溫度，才遞給周安然：「小心燙。」

高國華見狀有些驚訝。

這還是他們當初那個不把女生看在眼裡、從來不會讓老師擔心他早戀的年級第一嗎？

高國華知天命的年紀，不由好奇問了句：「你們兩個是怎麼走到一起的，高三畢業後又碰上了？」

印象中，他們兩個在高中時期好像沒怎麼說過話。

當初的那封情書，宗凱也帶著撕走的那一小截，特意找教務主任解釋過了。

陳洛白隨手拿了另一杯茶：「不是，您不是看過那則貼文嗎？我說我惦記她很久了。」

高國華也端了杯茶來喝：「很久是多久？」

陳洛白語氣隨意，自在得像是在跟朋友聊天：「具體的時間點我也說不清，您就當作是高二剛開學吧。」

高國華剛喝了口茶，聞言差點嗆到：「高二剛開學？？」

陳洛白從容地點了下頭：「是啊，要是她沒轉學，您當初應該就要因為早戀找我談話了。」

高國華：「……？」

「喂喂喂。」旁邊幾個男生起鬨，「別以為高老師現在不當你班導，就管不你了啊，過不過分？」

周安然臉紅得厲害，但看見高國華難得一副有點驚訝、又說不出是想笑還是想氣的模樣，還是輕聲開口道：「高老師，您別聽他亂說。」

陳洛白偏頭瞥她：「這怎麼是亂說呢？」

周安然忍不住瞪了他一眼。

陳洛白：「……行，高老師，我是亂說的。」

高國華剛才確實有些驚訝，倒不是因為陳洛白那番話，畢竟教了他三年，他知道這個學生是什麼德行。

主要是想不出他們之間有什麼交集。

他們當老師的，當然也不是樂意棒打鴛鴦，其實只要有分寸，不影響學習，他們也願意睜一隻眼閉一隻眼。

高國華把茶杯放下，笑著拿手點點他：「當初在學校就仗著成績好無法無天，連班級幹部也不肯當，但凡是你不喜歡的活動就全部蹺掉，現在總算有人能管住你了。」

周安然還是頭一次被老師打趣，耳朵又熱了下。

他們一行人也沒在高國華家多待，喝完茶，各自聊了聊近況後就先告辭。

高國華和師母留他們吃飯，幾個男生反而反客為主，你一句我一句地試圖請高國華和師母跟他們一起聚餐。

高國華最後像是被吵得不行，開始趕客，臉上依舊是藏不住的笑容：「快走快走，一個個都成年了，還鬧得跟小孩似的，下次再來的話，不准買東西了。」

從高老師家出來，他們一行人去了附近的一家燒烤店。

剛過四點三十分，燒烤店才剛開門，他們是第一組客人。

陳洛白跟老闆要了一間大包廂，點餐時跟幾個男生說了句不用客氣後，幾乎把菜單上的東西點了一遍。

燒烤店才剛開門，有些東西還沒完全準備好，老闆提前和他們打了聲招呼。第一批燒烤被送進來的時候，已經臨近五點。

董辰和賀明宇這時剛好從包廂外進來。

賀明宇徑直往裡面的空位走，但不知是不是錯覺，周安然感覺董辰像是往她這邊看了一眼。不等她疑惑地看過去，董辰又收回了目光。

可能是因為嚴星茜就坐在她旁邊吧。周安然也沒多想。

湯建銳倒是一見他們就好奇地問：「你們兩個有什麼急事啊？下午都不過來，到現在才有空。」

賀明宇在他旁邊坐下：「沒什麼，就是有親戚來家裡了。」

「你們兩個人的家裡剛好都有親戚來拜訪啊？」黃書傑好奇問。

董辰：「是啊。」

除了後來的賀明宇和董辰之外，剩下幾個男生下午都打了場球，這會兒已經餓壞了。

所以一開始大家都在認真吃飯，等過了半小時，肚子填得差不多後，就有人開始鬧著敬酒了。

最先拿起酒杯的是坐在陳洛白對面的黃書傑，他倒了滿滿一杯啤酒：「洛哥，我敬你一杯啊，高中這三年，除了考上好大學之外，另一件最榮幸的事，就是和你當了三年的兄弟。你不知道，到現在都還有一大堆女同學，找我打聽你的消息和聯絡方式。」

湯建銳在旁邊推了推他：「不會說話就閉嘴。」

「這又沒什麼，我洛哥不是一個都沒給嗎？」黃書傑說著又看向周安然，「大嫂，我跟妳說實話啊，洛哥在高中那三年是真的沒怎麼搭理別的女生，他主動邀請過的女生只有妳。」

邵子林聽他提起這件事，不由起了點八卦心：「那時候洛哥還騙我們說跟妳沒什麼呢，說是大嫂妳不小心聽到他說要蹺課，他不想要妳告訴老師，所以才請妳喝飲料，是真的嗎？」

周安然：「……？」

她什麼時候聽說過他要蹺課了？周安然偏頭看向旁邊的男生。

陳洛白懶懶地靠在椅背上，笑容也散漫：「這不是沒經驗嗎？我當初也沒弄清楚，不然喜歡她這件事有什麼好瞞著你們的？被她聽見我蹺課確實不是真的，是我想教她蹺課，沒成功。」

「我們大嫂當年可是乖巧的好學生。」黃書傑難得不贊同地望向他，「你居然教她蹺課？」

周安然想解釋說不是。

那天他應該是看她哭，又不知道要怎麼哄，後來又見她承認是因為壓力大才哭，所以給了蹺課放鬆一下的建議。

但男生在桌下突然牽住她的手，捏了捏她的指尖。

周安然慢了半拍，便被他搶先開口。他像是笑著瞥了她一眼：「正是因為沒成功，才要賄賂她一下，讓她別告訴老師。」

黃書傑的手不小心碰到酒杯，啤酒撒到手上，這才發現話題被扯遠了：「反正，洛哥，我敬你一杯。」

說完他一口乾了。

陳洛白直起身，往杯裡倒滿啤酒，隔空衝他抬了抬杯子，然後仰頭一口喝了。

湯建銳有樣學樣：「洛哥，我也得敬你一杯，老黃的那杯你乾了，我這杯你也得乾掉吧！」

陳洛白失笑：「夠了啊。」

湯建銳：「洛哥你偏心。」

陳洛白朝滿是竹籤的桌子抬抬下巴：「我醉了的話，誰幫你們結帳？」

湯建銳立刻改口：「那我乾了，洛哥你隨意就好。」

湯建銳這邊是消停了，嚴星茜那頭又幫自己倒了滿滿一杯酒，站起來，半轉過身：「陳洛白，他們那杯你可以不喝，我這杯你必須乾了。然然是我從小到大最要好的朋友，你得對她好一點，要是你敢對她不好，我不管你厲不厲害，都會找你算帳的。」

張舒嫻：「沒錯。」

盛曉雯也順便倒了一杯：「我跟一個，我知道你晚上肯定還有話要跟然然說，我們三個人敬你，你喝一杯就行。」

「好。」陳洛白倒了杯酒，跟她們三個碰了下杯，「妳們放心。」

周安然的鼻子莫名酸了下。

結果賀明宇不知怎麼，也從對面繞過來，目光隔著鏡片落到她臉上，像是有些複雜，細看卻又看不出什麼。

「周安然，妳能喝一點嗎？」

陳洛白也低聲問她：「能喝嗎？」

周安然點頭：「一點點的話沒問題。」

賀明宇：「那我敬你們兩個一杯。」

陳洛白幫她倒了三分之一杯酒，只把自己那杯倒滿。

賀明宇跟他們兩個碰了下杯：「祝你們幸福。」他沒看周安然，只朝陳洛白看了一眼。

陳洛白衝他點了點頭。

董辰今天才知道賀明宇暗戀周安然好幾年的事，下午陳洛白要送情書給周安然，他就陪賀明宇一起缺席。

但看著眼前這一幕，想也知道賀明宇心裡不好受，也不知道怎麼安慰，只是拍了拍賀明宇的後背。

等賀明宇回到座位上後，董辰才轉頭看向嚴星茜：「嚴星茜，我們兩個喝一杯？」

嚴星茜瞥他一眼：「誰要跟你喝。」

董辰：「妳當初跟我打賭輸了，妳還欠我一個要求，妳記得吧？」

嚴星茜警惕地看向他：「你想要我做什麼？」

「沒什麼。」董辰幫她倒了半杯，「跟我喝杯酒，然後祝我早點當上飛行員就好。」

嚴星茜狐疑地看向他：「就這麼簡單？」

董辰：「就這樣。」

「我不信。」嚴星茜仍然懷疑，「你會這麼簡單就放過我？」

董辰笑了聲，也不知是不是氣的：「給妳兩秒，不信我就真的後悔了。」

嚴星茜連忙拿杯子跟他碰了下：「祝你早日，最好明天就成飛行員。」

董辰：「……」

嚴星茜跟他喝完這杯，可能是有點起勁，又去敬周安然幾人：「祝我們家然然寶貝早點成為科學家，舒嫻早點當上醫生，曉雯順利成為外交官。我呢，早點看到我偶像的演唱會。」

等喝完，黃書傑那邊也跟著起鬨。

「我們大家乾一杯吧。」

這次倒沒人拒絕，一群人一起站起來。

祝燃看了陳洛白一眼：「今晚你請客，敬什麼你來說。」

陳洛白照舊先幫旁邊的女生倒了小半杯，隨後才把自己那杯加滿。

男生下巴輕輕一揚，依舊耀眼又意氣風發：「那就祝我們前程似錦吧。」

一頓燒烤從下午四點半吃到快九點才結束。

湯建銳和黃書傑兩個人已經醉得東倒西歪，在你一句我一句地接唱〈最炫民族風〉。

陳洛白把手搭在周安然的靠椅上，虛攬著她：「你們今晚是要回去，還是我幫你們訂一間附近的飯店？」

祝燃頭痛地看了旁邊的兩個醉鬼一眼：「訂飯店吧，我怕這兩個醉鬼吐在計程車上。」

陳洛白頭一點：「好。」

夜色沉沉，南城冬天的晚風有些刺骨。

出門後，陳洛白把旁邊的女生往懷裡拉了拉。

董辰站在門口，被風一吹，不知是那點不濃的酒意上頭，還是因為賀明宇下午和他說的那句「趁早告白，別等遲了才後悔」，他突然叫住在盛曉雯旁邊蹦蹦跳跳的人。

「嚴星茜，過來一下，我有話跟妳說。」

「你能有什麼話要跟我說？」嚴星茜警惕地看向他，「別告訴我你後悔了啊，男子漢大丈夫，這樣很丟臉的。」

董辰：「……沒後悔。妳是不是不敢來？」

激將法果然還是最有用的。

「有什麼好不敢的？」嚴星茜跟著他走去了一邊。

除了兩個醉鬼之外，其他人都默契地站在原地，等他們聊完回來。

陳洛白把周安然摟進懷裡，手指撥了撥她被風吹亂的頭髮，低聲問：「冷不冷？」

周安然搖搖頭，幫他把外套拉鍊拉上：「不冷。」

「頭不暈吧？」陳洛白又問。

周安然抬手抱住他：「不暈。」

兩人抱著小聲聊了一會兒，已經聊完的嚴星茜這時走過來，戳了戳周安然的背。

周安然回頭看她：「聊完了？」

嚴星茜「嗯」了聲：「陳洛白，把女朋友還給我一下。」

陳洛白對她這個「還」字有點不爽，卻還是鬆開手。

嚴星茜拉著周安然走到一邊，又朝盛曉雯和張舒嫻招了招手，四個女生又湊到一塊兒。

嚴星茜回頭看了還站在原地的董辰一眼，一臉難以置信與莫名其妙：「我跟妳們說，董辰剛才跟我說，他從高一就喜歡我了，妳們說，他是醉了還是瘋了？」

周安然莞爾：「他沒醉也沒瘋，應該是真的從高一就開始喜歡妳。」

嚴星茜一愣：「妳怎麼知道？」

「很明顯啊。」周安然幫她把敞開的外套扣子扣上，「就妳遲鈍看不出來。」

嚴星茜：「！」

她看看周安然，又看看其他兩個完全不見驚訝的好姐妹。

「所以妳們都看出來了，那怎麼不和我說？」

「我之前也不是百分之百確定。」周安然笑著說，「反正妳也沒開竅，就沒跟妳說。」

盛曉雯：「他都不敢跟妳告白，我們為什麼要幫他？」

「就是說啊。」張舒嫻點頭。

嚴星茜頭大：「不說這個了，明天再想吧，說不定他真的喝醉了，酒醒後就會找我道歉了。」

周安然笑了下，反正她們都是站在嚴星茜這邊的，自然不會催她，只輕聲問：「妳們今晚要回去還是住飯店啊？」

「就住飯店吧。」盛曉雯說，「我們幾個也很久沒聊天了，還能幫妳打個掩護。」

「就是說啊。」張舒嫻往後看了一眼，「陳洛白為了今天沒少費心，我們今晚就不跟他搶妳了。」

周安然的耳朵又熱起來，但唇角卻一點點彎起來。

一行人走去飯店。

陳洛白幫他們開了房間，讓祝燃注意一下兩個醉鬼，也沒再送他們上去。飯店大廳除了服務生和來來往往的陌生人之外，轉瞬只剩下他們兩個。

「我們不住這邊嗎？」周安然剛才就想問他了，只是不好意思。

陳洛白捏了捏她泛紅的耳垂：「怕妳住飯店會不好意思，跟我回家吧？」

周安然：「！」

回……回家？

陳洛白一看到她把眼睛睜得圓圓的，就猜到她在想什麼，笑得不行：「不是我爸媽家，我在學校這邊有間房子。」

周安然鬆了口氣，又不由瞪他。

他自己不說清楚，現在還好意思笑她。

她長相乖，瞪人的樣子沒有任何威嚇力，反而像撒嬌。

陳洛白的喉結滾了下，收起笑容：「然然。」

男生朝她伸出手，看她的眼神像是帶著熟悉的火星子，那雙漆黑的眼又像是藏了某種鉤子一般，勾得人臉紅心跳。

他低頭靠過來，聲音壓低：「這次也跟我走嗎？」

02

陳洛白的這間房子就在二中附近，是前幾年新蓋的高級社區。主色調是黑白色，和北城的那間公寓不太一樣，不像那般空蕩，有不少生活用品，像是有居住過的痕跡。

「你在這裡住過嗎？」周安然偏頭問他。

陳洛白點頭：「高三在這裡住了一年。」

聞言，周安然就不覺得奇怪了。

二中每年確實都會有不少高三生選擇在附近租房，因為升學考是場硬仗，能省一點時間是一點。

換好鞋，陳洛白朝她伸出手：「渴不渴？要不要先喝點水？」

周安然像不久前在飯店一樣，把手交到他手上：「有一點。」

陳洛白牽著她走到沙發邊：「先在這裡坐一會兒，我去幫妳倒水。」

在沙發上坐下後，周安然才發現忘了把包包拿下來。

她把身上的黑色斜背包放到茶几上，不由又開始盯著包包發呆。

陳洛白寫給她的情書還在她包包裡。

下午進教室前，或者說，直到他穿著那身二中的制服出現在她面前之前，她都以為今天只是一場普通的同學聚會。

她完全沒想到，他會讓所有人換上二中制服，半還原當天的場景，然後用一封新的情書覆蓋舊的那封。或者說，他用第二封情書，讓之前那一封變成某種甜蜜的回憶。

「怎麼又在發呆？」陳洛白的聲音突然響起。

周安然轉過頭，看見他在她旁邊坐下，冷白修長的手上拿著個玻璃杯遞過來。

杯裡應該是溫水，有熱氣在杯口縈迴。

周安然搖搖頭，接過水杯喝了兩口。

陳洛白見她又把杯子放下，還來不及做什麼，女生已經先鑽到了他懷裡，雙手抱在他腰上，柔軟地貼上來。

他先愣了下，又不禁笑起來，手摟在她腰上：「怎麼了，今晚這麼主動？」

周安然直到此刻，心裡都泛著軟，像是有好多、好多、好多話想和他說，卻又不知道該說些什麼。

她向來不善於表達情感。

周安然盯著男生輪廓分明的臉看了幾秒，又把臉埋進他頸窩，悶了片刻，最後只說出一句：「好喜歡你。」

陳洛白摟在她腰上的手一緊。

這是他第二次親口聽她說她喜歡他。

上次是昨天下午，但那時候的她哭得厲害，他一心只想著怎麼把人哄高興，當時都沒來得及好好體會。

這次好像也不行。

她平時跟他撒個嬌，他都有點受不了了，更何況是用這種近乎撒嬌的語氣跟他告白，加上他今晚帶她回來的目的本來就不單純。

「周安然。」

周安然「嗯」了聲。

陳洛白垂眸，看她頭髮在他懷裡蹭亂了少許，露出來的半截脖頸泛著粉色。

「記得我下午和妳說過什麼嗎？」

周安然稍稍愣了下：「什麼呀？」

陳洛白提醒她：「妳說我說話不算話，我後面接的那一句。」

——因為已經在努力忍著了。

她的臉瞬間變燙。

陳洛白捏了捏她的後頸，低頭靠近她耳邊：「答應跟我回來，還用這種撒嬌的語氣跟我告白，妳就不怕……」

他停頓了下，後半句話是完全貼在她耳邊說出來的。

周安然根本沒想到會從他口中聽到這種話，像是忘了害羞似地抬頭看向他，杏眼睜得圓圓的。

陳洛白像是被她這個反應逗笑，整個人笑倒在她身上，周安然被他這股力道帶得和他一起倒在沙發上。

他還在笑，肩膀微微發抖。周安然慢了半拍，已經紅透的臉像是要燒起來，說不出是羞是惱。

「陳洛白！」

陳洛白勉強止住笑，捏了捏她的臉頰：「我不是有說過嗎，不要對我有什麼濾鏡，青春期其他男生會看的影片，我也不是沒看過。」

頓了一秒，他像是又想起什麼，緩緩勾起唇角：「這麼說來，回來前那晚，讓妳叫我學長也沒叫錯。」

分不清是因為明白他說的影片是指什麼，還是放假前一晚的回憶因為他這句話，瞬間在腦中如電影般重現。周安然臉燙得厲害，羞得乾脆趴到沙發上，不再看他。

男生從後面抱上來，像是在哄她，又像是還在笑：「怎麼還這麼害羞，要是不喜歡聽，我以後就不說了？」

周安然揪了揪身下的抱枕，想說「也沒有」，卻又說不出口。

「真的不理我了？」陳洛白壓低聲音，撥開她的頭髮，露出了比下午還要紅的一小截耳垂。

周安然搖搖頭。

「搖頭是什麼意思？」陳洛白想起她昨天說縱容他不是因為乖，是因為很喜歡、很喜歡他，心裡那點惡劣因子好像又要壓不住，繼續貼在她耳邊追問，「是沒有不喜歡聽，還是沒有不理我？」

周安然把臉悶在抱枕裡，越來越熱，隔了一秒她才輕著聲：「沒有不理你。」

房間雖然安靜，卻不至於聽不清她的聲音，然而下一秒——

「沒有不喜歡聽，是吧？」他拖長尾音，明顯就是故意的。

周安然：「……」

她這才相信他平時真的在忍著少欺負她了。

「陳洛白！」周安然把臉悶在枕頭裡，聲音聽起來沒有任何威嚇力，「你不要亂說！」

像是有羽毛在心裡輕輕撓了下，陳洛白低頭親了親她緋紅的耳垂，「不是不理我的話，那妳轉過來看看我？」

周安然：「不轉。」

「不想轉過來，是喜歡這樣趴著嗎？」陳洛白突然開口，聲音比剛才低了幾分。

「什麼？」

身後的男生也沒等她回答，聲音多出了一點明顯笑意：「算了，等妳先習慣一下，以後再說吧。」

客廳應該是裝了暖氣，剛進來的時候還不明顯，隨著時間推移，室內溫度越來越高。

周安然熱得厲害，披散下來的黑髮被汗水打溼，黏在脖頸上不動，她也沒心思注意。

她半躺在沙發上，往後移了一點，又立刻被人拖回來。抱枕重重地撞上沙發扶手，沙發軟得沒有一個著力點，周安然側了側頭，他手撐在她身側，像是也染了汗，手臂青筋浮起。

周安然攥住他的手腕，不知是想求饒，還是純粹想叫他一聲：「陳洛白。」

但這好像只會讓他變本加厲。

這個人還是跟回南城的前一晚一樣，惡劣得要命。

他聲音響起，帶著笑，像是下午剛打完球那會兒，帶著一點喘息：「不是說了要叫學長？」

客廳裡越來越熱，某人也越來越惡劣。

然後他終於如願聽見女孩破碎著叫出口的幾聲「學長」。

主臥室有整面的落地窗，這間房子又位於高樓，據陳洛白說，在窗前可以俯瞰整個二中。

但周安然被他從浴室抱出來的時候，已經累得厲害，完全沒心思去欣賞學校的夜景。

在床上躺下後，周安然連手指頭都不想動。

男生低頭在她額頭上親了親，這會兒又溫柔地問：「睏不睏？」

明明身體是累的，不知怎麼，大腦卻很清醒，沒有一點睏意，周安然剛想搖頭，目光瞥見他床頭櫃上擺了個玻璃瓶。

雖然累得厲害，但她還是半撐起身看了一眼。玻璃瓶不大，裡面裝著兩根棉棒和兩個ＯＫ

繃。

陳洛白看她突然起身：「怎麼了？」

周安然手痠，看清楚就重新躺回來，心裡也開始泛酸，往他懷裡靠了靠：「床頭櫃上的玻璃瓶，裡面的東西是我給你的嗎？」

陳洛白回頭看了一眼。

高三的時候，這個瓶子被他從家裡帶過來，在這床頭櫃上放了一年多。

他「嗯」了聲，垂眸看著懷裡的女生，很輕地笑了下：「看來那天雖然跑得快，塞了什麼東西給我倒是記得很清楚。」

周安然沒問他為什麼把快過期、甚至不算是禮物的東西收進玻璃瓶放到床頭櫃上。

因為她臥室裡也有一瓶過期的可樂。

她就是有點後悔，當初沒有大膽地再多送他一些東西。周安然伸手環住男生的腰：「我好像都沒送過什麼禮物給你。」

陳洛白把她頰邊的頭髮往耳後撥了撥：「剛才不是送了嗎？」男生勾了下唇角，意有所指地說，「妳已經把整個人送給我了。」

周安然的臉瞬間變紅，羞惱地咬了咬他的下巴：「你正經一點。」

陳洛白抱著她笑：「原來兔子急了是真的會咬人。」

周安然瞪他。

陳洛白捏了捏她臉頰：「還是這樣瞪我的時候最可愛。」他撥了撥她頰側的頭髮，「妳剛才看起來像是又要哭了。」

他剛才是不想看她哭，所以才故意這樣逗她？

周安然剛轉完這個念頭，又聽見他的聲音低低地在耳邊響起：「妳還喜歡我，這就是最棒的禮物了。」

周安然的心忽然軟得不行，很輕地說：「你才是。」

你的喜歡，才是我收過最棒的禮物。

「我才是什麼？」陳洛白問。

周安然又有點不好意思開口。

男生靠得好近，眼裡還帶著笑，像剛在一起時那樣威脅她：「不說我就親妳了？」

周安然攥了攥他的衣服，主動靠過去親了親他。

下午知道他讓她朋友提前在校門口等她的時候，她就後悔下車的時候沒主動親他。

親完她想退開，後頸又被他扣住。陳洛白捏了捏她的下巴，女生很乖地張開嘴，他把舌尖抵進去，勾著她的舌尖輕輕纏在一起。

兩人接了個格外溫柔的吻。

退開後，陳洛白輕抵著她的額頭：「妳真的在高一報到那天就喜歡上我了？」

周安然的耳朵尖還熱著，卻還是點了點頭：「嗯，不過你應該都不記得了吧？」

「誰說我不記得了？」陳洛白說。

周安然有點驚訝：「你記得嗎，你那天不是看都沒看我？」

陳洛白：「宗凱和我說的。」

周安然皺了皺鼻子：「那就是不記得。」

「我只是不知道是妳，但確實記得這件事。」陳洛白的手往下滑了滑，落到她腰後，「我當時抱的位置大概在這裡吧？」

周安然回想了下。

那天宗凱從三樓探出頭來，能看到他抱著她，但應該沒辦法看清他抱她的位置。

她從驚訝變成驚喜：「你真的記得呀？」

陳洛白捏了捏她的臉頰：「騙妳做什麼？」

「因為你那天根本沒看我啊。」周安然不自覺跟他撒嬌。

「沒看妳是因為那天是我第一次和女生這麼親近，不太自在，也覺得不合適。」陳洛白頓了頓，看她的目光帶著笑，「要是知道那是我未來的女朋友，我當初就多抱一會兒，好好看看她了。」

眼。

周安然平時放假也都是六、七點就醒，第二天也沒能多睡太久，九點鐘就迷迷糊糊地睜開

臥室裡的遮光窗簾被拉上，宛如黑夜。

陳洛白已經醒了。

男生一隻手抱著她，一隻手拿著手機在看，螢幕上的光線照亮著他輪廓分明的臉。

像是察覺到她的動作，陳洛白很輕地問了聲：「醒了？」

周安然還有點睏，在他懷裡蹭了蹭，才含糊著「嗯」了聲。

陳洛白把手機隨手丟到一邊，低聲問：「餓不餓？要不要幫妳叫外送？」

周安然還沒完全醒來，靠在他懷裡緩過那陣睏意才開口：「還不餓，你把燈打開吧，別摸

黑看手機。」

陳洛白伸手開了燈。

女生又乖乖靠回他懷裡，她身上他的T恤領口歪到一側，露出一小截肩膀。

「有沒有不舒服？」陳洛白低聲問她。

周安然：「……？」

陳洛白的手指在她瞬間變紅的臉頰上捏了捏，抱著她笑：「怎麼還是這麼容易害羞？看來

又問不出什麼了。」

他停了一秒，熱氣撲打在她耳邊，聲音笑意明顯，又像是帶著點意味深長，「我還是自己看

吧。」

遮光窗簾拉得嚴實。

女孩子雪白的腿被折到身前，一點點吃進去不屬於自己的東西。

床頭的檯燈有點亮，像是能將房內的一切都照得清清楚楚。

周安然的腦袋下墊了兩個枕頭，目光微微向下，她羞恥地撇過頭，看見被他丟在一邊的手機時不時亮一下。

應該是之前怕打擾她，開了靜音模式，並沒有聲音響起。

「你的手機一直在亮。」

男生的黑眸瞇了下，像是有些不滿，動作變得又凶又重，「妳還有心思管手機？」

周安然攥緊床單，有片刻沒能說出話，全是嗚咽著哼出來的破碎音節。

等到手機又亮了幾下，她才忍不住再次開口提醒：「又在亮，會不會是誰有重要的事情找你？」

陳洛白的目光只落在她身上，完全沒管手機：「沒什麼重要的事，大概是湯建銳他們在群組裡聊天，想約大家今天下午一起去爬山，我沒答應。」

檯燈晃得厲害。

周安然有些頭昏腦脹，下意識看著他問：「為什麼啊？」

因為不自覺帶著些哭腔，她語氣聽起來可憐得厲害，越發惹人想更狠一點。

陳洛白壓著她的膝蓋，唇角勾了下：「妳今天還有力氣爬山？」

周安然：「……」

到了十點半，手機還在亮。

周安然靠在枕頭上平復著呼吸與其他反應，白皙的肩膀潮紅一片。

「他們好像還在聊，要不要看一下啊？」

陳洛白有一下沒一下地親她：「妳看吧，密碼是妳的生日。」

周安然唇角彎了下，把手機拿過來，打開群組看了一眼。

「湯建銳請我們去他舅舅家玩，他舅舅在郊區那邊開了一間民宿，說讓我們一起去那邊住一晚，趁著天氣好，明早還能去山上看日出，要去嗎？」

陳洛白還在親她：「妳想去我們就去。」

「你明天不用回律師事務所嗎？」周安然問他。

「請假了。」陳洛白抬眸看她一眼，「女朋友好不容易回來，還回什麼律師事務所。」

「那去吧，難得都有時間。」他動作溫柔，周安然被他親得發癢，伸手推他，「陳洛白，你別這樣親我。」

「又不認帳了，是吧？」陳洛白低頭在剛才親過的地方咬了下。

周安然這下不覺得癢了，很輕地顫了下：「你怎麼總咬這顆痣呀？」

回南城的前一晚她就發現了，但她那天沒好意思問他。

陳洛白抬起頭：「和它有點恩怨。」

周安然微低著頭，看見那顆痣旁邊有淺淺的牙印，臉一下又紅透：「恩怨？」

陳洛白的指腹落上那顆痣，想起高二剛開學不久的那個夜晚。

一隻細白的手拿著棉棒和ＯＫ繃遞到他面前。

抬頭時，他先看到女生黑色裙襬下那雙纖長筆直的腿，內側一顆黑色的小痣，襯得皮膚越發雪白晃眼。

他當時覺得不合適，就偏頭撇開了視線，再轉回來時，就只看到她匆匆跑進教學大樓的背影。

陳洛白重新壓住她的膝蓋：「因為我那天差點就抓到妳了。」

到了下午兩點，周安然和陳洛白才出發去飯店和其他人會合。

他們一群人中有大半已經考到了駕照，湯建銳舅舅的民宿離飯店差不多只有一個半小時左右的車程，陳洛白就請人另外送了兩輛車過來，加上他昨天開過來的那輛大G，一行人自駕過去。

兩點半從飯店出發，四點順利到達。

湯建銳舅舅的民宿位於山腳下，臨湖而建的別墅，白牆青瓦，清雅漂亮。

這會兒非年非節，民宿這晚正好沒客人，他們又是被湯建銳邀請的，不用辦理入住手續，也不急著分房，下車後跟湯建銳的舅舅打完招呼，一群人就四散著開始逛起了民宿。有去餵貓的，有去看後院湯池的，也有直接在客廳玩起桌遊的。

周安然被陳洛白拉著走到別墅外的湖邊。

趁著其他人都不在，周安然小聲問他：「我今晚是跟你住同一間嗎？」

「不然呢？」陳洛白在湖邊站定，伸手在她臉上掐了下，「周安然，妳怎麼每次睡完就不想認帳呢？」

周安然的臉熱了下：「我哪有。」

湖邊有風。

陳洛白把她拉進懷裡：「那是為什麼，還不好意思？」

周安然點點頭。

雖然他們昨晚一起從飯店離開，今天再分開住，是有那麼一點此地無銀三百兩的意思，但今晚大家都住在同一棟別墅裡，單獨和他住一間，多少還是有一點挑戰她的羞恥度。

陳洛白盯著她看了兩秒，像是妥協：「好，那妳去跟嚴星茜她們住吧。」

周安然見他答應，突然又捨不得：「那你呢？」

「我啊——」陳洛白頓了頓，語氣似乎很無奈，「我還能怎麼辦，女朋友不要我，我就只能獨守空房，失眠到天亮了。」

周安然被他逗笑：「有那麼誇張嗎？」

陳洛白微微壓低聲音，像是蠱惑：「妳半夜來我房間看看，不就知道了？」

周安然分不清自己是被他蠱惑，還是真的捨不得跟他分開，指尖揪了揪他的外套布料，最後小聲說：「那你今晚什麼都不許做。」

陳洛白眉梢輕輕一揚：「親妳也不行？」

親她當然可以啊，但是——

周安然的聲音更輕：「不許親別的地方。」

「別的地方指的是哪裡？」陳洛白抬手把她的頭髮撥開，輕輕捏了捏她耳垂，「耳朵，還是——」

他拖著語調，顯然就是在明知故問地逗她。

周安然的臉更熱：「陳洛白！」

陳洛白抱著她笑得不行：「嗯，叫我做什麼？」

周安然：「……」

祝燃的聲音突然在身後響起：「你們兩個暫時別親熱了，有突發狀況。」

周安然急忙將某個混蛋推開，轉身朝門口的祝燃走過去。

陳洛白從後面追過來，重新牽住她的手。

周安然的指尖動了動，也沒再甩開，只看向祝燃：「什麼突發狀況？」

祝燃：「銳銳的舅媽剛才切菜切到手了。」

周安然愣了下，忙問：「嚴重嗎？」

「不嚴重，切了個小口子，已經止血了。」祝燃說，「但我們也不好意思請人家再幫我們做晚餐了，我們打算自己做，他們讓我出來問問你們兩個會不會做菜。妳旁邊這位少爺肯定是不會的，妳會嗎？」

周安然搖搖頭：「我也不會。」

何嘉怡和周顯鴻幾乎不讓她進廚房幫忙。

祝燃對這個結果也不意外，隨口打趣了一句：「你們兩個連飯都不會做，以後該怎麼辦？」

周安然：「……？」

什麼以後？

陳洛白懶洋洋地接道：「我學吧，或者請人做，總不能讓她做。」

祝燃有些無語：「是是是，你老婆最金貴。」

「那當然。」陳洛白理所當然的語氣，「我老婆的手可是要用來做實驗的。」

周安然剛緩下來的臉又熱了幾分。

祝燃更無語：「……我他媽就不該多說這句。」

好在張舒嫻和包坤多少有點廚藝，湯建銳的舅媽在切到手之前，就已經幫他們準備了幾道涼菜，加上民宿還備著一些自熱小火鍋，這一晚他們到底也沒餓著。

因為第二天要早起去看日出，吃完飯大家也沒在客廳多待，周安然也沒再糾結，還是跟陳洛白住同一間房。

隔日四點半，一群人在客廳集合。

確定所有人都到齊，祝燃和黃書傑走在最前面打開民宿大門。

下一秒，兩人齊齊鬆手，大門重新關上。

「靠。」祝燃搓了搓手，「大冬天去看日出，是誰出的白痴主意？」

黃書傑一指湯建銳：「銳銳出的。」

「起都起了，不去也浪費——」祝燃頓了頓，跟黃書傑對了個眼神。

黃書傑接上話：「那先把銳銳打一頓熱個身吧。」

湯建銳：「……？」

被兩人一左一右圍住，湯建銳邊躲邊叫：「就算這主意再怎麼白痴，也得要你們答應才能成行啊，要耍白痴那也是大家一起耍白痴，而且洛哥也沒說什麼。」

陳洛白懶懶地把手搭在周安然的肩膀上：「別扯到我身上，我跟我女朋友冬天去看日出那叫『浪漫』，懂嗎？」

盛曉雯推開門：「算了算了，與其在這裡看別人放閃，我們還不如立刻去看日出。」

一群人頂著寒風出了門。

這場日出之行，周安然後來也記了好久好久。

大冬天看日出，好像也就十八九歲，最青春肆意的年紀，才會做這樣的傻事。

民宿後面的高山是郊區的小眾景點，有修好的大路直通山頂。

一群人往上走，周安然和陳洛白又被落到了最後。

山不算高，但周安然體力不算好，還沒到山頂，雙腿已經開始痠痛，也喘得厲害。

陳洛白停下腳步，偏頭看她：「我背妳上去？」

周安然看了前方黑漆漆的路一眼。

湯建銳早就跑到了最前方，她第一次來，不知道還剩下多遠，不太捨得讓他背她。她搖搖頭：「我還能再堅持一下。」

「但是——」陳洛白頓了頓。

周安然：「但是什麼？」

「妳再這麼喘下去——」陳洛白的目光從她臉上稍稍往下，引人遐想地停了一秒，然後又重新落回她臉上，語氣也曖昧，「我可能會忍不住想親妳。」

周安然：「……？」

她往前看了下，離他們最近的是嚴星茜幾人，大概只有幾公尺左右的距離，應該聽不到他的話。

周安然忍不住瞪了他一眼。

陳洛白又笑起來，隨即轉過身，語氣似乎正經了幾分：「上來吧，還沒背過妳。」

周安然確實還沒被他背過。

她見他一副臉不紅心不跳，一點都不累的樣子，而且還有心思欺負她，就也沒再猶豫，勾著他脖頸趴到他背上。

女生從身後柔軟地貼上來的一瞬，陳洛白勾住她雙腿的動作略頓了頓，剛才他是捨不得她累著自己，故意想激她一下，這會兒倒真有幾分壓不住的想像冒出來。

他回過頭，目光在手電筒微弱的光線中落到她唇上：「真的不能親？」

周安然目光撞進他的視線中，臉倏然一熱，伸手把他的臉推回去，然後把下巴擱在他肩膀上，小聲說：「回去可以。」

「好吧。」

周安然稍稍鬆口氣。

然後聽見他再次開口：「但回去就不止是親妳了。」

周安然：「……？」

冬天日出得晚。

他們五點五十五分到達山頂，一直等到七點左右，湯建銳已經被黃書傑幾人追著打了好幾頓，天邊的第一束光才堪堪破曉。

等到太陽緩緩從天邊升起，霞光驅散黑暗，深淺地映紅了半邊天，這壯麗的一幕又讓人覺得這一早上的奔赴、等待與寒冷都是值得的。

湯建銳靠在欄杆上，一副揚眉吐氣的表情：「我就說吧！這山上的日出很漂亮。」

祝燃贊同地點了點頭：「今天就放你一馬吧。」

「靠。」湯建銳忍無可忍，勾住祝燃的脖子，「我看你是欠我打才對。」

周安然被陳洛白從背後擁在懷裡，看這兩個人瞬間鬧成一團，不由莞爾。

陳洛白聽見她的笑聲，略略低下頭。

剛升起的日光籠在女生捲翹的睫毛和白皙的臉頰上，頰邊兩個小梨渦若隱若現，看起來又乖又甜。

陳洛白心裡微微一動。

「周安然。」

周安然回過頭，看見霞光映著男生輪廓分明的側臉，日光在他羽絨衣的肩線上跳躍，然後她聽見他很輕地在她耳邊說了三個字——

「我愛妳。」

周安然倏然愣住。

陳洛白抬手幫她把被風亂的頭髮往後撥，看著她那副愣住的樣子，唇角不由勾了下：「再這樣看我，我真的就要當著他們的面親妳了。」

周安然臉一熱，立刻把視線移開。

一旁不遠處，嚴星茜和董辰不知怎麼又吵了起來。

盛曉雯抬起手作喇叭狀，對著山下喊道：「我要成為外交官，我要追到周清隨！」

張舒嫻也跟著喊：「學醫為什麼這麼難啊——」

站在她們旁邊的包坤有樣學樣，對著山下喊：「湖人總冠軍！」

邵子林「靠」了聲：「勇士才他媽是總冠軍！」

周安然聽見他們的喊聲在山谷間迴盪。

陳洛白剛才在她耳邊說的那三個字，也仍在她心裡迴盪。

等到太陽完全升起，湯建銳又提議道：「我們來拍張照吧。」

十二個人站成一排，背對著欄杆、朝陽和滿天的霞光，有人看向鏡頭，有人在看女朋友。

——畫面就此定格。

看完日出，拍完照，一群人開始下山。

走動間，周安然也不知是不是褲子摩擦到了大腿內側的那一顆小痣，細微的刺痛感突然傳來，她不知怎麼，突然想起昨晚陳洛白那一句「因為我那天差點就抓到妳了」。

重逢以來，一直是他在幫她彌補當年的遺憾。但對於他們錯過的那兩年，他好像也不是一點遺憾都沒有。

周安然低下頭，看向他們交握的手。

日光從頭頂照下來，看起來就好像他們一起抓到了一點光。

她好像也抓到了一點勇氣。

周安然突然停下來。
陳洛白偏頭看她：「怎麼了？」
周安然仰頭看他：「你低頭。」
陳洛白眉梢輕輕一揚，若有所思般瞥她一眼：「低頭做什麼？真想要我親妳啊？」
周安然：「……」
她耳朵又紅起來，瞪他一眼：「才不是。」
陳洛白：「那要我低頭做什麼？」
周安然：「你低下來就對了。」
男生乖乖低下頭。
周安然：「再低一點。」
陳洛白縱容地更靠近她一點。
然後看見女生突然朝他靠近，輕軟中帶點細微顆粒感的聲音傳進耳中——
「我也愛你。」

03

周安然跟陳洛白單獨再去二中，是在大一結束的暑假，比時周安然一家早已搬回了南城。

那天是工作日，陳洛白要去律師事務所幫忙，加上南城夏季的白天熱得宛如火爐，兩人約好下午再去學校，陳洛白會在下午五點來她家社區接她。

上車後，周安然以為他會一路開到校門口，但那輛黑色的大G卻駛進他高三住的那個社區。等汽車在地下室停下，周安然才偏頭問他：「怎麼來這裡了呀，是忘了帶什麼東西嗎？」

陳洛白隨手解開安全帶：「不是，是帶妳過來吃個飯，再換套衣服。」

「換衣服？」周安然一愣，「換什麼衣服？」

陳洛白傾身過來幫她解安全帶：「二中制服。」他的目光落到她臉上，聲音突然低下來，「我們一起穿制服回學校吧？想再看妳穿一次二中制服。」

雖然周安然覺得現在再穿制服回學校，有點奇怪和羞恥，但他難得正經地向她提出要求，她就沒拒絕，輕著聲：「你要早點說啊，我又沒帶制服過來。」

陳洛白：「上次在幫湯建銳他們準備制服的時候，也幫妳準備了一套，就在樓上，上去換嗎？」

周安然想起寒假那天，他送情書給她時的場景，心裡還泛著軟，她很輕地點了下頭：「嗯。」

上樓吃完飯，周安然跟他走進主臥室。

陳洛白拉開衣櫃，從裡面拿出一套疊好的制服給她。

周安然伸手接過來：「現在換？」

男生懶散地往衣櫃上一靠，理所當然地點點頭：「不然呢？」

周安然瞥他一眼：「……那你還不出去？」

陳洛白的目光飽含深意地上下打量她幾眼，唇角勾了下：「怎麼還這麼害羞？妳現在換個衣服我還得避開？」

比臉皮，周安然是永遠比不過他的。

她才不跟他爭。

「那我去洗手間換。」

陳洛白看她紅著臉抱著衣服跑進洗手間，不自覺又笑了聲。

他也沒急著換制服，只是走到洗手間門外，倚著牆等她。

很快，門從裡面打開。

看到周安然出來的那一瞬，陳洛白瞬間收起臉上散漫的神情。

從門內走出來的女生時隔近三年，再次穿上了二中那身藍白制服，她今天沒化妝，素著張小臉，除了頭髮變成長捲髮、個子高了一些之外，幾乎都和當初一樣青春又漂亮。

陳洛白看她，或者說，注意到她穿這身制服的時間不算多，但每一次的印象都深深刻在他腦海中。

在天臺，她站在他面前哭。

在期末考考場，她抬起頭慌張地看向他。

在福利社，她被他一逗，臉就紅得厲害。

在教室，她背對著他，幫賀明宇講解題目。

還有在趙主任的辦公室，她穿著制服擋在他身前的纖細背影。

周安然見他愣愣地看著自己，腳步不由頓了下，「怎麼了？」是不合身，還是她穿制服不好看啊？

陳洛白回過神，走到她面前，伸手將她肩前的頭髮往後撥，手順勢落回到她臉上，輕捧住她的臉頰。

微癢的觸感落在臉上，周安然的心也跟著輕顫了下，沒等到他開口，她忍不住又問了句：「怎麼啦？」

「沒什麼。」陳洛白輕吻了下她的額頭，「我女朋友真漂亮。」

周安然早就能百分之百地確定他也很喜歡她，但印象中，她好像還是第一次聽他直接誇她漂亮，她的臉不由熱了下，有點不好意思，伸手推了推他：「你快去換衣服吧。」

換好衣服，周安然跟他牽著手步行到二中。

高三的學生還沒放假，他們兩個穿著制服到校門口，就被警衛攔下。

陳洛白牽著她走過去說明情況，周安然有些窘迫，但警衛倒是一副見怪不怪的模樣，大手一揮就放他們進去了。

進校門後，周安然摸摸耳朵，側頭問他：「我們只是隨便逛逛嗎，還是你有什麼想去的地方？」

「想不想去高一的教學大樓？」陳洛白也偏頭看她，「上次來不及去。」

周安然點點頭：「好呀。」

兩人牽著手走到教學大樓門口後，一路上到二樓，陳洛白腳步突然一頓。

周安然跟著停下來：「怎麼不走了？」

陳洛白抬頭往上面看了一眼，目光又落回她臉上：「高一報到那天，我是在這裡抱妳的吧？」

再提起這件事，周安然心裡已經全無遺憾，只剩下甜蜜。

那是他們的初遇，是一切緣分的開始。

周安然點點頭，又糾正他：「是扶我。」

男生眉梢輕輕一揚，鬆開牽著她的手，大手稍稍往上一抬，自然而然地摟住她的腰：「這叫『扶』嗎？」

周安然小聲反駁：「……你那天本來就只是想扶我。」

「好，妳說了算。」陳洛白語氣縱容，目光又落回到她臉上，「我好好看看。」

周安然眨眨眼：「看什麼呀？」

陳洛白看她的目光比剛才專注了不少，又隱約帶著笑：「那次沒來得及看清我未來的女朋友長什麼樣子。但這次得好好看看，我未來的老婆長什麼樣子。」

周安然耳朵一熱：「誰是你未來的老婆啊！」

陳洛白理所當然的語氣：「周安然啊。」

她剛剛明明是否認，不是問句。

這個人越來越不要臉了。

「才不是。」

「好吧。」陳洛白拖著腔調，一副挺遺憾的模樣，「看來我還得繼續努力。」

周安然的唇角不自覺彎了下。

「走吧。」陳洛白重新牽住她，「我們去教室看看。」

高一和高二早已放假，教室的門都上了鎖。

周安然跟他牽著手走到窗戶邊，像是有些動作成了某種戒不掉的習慣，她下意識還是先看了第二組第六排的位置一眼，而後才看了看自己高一時坐的位置。

陳洛白的聲音在她耳邊響起：「想不想進去看看？」

周安然側頭看了看他，又看了緊閉的後面一眼：「門鎖了呀。」

「難不倒妳男朋友。」陳洛白唇角勾了下，因為身上穿著這身熟悉的藍白制服，笑容間仍像是當初那個意氣風發的少年，「變個魔術給妳看。」

周安然心跳快了一拍：「什麼魔術？」

陳洛白：「在我褲子口袋裡，自己拿。」

周安然把手伸進他的口袋，第一下摸了空，她又仔細摸了下，不知碰到什麼，她動作一頓，臉瞬間紅透。

幾乎是同時，陳洛白帶著笑的聲音在她頭頂響起。

「周安然，大白天的，妳在摸哪裡呢？」

周安然羞憤地把手抽出來，抬頭瞪他：「你騙我！」

陳洛白笑得不行：「我哪敢騙妳？我又還沒說在哪個口袋，妳就伸手了。」

周安然：「……」

陳洛白：「在右邊。」

周安然不太相信他：「真的？」

「真的。」陳洛白語氣正經了幾分，「騙妳我今晚睡沙發。」

周安然的爸媽都出差了，早就跟他說好今晚和他一起住。

聽見他的保證，她半信半疑地重新把手伸進他右邊口袋裡，很快摸到了一把薄薄的鑰匙。

「教室鑰匙？」周安然重新抬頭看他，「你怎麼會有？」

陳洛白伸手接過：「前兩天特意找老高要的。」

教室的門被打開後，周安然被他牽著走進去。

高二那間教室，她只待了一週左右。但高一這間教室，她足足在這裡和他當了一年的同學。

才剛進門，周安然就感覺有無數回憶紛至沓來。

高一的周安然偷偷跟著大家一起回頭看他，甚至無數次藉著從後門出去的機會，悄悄從他旁邊經過，還短暫地坐了下他前面的位子。

但和剛才在二樓的樓梯間一樣，再想起當初的種種，她心裡也只剩下歡喜。

陳洛白突然開口：「那是妳高一第一學期的位子？」

周安然從記憶中回過神，順著他手指的方向看過去，不由有些驚訝：「你記得啊？」

「當然，我不是還幫英文老師叫過妳嗎？」陳洛白抬抬下巴，「我們走過去看看吧。」

周安然點點頭。

兩人牽著手走到她高一的座位旁。

「忘記帶紙巾了。」陳洛白垂眸看她，「妳將就坐一下？」

周安然不知道他為什麼會突然讓她坐下，但這麼點小要求，她當然不會拒絕。

在位子上坐下後，周安然才發現，現在這個位置的課桌右側桌角上，被人刻了一個小小的愛心。

不知是不是坐在這裡的哪個學弟妹，也有了喜歡的人。

餘光瞥見陳洛白側著身，在這張課桌前坐下，聲音也同時在她頭頂響起。

「周安然。」

周安然抬起頭，剛想把那個小愛心指給他看。

男生的臉突然在她視線內放大。

陳洛白吻住了她。

周安然的眼睛稍稍睜大，目光極近地撞進他那雙黑眸中，她在裡面看見了自己小小的倒影。

男生並沒有進一步動作，只是輕輕地將自己的唇貼著她的唇。

像他們的初吻，又比初吻停留的時間稍長。

隔了幾秒，陳洛白才退開。他一手隨意地撐在桌面上，另一隻手輕撫上她的臉頰，眼中多了點笑意。

「上次回來就想親妳了。」

周安然：「……？」

所以寒假那次，他才會提議「他們兩個再單獨回來一次」？

陳洛白的指腹緩緩往下，落在她唇角的位置，看她的目光格外專注，聲音輕著：「也幫高中的陳洛白彌補一下，沒能跟妳早戀的遺憾。」

周安然的心輕輕酸了下。

她指尖動了動，雙手突然抬起，撐在桌面上，而後抬頭在他唇上碰了下。

這下換陳洛白稍稍一愣。

他輕撫在她唇角的手指停了下來，而後才笑起來：「今天怎麼這麼主動？」

周安然的耳朵尖重新熱起來。

她仰頭看向他，壓著羞怯，聲音也輕著：「也幫高中的周安然親一下高中的陳洛白，她已經不遺憾了，他也不要再遺憾了，好不好？」

陳洛白心裡瞬間軟得不行。

落在她唇角的手略略向後移，輕扣著她後頸，然後才笑了下。

「他說只親一下不夠，得多親一會兒才行。」

周安然的臉又紅了幾分。

她手撐著桌面，重新抬起頭，唇再次貼到他的唇上。

夕陽悄悄探進窗戶，爬到書桌上，橙紅的光線被窗框切割成一格一格的。

有風從後面吹進來，依稀還能聽見試卷被吹得翻飛的聲音。

蟬鳴聲在窗外鼎沸。

穿著制服的男生和女生，在教室靜靜接了一個綿長又溫柔的吻。

從教室下來時，太陽完全西沉，天邊只剩下大片橙紅漸變成紫色的晚霞。

高三的學生應該已經開始上晚自習，學校裡分外寧靜。

周安然被陳洛白牽著手往前走，忽又聽見他轉過頭來問：「想不想去福利社？再買瓶可樂給妳？」

「可以呀。」周安然點點頭。

兩人牽手轉去學校的福利社。

但向來會營業到晚自習結束的福利社，這天不知怎麼的，早早就關門了。

他們再次被攔在門外。

周安然瞥了旁邊的男生一眼：「你還有魔術可變嗎？」

陳洛白眉梢輕輕一揚，目光從她臉頰一路緩緩往下，最終落到她手上：「不然妳再摸摸看？」

算了，她臉皮厚不過他。

「才不要。」

陳洛白唇角勾了下，視線轉到福利社緊閉的大門上。

「也好，留點回憶，我們以後再來探尋，而且——」陳洛白轉回來，目光落到她緋紅的小臉上，話音頓了頓。

「而且什麼？」周安然問他。

晚霞勾勒著男生輪廓分明的臉，他看她的目光又帶著某種熟悉的火星子。

周安然被勾得心跳快了兩拍。

然後聽見他說：「正好我也想帶妳回去了。」

才剛進門，周安然就被推到門板上，房間裡沒開燈，玄關離落地窗遠，稍顯昏暗的光線中，她的手被男生拉住。

陳洛白低頭靠近，呼吸間的熱氣打在她臉上，聲音壓得格外低，像氣音：「周安然，妳要負起責任吧？」

周安然的臉瞬間被燙了通紅：「怎麼就變成我要負責了？」

陳洛白的唇幾乎快貼著她的，聲音仍低：「剛才在學校，是誰對我又親又──」

猜到他後面那個字要說什麼，周安然連忙紅著臉打斷他：「是你讓我拿鑰匙的！」

「好。」陳洛白靠在她耳邊笑了聲，手帶著她緩緩動，「那這個帳我們先不算，在教室主動親我的總歸是妳吧？」

周安然把臉埋在他的肩膀上，悶悶地小聲反駁：「那也是你先親我的。」

「我親過妳多少次？」陳洛白貼在她同樣變得通紅的耳邊問，「妳回親我的次數是不是屈指可數？」

周安然不說話了。

陳洛白很輕地在她耳邊笑了聲：「而且妳知道，我對妳沒什麼抵抗力。」

周安然何嘗又對他有抵抗力，她把臉埋在他肩膀上，很小聲：「沒洗手，也沒洗澡。」

陳洛白在她耳邊親了下：「一起？」

關上蓮蓬頭，浴室一片溼漉漉的。

周安然被抱坐到外面的洗手檯上，瓷磚微涼，和剛才被熱水沖過的皮膚形成鮮明對比，她被稍稍冰了下，適應後，一低下頭，就看見男生的指尖落到那顆黑色小痣上。

「陳洛白。」周安然趕忙叫他，「你今晚不准咬這裡。」

陳洛白緩緩抬起頭，他再忙也會抽點時間去打球，身上一層薄薄的、恰到好處的腹肌，和此刻望向她、那種帶著火星子的眼神，勾得人臉紅心跳。

「為什麼？」

周安然：「現在是夏天，我明天要穿裙子。」

「穿裙子？」陳洛白的目光又落回那顆黑色小痣上，「是要穿那件黑色的裙子嗎？」

周安然眨眨眼：「什麼黑色裙子？」

「就是——」陳洛白頓了頓，手指順著那顆小痣緩緩往上，「高二的時候，妳當著我的面跑走的那天……」

周安然腳尖倏然繃緊，她本來視線微垂著，此刻看著他的手，臉一下熱起來，瞬間撇開視線：「那條裙子已經舊了，而且我也沒帶。」

「這樣啊。」陳洛白的視線倒是一直垂著，漫不經心地應了一句，專心動手，隔了幾秒，沒聽見她出聲，一抬起頭，才看見女生的臉早已紅得通透，齒尖咬著下唇，微偏著頭，視線不知落到了哪裡。

他惡劣心起：「裙子就算了，抱妳下來照鏡子？」

周安然的注意力全在他手上，還有點沒反應過來，人已經被重新抱了下來。

鏡子清晰照出他們此刻的模樣。

周安然慢了好幾拍才反應過來他剛才那句話的意思，臉燒得更厲害，半羞半惱地瞪他：「陳洛白！」

陳洛白笑著「嗯」了聲，一副全當她只是在叫他名字的混帳模樣，低頭貼到她耳邊：「寶寶。」

周安然到現在都還是禁不住他這麼叫她，心裡輕輕一顫。

陳洛白溼著的手輕壓了壓她的後背，仍貼在她耳邊，聲音壓得格外低，語氣被模糊，像是命令，又像是在詢問。

「趴好。」他說。

隔天，周安然睡到中午十二點多才醒來，陳洛白難得不在床上陪她，她把手機拿過來看時間，自己從床上爬起來，起身走到陽臺邊，拉開遮光窗簾。

大片陽光從外面照進來，周安然的眼睛被晃得瞇起來。

主臥室的陽臺正對著二中的校門口，這會兒中午剛放學不久，周安然的眼睛適應好光線後，一垂眸就看見穿著二中制服的兩個人走在下面。

高高瘦瘦的男生扯了下女生的書包，女孩子被帶得往後退了兩步，不知是不是回頭瞪了男生一眼，男生鬆開手，又繞到女生的另一邊，像是在哄人。

周安然覺得好玩，就盯著他們看了一路，直到冷不丁一道熟悉的聲音在耳邊響起。

「看得這麼認真？」

周安然眼睛一亮，偏頭去看他，語氣不自覺多了點依賴：「你去哪裡了呀？」

男生往下面看了一眼，目光又落回她臉上，語氣涼涼的，像是有點不爽：「怕妳醒來會餓，起床去拿外送，誰知道我一回來，就看見妳盯著別的男生。」

周安然：「……？」

明明是一男一女！他怎麼連這種醋也吃？

陳洛白：「男高中生就這麼好看？」

周安然不禁莞爾：「是挺好看的。」

陳洛白沒什麼表情地點點頭：「那要不要再多看一下？哦，他現在剛好走進飲料店，所以看不見了，是吧。」

周安然笑著拉住他的手：「沒你好看。」

陳洛白自然而然地接上一句話：「不然我換回二中制服，勉強再讓妳看一下——」

反應過來她剛才說了什麼，他話音倏然一頓。

「妳再說一遍？」

周安然本來就不太習慣說這種話，剛剛只是順著他的話哄他，此刻讓她再說一遍，她又不好意思了，小聲道：「你不是都聽到了嗎？」

陳洛白垂眸看著她。

窗外的陽光照進來，襯得女生皮膚白得像是會發光，她身上穿著他的T恤，寬寬鬆鬆遮到大腿，臉上因為害羞而微微泛紅，看他的目光裡有盈盈笑意，溫柔又漂亮。

陳洛白的心裡忽然軟得厲害，忍不住在她臉上掐了下。

「周安然。」

周安然眨眨眼：「怎麼了？」

陳洛白：「我這輩子都會被妳吃得死死的。」

怎麼突然說這個？

周安然還沒反應過來，面前的男生忽然朝她伸出手。

「餓不餓，抱妳去漱洗？」

周安然被他抱過無數次，但被抱著去漱洗，總感覺像是小朋友才有的待遇，她的臉又熱了幾分：「我自己過去就好啦。」

陳洛白直接走過來，伸手摟住她的腰：「我想抱我女朋友，不行嗎？」

周安然的唇角不自覺彎起來：「可以。」

陳洛白伸手抱起她。

周安然環著他的脖頸，雙腿掛到他身上，男生抱著她轉身往洗手間走，動作間，T恤領口微敞。

周安然一垂眸就看見他後背上有一道明顯的痕跡，她的指尖不由落上去。

陳洛白腳步一頓，剛想開口，就聽見她輕著聲音問：「痛不痛呀？」

他瞬間明白她碰的是什麼地方，昨晚最後抱她去洗澡的時候，他就看見了，那會兒她已經睏得厲害，多半是沒注意。

陳洛白偏頭，飽含深意地笑著看了她一眼：「這會兒知道問我痛不痛了？昨晚抓的時候怎麼不輕一點？」

周安然臉上一燙：「誰叫你昨天——」

「昨天怎麼了？」陳洛白的目光落在她臉上，語氣意味深長。

周安然其實不記得昨晚是什麼時候抓傷他的，總歸是他最惡劣的某個節點之一，但她說不出口，只是紅著臉埋在他肩膀上：「沒什麼，看來確實不痛。」

陳洛白在她耳邊笑了聲。

周安然：「……」

這個人每次一欺負完她，心情總是格外好。

被他抱著往前走了幾步後，周安然還是忍不住又確認了一遍：「真的不痛嗎？」

「真的不痛，妳的力氣又不大，而且——」陳洛白頓了頓，又笑著看向她，「我還滿希望妳多抓幾下的。」

周安然的臉燒得更厲害，這下真的不想理他了。

漱洗完，吃完飯，周安然跟他一起去廚房洗水果。

將水果裝盤後，陳洛白叉了塊西瓜遞到她嘴邊。

周安然低頭吃掉，西瓜清甜的汁水在嘴裡溢開，聽見他在頭頂開口。

「下午想做什麼？」

一放假，他們相處的時間反而比在學校要少了許多。

周安然的媽媽今晚出差回來，陳洛白也就請了一天假，只剩半天獨處的時間好像格外珍貴，周安然一時想不出要做什麼。

「不知道。」

陳洛白：「那妳在家慢慢想，我先下去一趟。」

「你下去做什麼啊？」周安然問。

陳洛白朝窗外抬抬下巴：「換上高中制服下去買奶茶給妳喝。」

周安然愣了下，而後失笑：「你怎麼還在吃醋？」

「這不是怕妳移情別戀，看上男高中生嗎？」陳洛白嘴唇也勾著點笑意，「得好好表現一下。」

周安然笑著拉了拉他的手：「外面好熱，想喝奶茶叫外送就行啦，你陪我看個電影吧。」

「就看個電影？」陳洛白問她，「需不需要別的服務？」

周安然眨眨眼：「什麼服務？」

「陪吃、陪玩——」陳洛白停頓了下，低頭湊到她耳邊說完了剩下的話。

廚房安靜了一兩秒，而後才傳出女孩子羞惱的一聲：「陳洛白！」

「嗯。」有人懶洋洋地笑著應了聲，「叫我做什麼？」

04

大二上學期，周安然加入了一個教授的實驗室。

除了她之外，她們寢室的其他女生也各自進了不同的實驗室，因而比大一的時候還要忙碌。周安然的三個室友也人手一臺電動車，周安然不會騎，幾個室友都大方地歡迎她搭便車。

但她們選修的課程不太一樣，實驗室也不同，周安然不好意思讓她們頻繁接送她，也不想請陳洛白來接送他，最終還是決定學騎電動車。

為此，陳洛白特地空了一個完整的週末出來。

周安然雖然不太擅長這方面的事情，但也不算太差，沒浪費他這一個週末的時間，順利在週日下午完全學會。

但到週一早上，沒了他在後面跟著，她獨自騎車去教學大樓時，心裡多少還是有些害怕，好在學校裡的電動車也騎不快，幾個室友都在左右護著她。

過了一開始那一小段路後，周安然的心也慢慢定下來。

一路穩穩騎到教學大樓前，她停下車，正想下來，就聽見謝靜誼在身後叫她，「然然，妳回頭看一眼。」

周安然回過頭：「怎麼啦？」

謝靜誼臉上帶著點熟悉的打趣意味：「不是叫妳看我，妳再往後看一點，有人跟了妳一路。」

周安然的目光往後面落去，看見陳洛白就站在她們身後不遠處。

男生修長的雙腿跨在一輛黑色電動車的兩邊，他今天也穿了一身黑，黑色衝鋒衣、黑褲子，不笑的時候，有幾分不好接近的氣場，襯得身下那輛電動車像是一輛超酷的機車似的。

和她目光對上後，陳洛白眉梢輕輕揚了下。

周安然一下說不出是什麼感覺，只覺得心裡好像被填得滿滿當當的。

她曾經因為喜歡上他而變得不太自信，但現在，他好像變成了她自信的來源之一。

因為不管什麼時候，她都能感覺到，他就在她身後守著她。

周安然從車上下來，跟幾個室友說：「妳們先去，我過去一下。」

「去吧去吧。」柏靈雲也是調侃的語氣，「我們幫妳占位，妳別遲到就行。」

過了一年多，周安然已經有些習慣她們的打趣，全當沒聽到，徑直走到陳洛白身前。

但早上第一節課，教學大樓外人來人往，周安然還是不太好意思當眾抱他，只牽住了他的手：「你怎麼過來了呀，不是說今天早上要補眠嗎？」

因為他把週末的時間都花在教她騎電動車上，他昨晚補作業補到半夜。

陳洛白伸手捏了捏她的臉頰：「我的學生今天第一天上路，我這個當老師的，當然要來驗收一下成果。」

周安然仰著頭看他：「那我騎得怎麼樣？」

陳洛白唇角勾了下：「很厲害，不愧是我教出來的。」

周安然的嘴角也彎了彎，「你這是誇我還是誇你自己呀？」

「都誇，不行嗎？」陳洛白說。

「可以。」周安然勾了勾他的手，看見他眉眼間有明顯的倦意，最後還是不捨地鬆開，「那你快點回去補眠吧，不然等一下上課精神會不好。」

陳洛白確實睏得厲害，點點頭：「下午過來接妳吃飯？」

周安然想了下，下午應該能抽出時間，就點點頭：「好呀。」

陳洛白又伸手捏了捏她的臉：「走了。」

周安然指尖動了動，不知怎麼，好像還是壓不住心裡那股衝動似的，忽又走近兩步，然後伸手抱住他。

陳洛白愣了下，反應過來後，抬手摟住她的腰，笑道：「教妳騎個電動車，就主動當眾抱我，那我暑假還陪妳學開車了，是不是得抽空補上？」

周安然立刻鬆開手：「……你快回去睡覺吧。」

周安然能進這位教授的實驗室，起因是大一下學期，俞冰沁叫她過去幫了幾次忙。

臨近大一下學期期末時，某天她跟比時已經保送到那位教授手下的俞冰沁，從實驗室出來後，就聽旁邊的女生突然道：「我老闆問妳下學期要不要來實驗室幫忙？」

因為這位教授是國內目前ＴＯＰ級別之一的大神，周安然聽見俞冰沁這句話時，頓時有種自己像是在做夢的感覺。

周安然稍微緩了緩，才問道：「是沁姐妳推薦我的嗎？」

她知道俞冰沁說是讓她過來幫忙，其實也是想讓她提前在這位教授面前露個臉，順便跟著學點東西。

「不是，我還沒有那麼大的面子，是他自己問的，他說妳看我們做實驗的時候眼裡有光，性子又安靜，不驕不躁，學東西的速度也快，是個好苗子。說我們這個專業現在形勢算不上好，又苦又賺得少，做科學研究，除非有天賦或運氣，不然絕大多數人在面對的，都是枯燥的實驗和不停的失敗，沒有熱愛又靜不下心，是很難堅持下去的。」

周安然還是有種被天降大禮砸中的暈厥感：「他真的這麼說呀？」

「妳聽聽就好。」俞冰沁罕見地笑了下，伸手捏了捏她臉頰，「就讓妳進來打雜，學不學得到東西、將來能不能保送到他手下，全要看妳自己。要進嗎？」

周安然毫不猶豫地點點頭：「當然。」

「好，我之後再跟他說。」俞冰沁晃了下手裡的鑰匙，「走吧，阿洛讓我送妳去公寓。」

陳洛白本來想自己來接她，但她們在實驗室耽擱了大半個小時，他怕她會餓，就提前去公寓點好外送等她。

到了公寓，周安然自己用指紋開門，不知是不是聽見動靜，她剛換好鞋子，就看見高大的男生走到玄關來迎接她。

他身上穿著簡單的白色T恤和黑色短褲，小腿和手臂的肌肉線條流暢又漂亮。

周安然三兩步撲進他懷裡。

陳洛白摟住她，低頭看見她頰邊梨渦淺淺的：「碰上什麼好事了，這麼開心？」

周安然：「沁姐說，宋教授讓我下學期正式進他的實驗室。」

陳洛白的臉上不見任何意外，只是勾了下唇角，明顯是在為她高興：「你們這位宋教授倒是有眼光。」

周安然眉眼彎彎，叫他的名字：「陳洛白。」

陳洛白：「嗯？」

「你是不是也對我有濾鏡呀？」周安然仰頭看著他。

過來的路上，她們碰見了徐洪亮和其他幾位學長姐，得知她大二就能進宋教授的實驗室，所有人都一臉羨慕地誇她厲害，只有他的說詞跟大家不同。

別人都覺得，她一個大一新生，能被宋教授親自招進實驗室，是她的運氣和福氣。

只有他覺得，宋教授看中她，是宋教授有眼光。

「有嗎？」陳洛白不經意看見她T恤領口裡的一片白皙，略頓了頓，流氓耍得隱晦且駕輕就熟，「我也不知道，不如等一下讓我仔細看看，看到底有沒有濾鏡。」

周安然臉一熱。

她假裝聽不懂他的話，趕緊轉移話題道：「不過下學期進了實驗室，陪你的時間會少很多、很多。」

陳洛白在她臉上掐了下：「周安然，我在妳眼裡的格局就這麼小嗎？」

周安然：「怎麼還扯上格局了？」

「我老婆要搞科學，我還能不支持？」陳洛白繼續掐她的臉。

這個稱呼，他越叫越熟練。

周安然臉上更燙，鬆開抱著他的手：「我要去吃飯了。」

陳洛白又笑著把她拉回來：「先讓我親一下。」

臨近期末，他們兩個都很忙，這一週都只是匆匆在學生餐廳見面，幾乎沒有好好抱一下。

周安然重新環住他的腰。

陳洛白低下頭吻住她。

落日餘暉悄悄探進客廳，安靜的玄關一時只剩細碎且令人臉紅心跳的親吻聲。

正式加入實驗室後，周安然的空閒時間少了一半，陳洛白的課業也不輕鬆，不過但凡能抽出時間，他都會來實驗室接她，時常還不是空手來，他會帶上一堆食物，以她的名義，幫她請實驗室裡的學長姐。

次數多了，除了俞冰沁外，實驗室的其他學長姐偶爾也會主動帶帶她，就連宋教授都對他有印象。

整個大二，周安然除了和室友一起參加了一個比賽之外，大半的課餘時間都泡在實驗室，從一開始只能打打雜，到後面也能稍稍參與進去。

雖然比起打雜好不了太多，但周安然心知自己連專業知識都還沒學踏實，有一點進步就足夠讓她高興。

苦當然是苦的，但可以做自己喜歡的事情，她也樂在其中。

大二下學期，周安然還陪著學長姐們熬夜做實驗，天光大亮，大家才打著哈欠從實驗室出來。

才剛出門，周安然就看見陳洛白倚在實驗室門外的走廊邊，手上拎著個保溫袋。

那時正值春天，他難得穿了件淺藍色的牛仔外套，身高腿長，黑色碎髮搭在額前，格外清爽帥氣。

周安然的心跳快了兩拍，快步走到他身前。

陳洛白伸手摟住她的腰，卻也沒把她帶進懷裡。

他知道她臉皮薄，在熟人多的時候，從來不會對她做太親密的舉動。

「你是什麼時候來的？怎麼也沒跟我說一聲？」周安然仰頭看他。

陳洛白也垂眸看著她，語氣隨意：「剛到沒多久。」

周安然知道他有時候嘴裡一句真話都沒有，伸手去摸了下他的手：「那你的手怎麼這麼冰？」

陳洛白：「在拿外送之前，去了趟洗手間。」

不知哪位學姐在身後輕咳了聲，陳洛白這才抬起頭，把手上的保溫袋打開，只從裡面拿了杯封裝好的小米粥出來，隨後把整個袋子遞給俞冰沁。

「妳把這些分給大家吧，我的人我就先帶走了。」

周安然聽見有學姐在後面感慨：「談戀愛真好啊。」

往樓下走的時候，陳洛白把吸管插進小米粥後遞給她。

他其實已經到了差不多半小時，但比起她當初暗戀了他一年多，他等她半小時也不算久。

只是周安然不怎麼挑食，但不太能吃甜，又完全不吃麵食，早餐向來是個難題，他拿不准她什麼時候會出來，也不好幫她準備。

「先墊一下胃，幫妳點了一碗米粉，到公寓的時候正好會送過來。」

周安然輕輕「嗯」了聲，伸手接過小米粥，溫熱的感覺從手心一路傳至心底。

在一起久了，她才知道他其實很多時候在生活上，並不是一個太細緻的人，可能是家裡都有阿姨照顧，他在公寓經常把東西隨手一擱，等到要用的時候，又會找不到。

但他比她更清楚記得她每個月生理期的日子，記得她吃東西的口味，記得她所有喜好，和他們所有的紀念日。

別人談戀愛好不好她不知道。

但和陳洛白談戀愛，被他妥帖地放在心裡，是真的很好、很好。

大二暑假，周安然和陳洛白都沒回去。

周安然是因為和室友有個比賽要準備，同時也想留在學校，再泡泡實驗室和預習一下大三的課程。

她沒回去，陳洛白也就沒回去，在附近的檢察署找了份實習。

兩人照舊住在各自的宿舍，只有週末有空的時候，才會去陳洛白的公寓待上一天半天。

暑假快結束的時候，俞冰沁請大家吃了頓飯，因為她下學期要去國外交換。

A大畢業後就直接出去工作的學生很少，留在本校讀研究所或出國深造的居多。

這頓飯請的人，基本上就是周安然跟陳洛白在KTV重逢時的那群人，只是多了個祝燃和一位曾去國外交換的趙學姐。

只是當初去KTV是日常小聚，這次卻是為了別離。

飯桌上，酒自然必不可少。

周安然不太喜歡啤酒的澀味，就是和大家碰杯時喝了幾口，剩下的半杯是陳洛白幫忙解決的。

桌上的菜越來越少，氣氛也逐漸沉悶。

岑瑜的表哥徐洪亮嘆了口氣：「沁姐這一走，我們以後再練團，也不知道是什麼時候了。」

他這一開口，有幾個還在吃飯的，瞬間落寞地放下筷子。

鍾薇學姐打了個圓場：「哪有那麼誇張？我們沁姐又不缺機票錢，逢年過節隨時都能回來啊。再說了，就算沁姐在學校，我們平時也沒多少功夫練習啊，也就然然和我們陳大校草剛入學那年，我們練的次數比較多。」

可能是喝了些酒，俞冰沁難得笑了下：「那年本來也沒打算練這麼多次，是有人求我幫忙。」

周安然愣了下，而後側頭朝旁邊的男生看過去。

桌上絕大部分的人，也瞬間了然地朝他這邊看過來。

處於視線中心的男生一副老神在在、從容無比的模樣，不緊不慢地把剝好的蝦子放到周安然的碗裡，還衝她挑了下眉：「看我做什麼？」

只有當年出國交換的那位趙學姐有點茫然：「誰有這麼大的面子，能求沁姐幫忙啊？」

今晚話特別少的祝燃，這時才終於開口：「還能有誰？肯定是我們這位處心積慮、為了追老婆的陳大校草吧？」

趙學姐抬眸看向對面那對校內知名的情侶。

饒是她當年人在國外，又不怎麼愛打聽八卦，也聽說學校來了一位顏值不輸男明星的校草，甚至在學校引起了一番轟動。

只可惜早早就名草有主，女朋友是生科院那位同樣頗受歡迎的新晉小院花。

校內校外至今都有不少人等著看他們什麼時候分手，好看看能不能趁虛而入。

只可惜兩人一直蜜裡調油，沒給其他人一丁點的機會。

但趙學姐這會兒聽出了一點言外之意：「處心積慮？他們兩個早就認識了嗎？」

祝燃點點頭：「高一同班了一年，某人從高中惦記到大學，手機裡還有一堆周安然的照片，不然怎麼叫『處心積慮』呢？」

周安然又是一愣，再次轉頭看向他。

陳洛白依舊從容，像是根本不覺得自己暴露了什麼，目光和她撞上時，還壓著聲音問她：「還要不要吃蝦子？」

周安然搖搖頭。

這會兒是俞冰沁的送別宴，她心裡有疑惑，也不好在這時候問他，就暫時壓下，打算等晚點回去再詢問。

因為趙學姐這番八卦，席間的氣氛又重新熱絡起來。

鍾薇學姐還拿陳洛白當初在籃球賽上、當眾轟轟烈烈地追她的事情打趣了幾句。

周安然現在多少有點免疫力，只臉紅了下下。

飯局接近尾聲時，坐在周安然旁邊的俞冰沁轉頭看向她：「陪我去結個帳？」

周安然知道她不是結個帳都要找人陪的性格，多半是有什麼話想和她說，就點點頭，把筷子放下。

可出去收銀臺的一路上，俞冰沁都沒開口。

等到付款後，俞冰沁徑直往門口走，周安然急忙跟上去。

門外的風帶著夏季的燥熱。

俞冰沁在門口停下，這才開口：「阿洛四歲的時候喜歡上打籃球，到現在依舊喜歡；十四歲的時候說以後想學法律，就堅持到了現在。」俞冰沁頓了頓，轉頭朝她看過來，「他一旦認定了什麼，通常就不會改。」

周安然稍稍愣了下。

當初和他剛在一起的時候，她時常都覺得自己在做夢，不敢相信他也喜歡她，不敢相信她會是無數喜歡他的女生中、最幸運的那一個。

一轉眼，居然已經和他交往了兩年。

俞冰沁伸手捏了捏她的臉：「走了，有事就打電話給我，幫我跟大家告別。」

周安然還沒來得及說話，俞冰沁已經下了飯店門口的階梯。

高高瘦瘦的女生穿了一身黑，大步走入夜色中，黑髮被吹起，背影看起來帶著幾分颯爽的氣質。

周安然獨自回到包廂。

鍾薇學姐往她身後看了一眼：「沁姐沒跟妳一起回來？」

周安然點點頭：「她先走了，說讓我代她跟你們告別。」

「我就知道，她最討厭這種煽情的告別場面了。」鍾薇一臉毫不意外的表情，說著從位子上站起來，「那我們也回去吧。」

祝燃一下從座位上站起來，徑直走到周安然面前：「她真的走了？」

周安然點了點頭。

祝燃轉身朝門口走去。

走了兩步，又折返回周安然面前：「她有沒有說她要去哪裡？」

周安然搖頭：「沒說。」

祝燃從口袋裡把手機拿出來，低頭撥了個號碼出去，大概是在打電話給俞冰沁。

其他學長姐也陸續起身走出包廂。

陳洛白也從座位上站起來，手搭在周安然的肩膀上。

祝燃還在打電話，他們兩人就暫時在包廂裡等他。

應該是電話一直沒撥通，或者那邊沒人接，祝燃臉上的表情從一開始的急躁，最後變成頹然，拿著手機的手垂下來，頭也低下來。

像是一隻被拋棄的大狗狗。

「姓陳的。」隔了兩秒，祝燃才開口，「你姐去國外會交男朋友嗎？」

陳洛白的手還搭在周安然的肩膀上，聞言掃他一眼：「我哪知道。」

祝燃難得喪著臉：「她這些年沒有男朋友，是因為覺得男人還不如她的吉他和實驗好玩，但去了國外，會不會覺得那些金髮碧眼的帥哥也挺有意思，打算試一試？」

陳洛白見不得他這副死樣子：「你在我面前擺出一副失戀的樣子有什麼用？不如直接去問她本人，她明天上午就要離開了，還是說……你怕了？」

祝燃：「誰他媽怕了？去就去！」說著大步出了包廂。

陳洛白的手從周安然的肩膀上滑下來，牽住她的手，兩人也跟在後面走了出去。

到了餐廳門口，周安然跟其他學長姐告別後，又轉頭問走在他們斜前方的祝燃：「你打算去哪裡找沁姐啊？」

「先在附近轉轉，再不行就去她公寓門口等著，她今晚總要回去。」祝燃煩躁地揉了下頭髮，又朝他們擺擺手，「走了，祝我好運。」

陳洛白的實習早已結束，周安然忙了一整個暑假，也打算休息幾天，兩人攔了輛車回陳洛白的公寓。

半路突然下起了暴雨，豆大的雨點劈里啪啦地往下砸。

周安然偏頭朝外看了一眼，雨幕模糊了計程車車窗，窗外的一切變得朦朧。

她又轉回來看向陳洛白：「祝燃不會淋雨吧？」

陳洛白伸手在她臉上掐了一把，語氣微涼：「挺關心他的啊？」

周安然：「……」

他怎麼連這個醋也要吃？

周安然握住他的手輕晃了下：「因為他是你最好的朋友嘛。」

「夏天的雨，淋了也沒事。」陳洛白頓了下，「而且我姐那個人吃軟不吃硬，他慘一點，效果應該會更好。」

周安然就沒再多說。

計程車停在社區門口時，這場急來的暴雨還沒停，但雨勢已經稍微轉小。

陳洛白對司機說：「司機大哥，麻煩您先在這裡停一下，我去便利商店買把傘過來接她，耽誤的時間我再加錢給您。」

周安然看了下外面的雨。

其實不算太大。

她不太想讓他單獨淋雨去幫她買傘，「我跟你一起下去吧。」

陳洛白又在她臉上掐了下：「外面還下著雨，妳下去做什麼？」

周安然捂了下臉：「也沒幾步路，而且你不是說夏天的雨，淋了沒也事嗎？」

「祝燃能淋，我能淋，妳不行。」陳洛白在她腦袋上很輕地揉了一把，「乖，在車上等我。」

周安然還是第一次在非特殊情況下，聽他跟她說「乖」這個字，耳根稍稍熱了下，男生已經拉開車門下了車。

前排的司機笑著轉過來：「女孩，妳男朋友對妳挺好的啊。」

周安然唇角彎了下：「嗯，他確實對我很好。」

停車的地方到社區外的便利商店，確實只有一小段路，陳洛白就買了一把傘回來。

車門打開，周安然抬起頭，看見他撐著一把黑傘站在車外，執傘的手讓黑色的傘柄襯得越發冷白，黑髮被雨打溼，稍顯凌亂地搭在額前，卻絲毫不損那張臉的帥氣。

交往快兩年，周安然這樣看著他，依舊會心跳加速。

俞冰沁跟她說，他認定了什麼，就不會改。

她也不會。

再也沒有人能像他這樣，時時將她放在心上，也再也沒有人能讓她時時心動。

進了公寓的大門，換好鞋後，周安然就伸手把他往浴室推：「你先去洗澡吧，不然容易感冒。」

陳洛白順著她那點力道往前走，又笑著回頭看她：「妳總得先讓我拿一件衣服吧？不然等一下直接出來，妳又會害羞。」

周安然的臉一熱，把他推進浴室：「我幫你拿，你快去洗。」然後隨手把門帶上。

男生低而愉悅的一聲笑從裡面鑽出來。

周安然摸了摸耳朵，去臥室幫他拿衣服。

雖然他大多時候看起來沒什麼架子，但其實私底下很多時候挑得厲害，比如市面上的睡衣，他都嫌款式醜，大多是拿質料舒服的T恤和休閒褲頂替睡衣睡褲。

拿好衣服，周安然走回浴室門口，抬手敲了敲門。

不知是不是水聲掩蓋了敲門聲，沒聽見他回話。

周安然又敲了敲。

還是沒回話。

周安然只好把門轉開，淋浴間玻璃防霧，夏天溫度又高，她剛走進去，一眼就看見了玻璃隔間裡男生高大的身影，耳朵瞬間變得滾燙。

她立刻收回視線，微揚著聲：「我幫你把衣服放在這個架子上了，我去煮個薑湯給你。」

「嗯。」懶洋洋的聲音連帶著蓮蓬頭裡的水聲傳過來。

周安然的臉仍燙得厲害，也不好意思再多待，轉身朝外走去。

她才剛往前走了一步，一隻溼漉漉且滾燙的大手倏然握住了她的手腕。

下一秒，周安然整個人被拖進浴室。

05

周安然拿進去的那件T恤，最後穿到了她自己身上。

被陳洛白從浴室抱出來後，周安然把腦袋靠到他肩膀上，聲音輕而無力：「這麼晚了，大概買不到生薑了。」

陳洛白一副無所謂的語氣：「就淋了不到一分鐘的雨，有必要喝薑湯嗎？」

周安然抬眸瞥瞥他：「你是不是故意的？你就是不想喝薑湯吧？」

這個人的嘴確實挑得厲害。

蔥、薑、蒜、香菜等配料一概不吃，稍微放一點調味料勉強還可以，薑湯這種東西就完全在他的接受範圍之外。

男生眉梢輕輕一揚，還挺驕傲的模樣：「這都被妳發現了。」

周安然小聲提醒他：「我上次買的紅糖薑茶還沒喝完。」

陳洛白把她放到床上，伸手在她鼻子上捏了下，一臉無語：「妳把妳生理期來會喝的東西給我喝？妳覺得這有用嗎？」

紅糖薑茶的薑味不重，倒是甜得厲害。

周安然自己都不愛喝，想想確實沒什麼用，他確實只淋了一會兒，也沒勉強：「那算了吧。」

陳洛白收回手，轉身像是要走開。

周安然下意識拉住他的手。

在一起越久，私下相處的時候，她好像就越依賴他。

「你要去哪裡呀？」

「去拿一件衣服穿，而且妳是不是忘了妳還有一樣東西沒穿？」

陳洛白頓了頓，目光稍稍往下，語氣變得意味深長。

「不穿也挺好的。」

周安然：「……？」

她臉一熱，忙鬆了手，還順手把旁邊的枕頭扯過來遮到臉上。

然後聽見男生很輕地笑了聲。

視線被遮掩，聽覺變敏銳。

周安然聽見他腳步聲稍稍遠去，沒多久，又越來越近，最終停在她身旁，「周安然。」

周安然沒理他。

「寶寶。」

周安然指尖動了動，還是沒把枕頭挪開。

陳洛白聲音明顯帶笑：「妳這是想悶死自己，還是想要我幫妳穿？」

周安然連忙把枕頭丟開，坐起身從他手裡把那件衣物搶過來。

本來打算穿上，一抬眸，就看到他目光灼灼地望著自己。

在一起近兩年，她唯一還沒完全適應的，就是在那種情況下，被他這樣看著，多少有些難為情。

周安然用腳尖踢踢他：「你轉過去呀。」

女孩子腳尖雪白，往上是一雙筆直修長的大腿，再往上是穿在她身上的他的T恤。

「周安然。」陳洛白抓住她纖細的腳踝，「妳怎麼每次都不認帳？」

周安然：「……？」

她還來不及回話，就看見陳洛白唇角勾了下。

下一秒，她整個人被拽到了床邊。

男生攥在她腳踝上的手因為用力，手背青筋微微凸起，另一隻手伸過來，將她手裡的東西抽走隨手扔到一邊：「早知道就不去拿了。」

這一晚也沒能喝上薑湯，倒是重新洗了一次澡。

再回到臥室時，周安然已經昏昏欲睡，頭靠在他肩膀上，眼皮沉沉地往下墜。

陳洛白在她側臉上親了下，聲音輕著，聽起來有溫柔的意味：「關燈睡覺？」

周安然點點頭，隨後又搖搖頭。

陳洛白笑了聲，稍稍往下，額頭抵著她額頭，修長的手指勾住她髮絲，下意識的動作有種說不出的親暱，聲音仍輕著：「這是睏迷糊了？到底是想睡還是不想睡？」

周安然目光極近地撞進他視線裡，也跟他一樣輕著聲：「想睡，但還有事情想問你。」

男生就像這樣靠得好近、好近地和她說話：「什麼事情？」

周安然：「就是晚上吃飯的時候，沁姐說有人求她幫忙，那個人就是你吧？」

陳洛白仍玩著她的頭髮，隨口「嗯」了聲。

「所以那兩次去看沁姐排練，其實都是你安排的？」周安然問他。

陳洛白又「嗯」了聲：「算是吧，嚴格來說，妳進社團的第一次聚會，也算是我安排的。」

周安然心裡瞬間泛軟：「你怎麼不告訴我呀？」

「她是我表姐，找她幫個忙也不費事，而且也算不上是多光明正大的手段。」陳洛白頓了頓，開玩笑的語氣，「有人到現在還總是睡完就不認帳，我之前怕她要是知道這些事情就不要我了。」

周安然臉微微一熱：「怎麼可能？」

而且她哪有不認帳。

陳洛白捏了捏她的臉頰：「那是誰當初加了我聯絡方式，也從來不主動找我，還當著我的面偷偷傳答案給賀明宇，哦，還和賀明宇聊得火熱，我一來就閉嘴不說話了。」

周安然雙手環著他的腰：「我後來不是都跟你解釋了嗎？你怎麼還吃醋呢？」

「妳還好意思說？我等了快一週，還是找妳俞學姐幫忙讓妳去看彩排，才等到妳的解釋。」陳洛白的眼睛瞇了下，又捏了捏她的臉，像是在生氣，力道控制得很輕，「還早呢，這個醋起碼得吃個一輩——」

周安然靠過去親了他一下。

男生的話音戛然而止。

「這樣可以了嗎？」周安然紅著臉問。

「只親一下啊？」陳洛白故作猶豫，「那最多只能幫妳打個折，就吃個十年八年算了。」

周安然不由莞爾：「那祝燃說的照片，又是怎麼一回事？」

陳洛白勾了下唇角：「祝燃不是跟妳說過，我高中去看了妳很多次嗎？而且照片也一直存在我現在的手機裡，指紋和密碼妳都有，是妳從來沒去翻。」

周安然確實從來不翻他的手機。

她好像一直對他有種絕對的信任。

高中時，他就沒和哪個女生曖昧過，除了殷宜真當初因為宗凱的緣故，短暫在他的圈子裡待過一陣子外，他身邊幾乎沒出現過什麼關係要好的女生。

和她在一起後，更是從沒讓她在這方面有過任何委屈或誤會，他甚至把通訊軟體裡的加好友功能都關了，除非他自己想加，否則別人根本沒辦法加他。

周安然一直相信，哪怕有一天他不再喜歡她了，他們之間也不會發生背叛或劈腿的情況，他會先和她分手，再去開始新的戀情。

這是她的少年刻在骨子裡的教養。

「我能看看嗎？」

陳洛白把手機拿過來給她：「不是一直都隨便妳看的嗎？」

周安然接過手機，用自己的指紋解鎖，點進相簿。

他的相簿裡另設了一些小相簿，大多是分門別類的學習資料，只有一個小相簿的封面是一張晚霞照。

周安然有次意外點進來看見過，她當時以為這個相簿是他拍的風景照，那會兒正好有別的事情，她沒來得及問他，後來也忘了問。

此刻她才注意到這個相簿的名稱是「R」。

周安然心裡輕輕一動，指尖落上去。

相簿一點開，她就在縮圖中看到了自己。

穿著蕪城一中制服的自己。

周安然沒急著往下翻，她先點開了第二張晚霞照，第一張只拍了天空，第二張照片裡多了個建築，她一眼就認出那是蕪城一中離校門口最近的那棟教學大樓。

這套晚霞照他一連拍了十幾張，她一張張往下看，記憶也慢慢回歸。

那應該是高三下學期，五月底的一天。

週六，學校補課。

臨近升學考，高三學生下午吃完晚餐，就匆匆趕回教室，沒人在外面逗留，她那天有道數學題卡住，連晚餐都沒下去吃，請岑瑜幫忙帶了三明治回教室。

快上晚自習的時候，不知是誰在外面喊了聲「快出來看夕陽」。

一開始，教室只有兩三個人出去。

後來出去的人也都一臉興奮地回教室叫人，最後幾乎全班都出去了。

周安然是被岑瑜拉出去的。

一出教室門，就看見漫天的紅霞籠罩在學校上空。

原來那天，他也和她一起看過同一片天空。

翻到第十二張照片時，照片內容終於從晚霞變成了她，但在第十二張照片裡，她穿的是蕪城一中的春季制服，照片時間也從五月底變成了四月中。

周安然抬起頭：「你那天沒看到我？」

陳洛白：「哪天？」

周安然把照片退回到晚霞照，又把手機遞到他面前。

陳洛白垂眸瞥一眼，記起了具體時間和情況。

是升學考前，他特意抽空過去的那一次。

「確實沒看到妳，妳那天沒出來吃飯，不過看到這麼漂亮的晚霞也不虧。」

他說得輕描淡寫，周安然卻聽得鼻子倏然一酸。

升學考在即，想也知道他當時會有多忙，蕪城和南城距離雖然不近，但一來一去，耗費的時間也夠他做不少題目了。

陳洛白一看她表情就知道不對。

「不許哭啊，這又沒什麼。」

他沒主動和她提這些事，一開始是因為剛在一起那時候，總覺得她對他濾鏡格外重，他在她眼裡就像毫無缺點似的，所以不太想讓她知道他私下去看她、使手段追她的這些事，再後來是怕她知道了又要哭。

「妳要是哭了，我就單方面當妳答應我今晚重提的那個要求了。」

周安然：「……？」

他今晚重提的要求？

讓她試試在上面的那個？

周安然臉一熱，酸澀立刻消失。

「你怎麼又用這招！」周安然瞪他。

陳洛白笑著捏了捏她臉頰：「管用就行。」

周安然：「……我要繼續看相簿了。」

陳洛白看她情緒恢復過來，只是臉紅得厲害，不由笑了聲：「靠到枕頭上來吧，我陪妳一起看。」

周安然瞥他一眼，等他躺好，還是乖乖地靠回他懷裡。

因為被他影響了情緒，周安然再繼續往下看時，也不再覺得難過，偶爾翻到哪一張，陳洛白還會順口跟她提及那天去看她時發生的一些事情。

一張張往下翻，周安然覺得好像看到了高一時悄悄關注他的自己。

只是在這些照片裡，他們角色互相調換了。

又往下翻了十幾張，她手指一頓。

「你怎麼連這個也拍了啊？」

這張照片上的她是曾被于欣月評價為「跟鍋蓋頭差不多」的那個髮型。

陳洛白垂眸看了一眼：「怎麼了？」

「好醜。」周安然的腳趾已經要開始摳地。

陳洛白仔細看了手機上的照片一眼：「哪裡醜了，挺可愛的啊。」

「哪裡可愛了？」周安然偏頭看他，「你把它刪掉好不好？」

陳洛白：「不好。」

周安然：「……」

她沉默了下，伸手勾住他手指輕輕晃了晃。

陳洛白的目光在她細白的小手上落了一瞬，眉梢輕輕一抬：「這是幹什麼？」

周安然有點不好意思，但她實在不想再看到這個髮型，還是輕著聲道：「你不是說我跟你撒個嬌，你就什麼都答應我嗎？」

陳洛白看她的臉皺得厲害，一副不想多看這張照片一眼的模樣，覺得可愛得不行，他又看了手機螢幕上的照片一眼：「但是照片上的周安然也在跟我撒嬌，說要我別刪，那該怎麼辦？」

周安然瞬間鬆開手：「才怪。」

那會兒她忙於學習，出門前也就隨便照了下鏡子，不然多看幾眼肯定也會被自己醜到的。

陳洛白抱著她又笑起來：「這麼不喜歡這個髮型，當初剪完怎麼也不修一下？」

周安然悶著聲：「……我當時又不知道你會來看我。」

陳洛白愣了下，而後笑意更明顯：「你們學校這麼多男生，妳就沒有特別在乎的人？」

周安然沒想到話題會突然轉到這裡，雖然被他拒絕有一點點惱，但也不希望他再吃些沒來由的醋：「我在乎別的男生幹什麼呀？」

陳洛白心裡軟得厲害：「真的想刪？」

周安然點頭。

「好。」陳洛白把手機從她手裡抽走。

周安然看見他把那幾張照片全部選取。

可能是高三真的太忙，他們上課的時間絕大部分又都是重疊的，他來看她的次數並不多，平均兩個月一次，照片看起來很多，是因為每次他都會多拍幾張。

有她跟著岑瑜她們一起從校門出來的，也有她去店裡買奶茶的。

校門外人來人往，他手機裡每一張照片的焦點只有她。

每一張都是他曾經悄悄陪過她的證據。

周安然看著他的手懸在半空，像是有些捨不得刪，但因為答應了她，手指最終還是往下一落。

在確認刪除前，周安然又攔住了他。

「算了吧。」

「怎麼又反悔了？」陳洛白抬眸。

周安然摟著他的腰，把臉埋到他懷裡：「就是反悔了。」

看照片之前，周安然就已經犯睏，看完照片，她又小聲跟陳洛白說了一會兒話，眼皮就沉沉地墜了下去。

懷裡的人突然沒了聲，陳洛白很輕地叫了她一聲：「然然。」

女生安安靜靜地趴在他的肩膀上，睡著的模樣格外乖巧。

陳洛白輕著動作撥開黏在她臉頰上的頭髮，伸手關了燈，正準備關手機，祝燃突然打了通電話過來，鈴聲在極為安靜的臥室突兀地響起。

周安然像是被吵到，臉在他肩膀上蹭了下。

陳洛白掛掉電話，另一隻手在她後背拍了拍。

女生才剛重新安靜下來，祝燃又打了第二通電話過來。

周安然這下真的被吵醒，她像是睏得厲害，眼睛睜不開，聲音含糊地帶著點鼻音：「誰呀？」

陳洛白又掛了電話，順手把手機切成靜音模式：「祝燃。」

「可能有什麼急事吧？」周安然閉著眼睛，又在他肩膀上蹭了下，「你接一下吧。」

「別管他。」陳洛白把聲音壓得格外低，「妳繼續睡。」

周安然真的太睏了，鈴聲一停下來，她就迷迷糊糊地睡著了。

陳洛白看了手機一眼，祝燃已經打了第三通電話過來。

他再次掛了，傳了一則訊息過去。

C：『你最好真的有急事。』

那邊回得很快。

祝燃：『也沒什麼急事，就是通知你準備一下。』

祝燃：『你以後可能得叫我一聲「姐夫」了。』

陳洛白：「……」

C：『滾。』

因為第二天本就打算休息，周安然和陳洛白都沒設鬧鐘，睡到十一點才起床，吃完午餐後，兩人坐到客廳找了部電影來看。

片頭才剛播完，陳洛白擱在茶几上的手機又響起來。

來電顯示是祝燃。

陳洛白面無表情地拿起手機，一秒也沒猶豫地滑向了掛斷。

幾秒後，祝燃又打過來。

陳洛白再次掛斷。

他的手機終於安靜下來，但沒兩秒，周安然的手機就響了起來。

來電顯示還是祝燃。

陳洛白瞇了下眼，把她手機拿過來順手掛斷。

周安然眨眨眼：「他會不會有什麼急事？」

「他能有個屁急事。」陳洛白把兩部手機一起丟到沙發的一邊。

周安然依稀想起昨晚睡前的事：「他昨晚是不是也打了好幾通電話給你啊？」

陳洛白隨口「嗯」了聲：「說讓我準備好叫他姐夫。」

周安然的眼睛倏然睜大：「他、他和沁姐在一起了？你怎麼沒告訴我呀？」

「我也不知道他們是不是在一起了。」陳洛白見她這副因為震驚而顯得有點呆的模樣，覺得格外可愛，伸手將人抱過來，「我沒理他。」

周安然在他腿上坐好，還是覺得驚訝：「沁姐也喜歡他嗎？」

陳洛白：「反正不討厭，不然我姐肯定不會由著他一個話癆，在她面前晃這麼多年。」

周安然摟住他的脖子，腦中閃過昨晚俞冰沁離開時酷得不行的背影：「有點想像不出沁姐談戀愛是什麼樣子。」

陳洛白抬手捏了捏她的臉：「妳怎麼這麼關心她？」

周安然愣了下，不由又失笑：「你怎麼老吃沁姐的醋呀。」

「誰叫妳經常一提到她，眼睛就發亮。」陳洛白又伸手在她臉上掐了下，「早知道當初A大開學時，我就自己去接妳了。」

周安然的唇角一點點彎起，看他一副不太爽的模樣，忍不住靠過去親了他一下。

陳洛白眉梢輕輕一揚：「這是在做什麼？」

周安然揪著男生T恤的布料，臉微紅：「不吃醋了，好不好？」

陳洛白唇角也勾了下，又勉強壓住：「不好，妳總不能只拿這一套來哄我，為表誠意，起碼得伸個舌頭？」

周安然的耳朵尖也熱起來，聽見手機還在響，她偏頭撇開視線：「先接一下電話吧，他沒事只會找你，不會打到我這裡。」

陳洛白的目光在她唇上落了一秒，轉而拿起手機遞給她。

周安然接過，在心裡稍稍鬆口氣。

下一秒，又聽他不緊不慢接道：「接完再跟妳算帳。」

周安然裝作沒聽到，接通祝燃的電話。

陳洛白順手按下擴音。

祝燃的聲音立刻從裡面傳出來：『周安然，沁姐走的時候，有沒有跟妳說什麼啊？』

周安然愣了下：「你是說昨天晚上嗎？」

『不是。』祝燃說，『今天早上。』

周安然：「沒有啊，她一早就跟我們說不用我們送機，也不要我們跟她告別。」

不然她和陳洛白今早肯定會去送她的。

祝燃沉默了下。

陳洛白這時慢悠悠地插了句話：「怎麼，她今天早上離開的時候，連話都沒留一句？」

電話那頭，祝燃又沉默了下。

陳洛白唇角勾著，明顯一副幸災樂禍的語氣：「昨晚是誰大半夜不睡覺，傳訊息過來說讓我做好準備叫他『姐夫』來著？」

祝燃瞬間炸毛：『我打電話給周安然，你偷聽什麼！』

陳洛白又笑了聲，好像祝燃越氣，他反而越高興似的：「你還知道你是在打電話給我女朋友，你要是打電話給別人，我聽都懶得聽。」

祝燃懶得理他了，重新換了說話的對象：『周安然，我晚上請妳吃個消夜，可以嗎？』

陳洛白：「不行。」

『我是在問周安然！』祝燃明顯又被他氣到，『和你有什麼關係？』

陳洛白：「你沒事請我女朋友吃消夜，怎麼會不關我的事？」

祝燃：『誰說我沒事了？我有事要請周安然幫忙。』

不知怎麼，可能是從高中延續下來的習慣，周安然一直很喜歡看他們兩個鬥嘴，到了這會兒，她才笑著問了一句：「你要找我幫什麼忙啊？」

『那個——』祝燃猶豫著開口，『今晚等沁姐到了那邊，妳幫我問問她是怎麼想的，可以嗎？』

陳洛白插話道：「你怎麼不自己問？」

『關你什麼事？』祝燃還是那句話。

陳洛白笑得不行：「不敢就直說啊。」

祝燃顯然完全不想再搭理他：『周安然，管管妳男朋友。』

周安然唇角也忍不住彎了下，她看向抱著她的男生，用嘴型問他：「去吧？」

陳洛白指尖勾著她髮尾，點點頭。

「要約幾點啊？」周安然轉而問祝燃。

祝燃的語氣又高興起來：『這麼說妳是答應了？晚上十點可以嗎？沁姐大概十點半才會到。』

周安然應下：「可以。」

掛掉電話，周安然也沒繼續看電影，某人跟她在沙發上算了下午的帳。

傍晚洗完澡，兩人一起吃了頓簡單的晚餐後，才重新回到已經整理好的沙發上，將那部電影看完。

晚上九點半，周安然跟陳洛白出門赴約。

到了消夜店，祝燃點了一桌子的東西，自己卻沒怎麼吃，連話都比平時少了許多。

等時間剛過十點半，周安然就看到他眼巴巴地望過來：「沁姐應該下飛機了，妳先幫我問問她到了沒。」

周安然點點頭，放下筷子，打開通訊軟體，傳了一則訊息給俞冰沁：『沁姐，妳到了嗎？』

那邊很快回覆

俞冰沁：『到了。』

周安然又抬頭看向祝燃：「她說她到了，你要我怎麼問她？」

祝燃遲疑了下：「妳就直接幫我問她，她是怎麼想的吧。」

周安然又低頭傳了一則訊息過去：『祝燃說，妳今早離開的時候都沒叫他，想請我幫忙問問妳是怎麼想的。』

手機又響了一聲。

俞冰沁：『讓他自己來問我。』

周安然抬起頭，把話轉述給祝燃。

祝燃拿起自己的手機，又是一臉遲疑，嘀咕道：「早知道就讓妳直接打電話給她了，文字看不出語氣，也不知道她是不是生氣了。」

陳洛白見他這副模樣，不由嗤笑一聲：「昨晚去她公寓堵她的膽子呢？連直接問她一句都不敢，還想當我姐夫。」

「誰說我不敢了！」祝燃還是有點經不起激，直接拿著手機從位子上站起來，「我出去一趟。」

包廂門從外面被他關上。

很快，又重新被打開。

祝燃出去時滿臉的忐忑，進來後，卻是一臉藏不住的喜色。

周安然其實有點好奇，但又不太好主動問他。

陳洛白則低頭戴著手套，不疾不徐地在幫她剝蝦子，連眼神都沒分給祝燃一點。

祝燃是個完全藏不住事情的人，把手機往桌上一擱：「你們怎麼不問問我，她和我說了什麼？」

陳洛白抬眸看了他一眼，把剝好的蝦子放到周安然碗裡，順口丟出兩個字：「不想。」

祝燃：「……我他媽還不想說呢。」

周安然確實好奇，雖然祝燃沒細說，但不難猜出他昨晚應該是在俞冰沁的公寓留宿了，而且此刻祝燃明顯一副快要被到嘴邊的話憋死、以及快被她男朋友氣死的模樣，她吃掉碗裡的蝦子，還是笑著問了句：「沁姐和你說了什麼啊？」

祝燃：「她說讓我國慶連假去找她。」

周安然眨眨眼：「恭喜你啊。」

祝燃唇角一直在往上揚：「等真的確定關係，妳再恭喜我吧。」說著又瞥了陳洛白一眼：「到時候，某人說不定真的要叫我『姐夫』了。」

陳洛白沒理他，偏頭看向周安然，低著聲問：「還要吃嗎？」

周安然搖搖頭：「吃不下了。」

陳洛白這才懶懶地看了祝燃一眼：「說完了嗎？說完的話，我就要把她帶走了。」

祝燃翻了個白眼：「你當我稀罕跟你多說啊？要不是看在周安然的面子，你以為你今晚能吃到這頓消夜？你就慶幸吧，你上輩子肯定是拯救了銀河系，才找到了這麼好的女朋友。」

陳洛白唇角勾了下：「你說得對。」

祝燃還以為他會反駁，下意識愣住：「什麼？」

陳洛白牽住旁邊女生的手：「我上輩子確實拯救了銀河系。」

06

週五晚上的電子遊樂場向來熱鬧。

投籃機前，陳洛白抓著籃球一顆顆往球框裡扔。

男生穿了一身黑，側臉線條流暢，鼻梁高挺，模樣格外帥氣，扔球的動作又快又準，不多時，就吸引了一群人來圍觀。

男女都有。

其中一個穿藍色T恤的男生看他百發百中，不由好奇問了句：「兄弟，你投得這麼準，有沒有什麼技巧啊？」

陳洛白依舊在投球，眼色都沒分給他一個。

還是祝燃見藍色T恤有點尷尬，接話道：「他最近心情不好，誰都不理，不是故意針對你的。」

藍色T恤仔細打量了下陳洛白，這才發現對方下頷線繃得死緊，雙唇也抿成一條直線，他猜測著問道：「失戀了？」

祝燃想了下：「差不多吧。」

藍色T恤又認真看了陳洛白幾眼，不知怎麼，還樂了下：「長成這樣都能失戀？那我被女神甩，倒也沒什麼不能釋懷的了。」

祝燃：「……」

那你有沒有想過，你被女神甩可能是因為你嘴賤呢？

祝燃也沒再理他，轉過身伸手攔了下旁邊那位少爺：「夠了，再投下去，你的手肯定會受傷。我是叫你過來玩的，不是讓你過來自虐的。」

從電子遊樂場出來，祝燃跟陳洛白一起去了附近的消夜店。

知道這位少爺吃飯時不喜歡太吵的環境，尤其最近心情差到一個極點，即便只有兩個人，他也跟服務生要了個包廂。

等上菜的功夫，祝燃開了瓶可樂遞給他：「方阿姨也沒攔著你，是你怕影響她，自己決定不轉學的，為什麼還要擺出一副苦大仇深的樣子呢？」

陳洛白指尖勾著易開罐拉環，沒接話。

祝燃又說：「我一直都有個問題想問你，但又不知道該不該問。」

陳洛白眼皮也沒抬一下：「不該問就別問。」

「不行，不問出來我會憋死。」祝燃在他板凳上踹了一腳，「你真的確定你是喜歡周安然，而不是因為那天……」

祝燃怕提起當初周安然轉學的原因，會讓他更不高興，含糊了下：「……所以你因此感動而愧疚？」

陳洛白終於抬眸看他一眼：「在那之前呢？」

祝燃一愣：「什麼在那之前？」

陳洛白不否認對她有感動和愧疚，但是──

「從國中到現在，你見過我沒事主動跟哪個女生搭話、請哪個女生喝飲料嗎？」

在感動和愧疚之前，他已經先被她吸引。

或者說，是因為他先被她吸引而不自知，才會發生宗凱往她課本裡塞情書的這件事。

「而且，如果不是她，我那天應該不會承認情書是我寫的。」

陳洛白到現在都沒弄清自己那天是怎麼想的，好像是不想看見她被人那樣質問，不想看到她哭，他不確定這算不算關心者亂。

但他能確定的是，如果當時身處在那個情況下的不是她，而是其他女生的話，他應該會處理得更理智一點。

他會出面幫忙解圍，卻不會在不自覺的情況下，說出「情書是我寫給她的」這種曖昧的話，就像除了她之外，他也從來沒有單獨請過別的女生喝飲料一樣。

那樣就根本不會有之後的事情發生。

老趙的突然出現，在他們所有人的意料之外。

陳洛白撥弄著可樂拉環，腦中突然浮現起那天在福利社，他遞飲料給她時，女生顫得厲害的睫毛，他當時還只當她是膽子小。

他握著可樂的指尖緊了一瞬，抬眸看向祝燃：「你第一次見到我姐的時候，是什麼感覺？」

祝燃不知道他怎麼會把話題拉到俞冰沁身上，但這個問題的答案他甚至都不用仔細回想，見到俞冰沁第一眼的感覺，他至今都記憶猶深：「很酷，想認識她，想了解她，不自覺被她吸引。」

陳洛白：「那如果沒過多久，你突然發現她其實喜歡你很久了，暗中為你做了很多事，甚至不顧自己保護你呢？」

祝燃設想了下，然後忍不住低聲道：「……靠。」

那他大概一輩子都會被吃得死死的。

「懂這之間的差別了嗎？」陳洛白問他。

祝燃點頭：「懂了。」

同一件事，普通的人去做，和你已經有好感的人去做，帶來的效果是完全不同的。更何況周安然還和俞冰沁相反，是那種看起來溫柔且需要人保護的女生，被這樣的女孩擋在前面保護，那種反差感帶來的震撼只會更大。

祝燃搞清楚了，卻越發頭大，他也不太會安慰人，最後只是乾巴巴道：「事情都已成定局，也沒辦法改了，你不又想影響她，也早就找好人去照顧她了，現在就安心地繼續隔空跟她一起讀書啊，畢竟她成績也挺好的，聽說還在進步，說不定能跟你考一間大學。」

說完，祝燃仔細打量了下旁邊的人，見他臉色終於不再似剛才那樣嚴肅，他才稍稍鬆了口氣。

「明天約銳銳他們出來打球？」

陳洛白把拉環澈底扯掉：「你們打吧，我去蕪城看看她。」

「啊？」祝燃又愣了下，「明天不上學，你去哪裡看她啊？人家說不定一整天都不出門。」

陳洛白：「隨便碰一下運氣。」

陳洛白第二天的運氣不錯。

十月中旬，蕪城和南城一樣，還是酷熱難耐。

還不到早上八點，陳洛白就到達了周安然家的社區門外，不一會兒，就看見女生從社區裡走出來，她穿了一件小裙子，看起來好像又瘦了些，臉比巴掌還要小，他送的那個小兔子吊飾隨著她的走動，在背後的書包上晃悠著。

她走出社區大門的時候，一個老太太正好拖著一臺小拖車往裡面走。

陳洛白看見她沒急著關門，反而把鐵門開到最大，老太太進門的時候，她順手幫忙扶了下拖車。

老太太進門的時候大概是跟她道了聲謝，周安然甜甜地朝她笑了下，而後才關上了鐵門。

陳洛白等她往前走了好一段路，才壓了壓頭上的黑色棒球帽，緩步跟上去。

蕪城的地鐵還沒蓋好。

周安然要是去坐公車，他就不好再繼續跟著她。

陳洛白不確定她發現他會是什麼反應，但很確定他不想再惹她哭。好在周安然沒在公車站停留，而是一路步行去了附近的一家商場。

到商場後，她坐電梯上了四樓，進了一家書店。

書店有著一大片落地窗，她挑了個靠窗的位置坐下，陳洛白就沒進去，在對面選了個隱蔽的位置靠牆站著。

女生把書包拿下來，從裡面把書拿出來放到桌上，又拿了一條髮圈把頭髮綁起來。

二中不讓女生留長髮，蕪城一中沒這個規矩，但她才剛過來沒多久，頭髮還沒來得及留長，綁起來後，後面只有小小的一撮，她頭一低，其中一縷還不聽話地掉了出來。

周安然又重新綁了一遍，然後低頭認真看起了書。

陳洛白就站在對面看她。

半小時內，他看到她兩個朋友陸續進了書店，在她旁邊坐下，其中一個正是俞冰沁幫忙找來照顧她的女生——岑瑜。

但現在看來，她和這個叫岑瑜的女生好像相處得還不錯，岑瑜一過來就親暱地抱了抱她的手臂，笑嘻嘻地跟她說了一陣子的話，兩人才繼續低頭看書。

陳洛白想起她轉學那天，她在二中的那幾個好朋友，情緒一個比一個低落。

她旁邊的人好像都格外喜歡她。

可能是頭髮確實短，在這半小時裡，陳洛白還看見那一縷頭髮不聽話地掉了三次，她好像也沒有因此急躁，每次都慢吞吞地把頭髮重新挽一下，眼睛也沒離開過書本。

可等到頭髮掉了第四次時，她不知怎麼，突然朝他這邊看過來。

陳洛白連忙往後退了一步。

幾秒後，他才發現她並不是在看他。

周安然看的是手扶梯旁、一個大概五六歲的小女孩。

那個小女孩半蹲在手扶梯前，短手伸進兩個手扶梯中間，可能是覺得不安全，她走出去把小女孩往後拉了拉，跟小女孩說話時，她還是那副乖巧無比的神情，又多了幾分溫柔的模樣。

小女孩可能是有東西掉在手扶梯中間，伸手指了指。

她半蹲下來，撿起東西遞給小女孩。

大概是看對方一個人在商場玩，她似乎又問了對方家長在哪裡，小女孩指了指書店旁邊的文具店門口、一位穿著店內制服的女人。

她似乎是放心下來，沒再多說，揉了揉小女孩的腦袋，然後重新回到書店。

陳洛白的目光跟著她一起回到書店，看見她坐下去，認真地看起了書。

他盯著她看了片刻，看見她那縷頭髮又掉下來。

陳洛白壓了壓棒球帽，轉身走進旁邊的飾品店挑了幾個小髮夾。

從飾品店出來，他走回原位，一顆玩具球在這時滾落到他腳邊。

陳洛白彎腰撿起來，看見剛才在手扶梯旁的小女孩、蹦蹦跳跳地走到他面前，朝他伸出手。

「哥哥，球球。」

「小朋友。」陳洛白垂眸看著她，「妳能幫哥哥一個忙嗎？」

小女孩仰著腦袋：「什麼忙？」

陳洛白一手拿著玩具球，一手朝對面書店指了指：「剛才那個姐姐不是幫妳撿了東西嗎？妳幫哥哥送個禮物給她，就說是妳送給她的。」

小女孩順著他指的方向看了一眼，又轉回來：「哥哥，你為什麼要送禮物給姐姐啊？姐姐是你的女朋友嗎？」

陳洛白唇角勾了下：「妳還知道什麼是『女朋友』啊？」

小女孩的眼珠子滴溜溜地轉，一副鬼靈精怪的模樣：「當然知道啊，就是住在一起，會互相送禮物，和我爸爸媽媽一樣。」

陳洛白笑了下，唇角不知怎麼又拉平了：「姐姐不是我的女朋友。」

小女孩一臉懵懂：「那你為什麼要送禮物給她呀？」

「算了。」陳洛白低頭看了袋子裡的小髮夾一眼，而後把玩具球遞還給她，「妳還太小了，讓妳送過去，她也不會要。」

陳洛白最終還是把那幾個髮夾寄給了岑瑜，以岑瑜的名義送到她手上。

之後每隔一段時間，陳洛白都會去一趟蕪城，課業繁忙，兩邊學校上課時間重疊，他能去看她的機會其實也不多。

但她性格太軟，陳洛白總是擔心岑瑜沒辦法好好照顧她，好在每次過去，除了感覺她又瘦了一些，倒也沒有其他異常。

在學校，他偶爾也會聽人提起她。

聽說她和張舒嫺能玩在一起，是因為某天張舒嫺和人吵完架沒去吃飯，當時跟張舒嫺還是普通同學的她，在中午吃完午餐回來時，帶了一塊蛋糕給張舒嫺。

聽班上男生說，考試時她借過他一枝筆。

聽班上女生說，去年運動會，她擦傷的時候，她送過優碘棉棒和ＯＫ繃給她。

陳洛白後來才知道，她一直惦記著他順手幫過她的那幾次忙。

但他順手幫忙，是方瑾從小對他的要求，是久而久之養成的習慣，她的溫柔細緻，倒更像是浸在骨子裡的本性。

因為性格內斂安靜，比起外向活潑的女生，她一開始可能不那麼引人注意。

但只要一注意到，就會發現她身上有瑩亮溫暖、讓人挪不開眼的光。

能被她喜歡，能在還沒有太遲之前，發現她喜歡他，其實是他的幸運。

覺得自己栽得格外澈底，是在高三下學期。

那天是三月初，因為兩邊放假的時間不同，一中那個週六要補課，陳洛白早早去到她的學校外面，在差不多的時間點，看見她背著書包慢吞吞地朝這邊走過來，頂著一個格外傻氣的新髮型。

她應該是很怕冷，冬天會由著頭髮留長，到天氣回暖再重新剪短。

高二下學期她就剪短過一次，那次的頭髮剪得也不算好，但不像這次，已經差到影響顏值。

「到底喜歡什麼樣的女孩子」，這個問題，陳洛白曾經被問過無數次。

當初閒來無事，他也隨意設想過，因為不用心，也沒想出個所以然來。

但那一刻，他發現喜歡是完全沒有標準的。

是不自覺會被她吸引。

是哪怕她剪了一個傻到不行的髮型，你都會覺得她可愛得要命。

或者說，周安然就是他的標準。

高三時間緊張，陳洛白還是會盡量抽空來看她，看她頭髮又重新留長，不再是那副傻乎乎的模樣，看她好像又瘦了些，看她跟朋友買奶茶排隊的時候，也低頭拿著單字書在記單字。

五月底，臨近升學考前，他又擠出時間來了趟蕪城，想在考前再見她一面，看看她狀態如何。

但那天他的運氣似乎不怎麼好。

陳洛白下午算準他們下課前的時間點到達蕪城一中，沒過一會兒，就看見她在這邊的那幾個朋友挽著手出來，而她不在其中。

他心裡稍稍一緊，怕她是不是出了什麼意外。

好在這時有另一個女生扯著嗓子問：「怎麼就妳們幾個啊，周安然呢？」

陳洛白往前走了幾步，聽見岑瑜回說：「她讀書讀到走火入魔了，有幾題她算不出來，就不肯下來吃飯，讓我們等等幫她帶個三明治上去。」

陳洛白心下一鬆。

又不自覺想，她哪道題做不出來，不知道他會不會。

陳洛白看著人來人往的一中校門口，猶豫著要不要想辦法進去。

但他今天運氣不好，他怕運氣更差地直接撞上她。

馬上就要升學考，他不想影響到她的情緒。

雖然他也不知道，他現在還能不能再影響她的情緒。

那天蕪城的晚霞很美，陳洛白猜她出來看見，應該也會很喜歡，在離開前順手拍了幾張照片。

後來的幾天都過得很平順，升學考也順利結束，他考到了全國第一，卻仍懸著心。

這兩年，他也算半見證了她有多努力。

他不希望她的努力有一絲一毫被辜負。

好在俞冰沁那邊傳來的是好消息，周安然考了六百九十五分。

陳洛白早就決定要報A大的法學院，知道她考了高分，他也沒想辦法找人引導她去報A大，她這兩年這般努力，應該有自己想要為之奮鬥的目標，他希望她能在自己選好的路上發光發熱。

而A大的法學院是目前國內綜合排名第一，他應該也不會為了她降格去選其他學校，以她那種事事為他人著想的性格，他要是真的這麼做了，那帶給她的大概會是壓力而不是感動了。

反正學校不會是阻攔，不管她去哪裡，他都能隨時去找她。

或許是他們之間還有未盡的緣分，周安然最後和他一樣報了A大。

塵埃落定後，陳洛白意外得知她要請張舒嫻幾人，去蕪城最近很有名的那家餐廳吃飯。

去蕪城找她的那天，祝燃也一起跟了過去。

祝燃以為他是去找周安然告白，其實不是。

她當初連話都不敢和他說，陳洛白擔心貿然告白會嚇到她，他是想先以同學或朋友的身分回到她身邊，再徐徐圖之。

但他沒想到會剛好聽到那句話。

聽到她和朋友說「不喜歡他了」的那句話。

「偶遇」的計畫無疾而終。

陳洛白不確定，在明知她已經不再喜歡自己的情況下，再出現在她面前，算不算一種打擾。

回到南城後，他低沉了一陣子。

旅遊計畫全部取消，除了出門考了個駕照之外，其他時間都待在家裡看書。

但學開車的時候會想她。

看書的時候會想她。

什麼都不做的時候也想她。

就連睡著的時候，夢裡都是她。

八月中，陳洛白又去了一趟蕪城。

他在舅舅家住了幾天，一直猶豫著要不要再去看她。

在明知她已經不喜歡他的情況下，再像之前那樣悄悄去看她，確實不太合適。

到蕪城的第五天，舅媽讓他陪著去逛街，陳洛白知道她是怕他在家悶著無聊，不想辜負長輩的好意，他興趣缺缺地跟了過去。

還是酷熱難耐的天氣，他的運氣好像又變好了。

他在下午六點四十分抵達商場一樓。

六點四十二分，周安然也出現在商場一樓。

女生穿了一件黑色的小短裙，和高二那年，她送藥給他的那天的打扮相似，可能是升學考已經結束，她沒再把頭髮剪短，綁了個高高的丸子頭。

不知道是不是約了朋友，進門的時候，她左右張望了兩下，這時一個大概三四歲的小男孩跌跌撞撞地往她這邊跑，她順手扶了下。

不知怎麼，一大一小的兩個人就這麼站在門口聊起天。

女孩子微微彎下腰，笑得眉眼彎彎。

陳洛白覺得自己好像生病了。

因為他看到她朝著那個三四歲的小孩子笑，心裡都醋得厲害。

他好像還是沒辦法接受她眼裡再也沒有他；沒辦法接受以後只能跟她當陌生人；沒辦法接受她以後真的會朝著某個男生，這樣又甜又乖地笑。

更沒辦法接受，她將來會像那年在學校福利社對著他那樣，去對其他男生害羞臉紅。

既然她能喜歡上他一次，說不定也能喜歡上他第二次。

沒努力試過，他真的不甘心。

舅媽已經興致勃勃地進到店裡挑東西，陳洛白偏頭看向旁邊同樣興趣缺缺的俞冰沁：「姐，你再幫我個忙。」

俞冰沁言簡意賅地扔出一個字：「說。」

陳洛白：「A大新生開學的時候，妳幫我去接一下她，之後社團招生，如果她願意的話，妳再把她招進你們社團吧。」

俞冰沁順著他的目光看過去，一眼看見站在門口附近那個纖瘦漂亮的女生，她不用問也猜得到對方是誰，她語氣淡淡地反問：「順便再把你也招進來，是吧？」

商場門口，女生不知道聽到那個小男孩說了什麼，又很甜地笑了起來。

陳洛白唇角也不自覺勾了下：「嗯。」

07

大四上學期，陳洛白進了最高法院實習。

最高法院每年都會定期從全國各大學校接收一批實習生，多是就讀法律的碩士生或博士生，也會招收少量特別優秀的大學生，每年實習的名額都不多，競爭相當激烈，陳洛白是這屆A大唯一一個被選中的大學生。

他們兩個暑假都參加了學校的研究所夏令營，基本已經算是直接保送。

周安然自然是去宋教授底下。

陳洛白選的是刑法方向，導師也是國內刑法學鼎鼎有名的大神之一。

最高法院的實習從九月持續到隔年一月，為期共五個月，因為需要全程參加，為了通勤方便，陳洛白搬去了校外的公寓居住。

周安然至今都沒正式和他同居。

她實驗室和學業兩邊顧，住學校相對更省時間，陳洛白也就一直陪著她住在學校，就連去年暑假在附近的檢察機關實習，他都沒選擇住在外面。

但這次實習的工作強度相對大一些，持續時間也更長，是周安然勸他搬去公寓的。

但等他真的搬出去，她又莫名覺得不適應。

其實他的公寓就在校外不遠，大一他們還沒那麼忙碌的時候，經常步行過去，但不知怎麼，他一搬出去，她覺得他瞬間離他好遠、好遠。

偏偏剛開學那幾天，周安然也特別忙。

保送只剩最後一點流程要走，宋教授現在基本都會把她當手下的研究生對待，使喚起來完全不如之前客氣。

開學前幾天，周安然跟陳洛白完全沒見面。

到了週四下午，她才稍稍閒下來，正巧那天陳洛白又加了一會兒的班。

周安然也沒打擾他，等到晚上洗完澡躺上床，算著他應該已經忙完了，她才傳了一則訊息過去：『你洗完澡了吧？』

那邊回得很快。

C：『洗了。』

周安然知道他這幾天忙得厲害，就捨不得纏著他多聊天：『那你早點休息。』

C：『睡不著。』

周安然忙問：『怎麼啦？』

C：『想我那個沒心沒肺、只是跟我說一句話，就不耐煩得想讓我去睡覺的女朋友。』

周安然：「……」

她唇角不自覺彎起來。

周安然：『哪有。』

C：『那明晚接妳過來？』

周安然：『我自己過去吧。』

第二天下午，周安然本來想過去等他一起吃頓飯，但陳洛白又需要加一會兒班，提前傳訊息過來讓她別餓著肚子等他，她就在學生餐廳跟室友一起吃了頓晚餐，再騎車去他公寓。

進門後，周安然在沙發上半躺下，打開手機裡下載的一篇論文，打算邊看邊等他，但她這幾天也忙得厲害，才看了一會兒，就不知不覺地睡著了。

再醒來，是感覺有人在抱她。

周安然睜開眼，看見高大的男生半彎著腰站在她身側。

他平時的穿衣風格偏運動系，今天從最高法院回來，穿得就相對正式，黑色西裝褲筆挺，往上是黑色皮帶勒出的一截窄腰，白襯衫被寬肩撐出流暢的線條，可能是因為進來的第一時間就過來看她了，他身上的襯衫扣子一顆未解，莫名多了幾分禁慾感。

周安然有點挪不開眼。

當初她一眼就喜歡上的少年，好像在她的見證下，長成了沉穩可靠、卻仍閃閃發光的大人。

陳洛白本來想抱她回房間，見她醒了就鬆開手，在她鼻尖上輕輕刮了下：「怎麼這樣看著我？」

他說這句話的時候，唇角勾了下，那股蓬勃的少年氣好像又重新冒出來。

周安然還沒完全醒，可能是僅剩的那一點朦朧睡意壓住了性格的內斂，也或許是久而久之養成的依賴感，她抓著他的手腕坐起來，整個人靠進他懷裡，輕著聲：「好想你。」

陳洛白回抱她的動作頓了下。

「周安然。」

「嗯。」女生帶著鼻音應了聲。

陳洛白的呼吸沉了少許，垂眸去看她：「妳知道我受不了妳跟我說這種話的吧？」

周安然眨眨眼，抬眸對上他的視線。

在一起好幾年，經常不用她開口，他就知道她想要什麼。

就像現在，不用他開口，她也知道他想做什麼。

陳洛白抬手解開襯衫最上方的兩顆扣子，又順手把袖子上的兩顆紐扣解開了，衣袖半拉上去，露出半截肌肉線條漂亮的手臂。

目光全程都落在她身上，微暗的，帶著熟悉的某種火星子。

但這會兒才開口對她說話，像是完全無關，又像是在跟她確認：「吃過晚餐了吧？」

周安然的心跳快得厲害。

睡意退去，她其實已經開始覺得不好意思，卻還是朝他點了點頭。

陳洛白用剛才解紐扣的手，扣住了她的後頸。

客廳瞬間安靜下來，只剩一點細碎的響動。

過了好一陣子，才有女生半羞半惱的聲音響起。

「陳洛白！說了夏天不准咬這顆痣！」

陳洛白抬起頭，襯衫下襬早就從西裝褲中扯出來微敞著，露出薄而有力的腹肌，他唇角又勾了下：「妳只說不准咬，沒說不准親吧？法無禁止即自由啊，寶寶。」

周安然：「……？」

「這句話是這樣用的嗎？」

「怎麼不能這樣用？」陳洛白笑，「妳不就是我的基本法嗎？」

周安然瞪他一眼，不知怎麼又笑起來：「那今天也不准親。」

「好，那不親了。」

陳洛白空著的那隻手撐在她身側，手臂上的青筋微微凸起，他靠到她耳邊，像是親了她耳朵一下，又像是沒有，熱氣拂在她耳邊。

「抱妳坐著？」

周安然瞬間明白他的意思，心跳又變得好快。

她撇開視線，最後還是點了點頭。

陳洛白抽出另一隻手，伸過來抱她。

周安然低頭，看見他修長的手指上有瑩潤的水光，臉一下又紅透，她踢了踢他，提醒道：「裙子。」

陳洛白垂眸，看見她身上穿著一件和高二那年，她送藥給他那天類似的裙子。

「裙子穿著？」

周安然：「……？」

等到跨坐好，周安然立刻將臉埋進他頸間。

陳洛白像是輕輕吸了口氣，低著聲在她耳邊說：「放鬆點，寶寶。」

周安然的臉還埋在他肩膀上，分不清是難耐還是想跟他撒嬌，她悶著聲：「好脹。」

陳洛白又笑了聲：「怎麼還不習慣？」

周安然：「……」

這要怎麼習慣？

他那麼……

這個人每到這時候，總是惡劣得過分，沒聽見她回答，那隻仍微潤的手落到她下巴上，溫柔又不失強迫地逼她抬起頭和他對視。

「怎麼不說話？」

周安然又羞又惱，乾脆低頭在他唇上咬了下。

「原來是想要我親妳啊。」某個混蛋的眉梢輕輕揚了下，笑著把手往後移，輕輕壓了壓她的後頸，就著這個姿勢吻住了她。

外面的天色漸漸暗下。

餘暉散盡，暮色四沉，直至最後一絲天光也消失，城市重新被霓虹燈點亮。

周安然的眼睛逐漸適應黑暗，低頭能看見他冷白的頸間有細汗，她又把臉埋上去，有微潤的感覺，還沒平復下來的心跳和呼吸亂得厲害。

分不清是她的還是他的。

陳洛白的手有一下沒一下地碰著她被汗打溼的頭髮，隔了片刻才開口：「這幾天做實驗累不累？」

「不累。」周安然揪著他已經皺得不行的襯衫，小聲提醒他，「你先出來啊。」

陳洛白：「先這樣聊會兒天。」

周安然：「……」

哪有人這樣聊天的！

她忍不住低頭在他脖子上咬了一口。

陳洛白由著她咬完，才在她耳邊笑了聲：「看來妳真的很喜歡我今天的打扮，今晚到這會兒才真的咬我。」

周安然確實很喜歡他今天穿正裝的模樣。

但他現在這句話，明顯別有深意。

她紅著臉：「哪有。」

陳洛白：「那剛才是誰——」

猜到他肯定又要說什麼亂七八糟的話，周安然連忙打斷：「你不准說。」

陳洛白抱著她笑得不行，胸腔震動明顯。

周安然又有點羞惱：「也不准笑。」

「好。」陳洛白勉強止住笑，「女朋友還有什麼要命令的？」

周安然唇角不自覺又彎了彎：「那你抱我去洗澡。」

從浴室回到臥室，已經是深夜。

陳洛白伸手關了燈，空著的另一隻手自然而然地將她摟進懷裡。

周安然感覺他的手又像之前那樣，有一下沒一下地碰著她的頭髮，然後聽見他很輕地叫了她一聲。

「然然。」

周安然也很輕地應道：「怎麼啦？」

「我大概想好了。」陳洛白說。

周安然：「想好什麼呀？」

陳洛白：「將來應該會考司法官考試。」

周安然突然想起，剛得知他打算進最高法院實習的那天，她出於好奇，順手搜尋了下最高法院的官網，一點進去，就看見最上方寫著一行字——

「努力讓人民在每一個司法案件中，感受到公平正義。」

她還想起大一那年，他們被一場雨困在便利商店，那時他們還沒在一起，她趴在桌上，聽他跟她說「我媽他們總是說，我國現行法律還存在許多不足，我希望將來不管做什麼，都能為完善這些不足盡一份力。」

最高法院近期要出臺一部司法解釋。

他去實習，分配的內容正好就是司法解釋制定的一些輔助工作，會全程參與到這個過程之中。

才短短三年，他好像已經能夠實現，當初那番聽起來很理想主義的話了。

哪怕實習生能參與的部分有限，但也像他當初所說的那樣，他們有幾分熱，就先努力發幾分光。

周安然輕聲道：「你一定能考上的。」

陳洛白又笑了一聲：「對我這麼有信心啊？」

周安然的臉又熱了下。

陳洛白像是猜到她臉紅，手在她臉上親暱地碰了碰，接上剛才的話題時，聲音仍帶著笑：「不過一開始的薪水不是特別高，說不定將來還要妳養我。」

周安然聽祝燃跟她八卦過他很有錢。

不是家裡有錢，是他本人很有錢。

說是他十八歲的時候，他爺爺就分了股份給他，他從小到大拿到的各種獎金和壓歲錢，也都有專業人士在替他理財，祝燃當時語氣誇張，說錢滾錢，現在也不知道有幾位數了。

周安然當時只是聽聽，後來等跟陳洛白結婚，他把所有卡交到她手裡，她才知道祝燃沒有誇大。

但這會兒，周安然明知道他在開玩笑，還是順著他的話應下：「好啊。」

「周安然。」陳洛白突然又叫了聲她的名字。

周安然眨眨眼：「怎麼啦？」

陳洛白聲音中的笑意更加明顯：「妳這是答應……以後要嫁給我的意思嗎？」

周安然：「……？」

為什麼會突然跳到這個話題上？

周安然沒辦法違心說一個「不」字，也不好意思現在就跟他說一個「是」字。

她抱住男生的腰，把臉埋進他懷裡：「我睏了，睡覺吧。」

周安然見到陳洛白的媽媽，是在一個意料之外的情況下。

早在大一他們剛在一起沒多久時，陳洛白就跟她提過，說他媽媽早就想見她。但周安然一想到要見他爸媽，就格外緊張，難得犯了拖延症，陳洛白熟悉她的性格，加上他們也還在同一間大學，這件事倒也不急於一時，見家長一事就被暫時擱置了。

意外見到陳洛白的媽媽，是在大四那年的寒假。

小年夜前一天，周安然和嚴星茜幾人約著一起去市中心的商場逛街，幾圈逛下來，她們幾個女孩買了一大堆東西。

結束後，嚴星茜幾人要去趟洗手間，周安然帶著大包小包，坐在商場一樓中間的長椅上等她們。

中途有個年輕的女孩從她面前跑過。

也不知道是跑得急沒注意，還是不小心扭到腳，對方整個人突然往前撲。

周安然起身去拉她。

她力氣也不算大，只是勉強把人拉住，女生沒摔倒，手裡的奶茶倒是潑了大半。

女生好像是有什麼急事，頭也沒回地跟她說了句謝謝，也沒管一地的奶茶，急匆匆地跑走了。

周安然還要守著大包小包，也不好去叫商場的阿姨過來打掃，剛打算坐回去等嚴星茜她們回來再說，就看見一個女人朝這邊走過來。

對方穿了一件質感很好的黑色大衣，看起來很年輕，走路步伐很大，衣襬翻飛，看著又酷又有氣場，只是在走路的時候，一直低著頭看手機。
眼見對方快踩到潑了一地的奶茶，周安然怕地上會滑，忍不住出聲提醒了一句。
「您好，前面剛才有人打翻了奶茶，可能會滑。」
女人停下來，目光從手機上抬起，落到她臉上：「謝謝。」
不知怎麼，周安然感覺到一絲帶著強烈壓迫感的氣場，她搖搖頭：「不用客氣。」
說完卻見對方的視線仍一直停在她臉上沒挪開。
周安然眨眨眼：「您還有事嗎？」
女人又盯著她看了片刻，突然朝她笑了下。
她一笑，剛才那股高冷的氣質，和帶著明顯壓迫感的氣場瞬間消失。
「直說可能有點冒昧，但如果我不說，怕妳以後見到我會尷尬。」
沒頭沒腦的一句話，周安然不太明白，剛想問對方是不是在和她說話，就聽她緩緩接了一句——
「我是陳洛白的媽媽。」
周安然整個人愣住，隔了好幾秒才反應過來，連忙打招呼：「阿、阿姨好。」
再一細看，周安然才發現她的眉眼和陳洛白有些相似。
只是她剛才不好意思盯著別人多看，因為對方看起來太年輕漂亮，她根本沒往這方面想。
但他媽媽怎麼會認識她？

周安然還有一點茫然，直接脫口而出：「阿姨，您怎麼會認識我？」

方瑾又笑了下：「他手機裡有一堆妳的照片，還洗了兩張擺在臥室裡，我想不認識都難。」

周安然聽出這句話裡的打趣意味，耳朵尖不由熱了下。

方瑾像是已經看出來，又笑著轉了話題：「一個人過來逛街嗎？」

「不是。」周安然搖搖頭，「和好姐妹一起來的，她們去洗手間了。」

周安然心下還是緊張，但不知怎麼，可能是對方此刻的氣質看起來格外好接近，她好像又沒有之前想像中的那般緊張，甚至還能順著話題問上一句：「阿姨您呢？」

方瑾：「沒逛街，過來找人拿個資料。」

周安然忙問：「我沒耽誤您吧？」

「沒有。」方瑾看著她，好像又笑了下，「不過今天確實有事。」

周安然：「那您快去忙吧。」

「也不急這一兩分鐘。」方瑾又說，「我和他爸爸一直想約妳爸媽見個面，今天正好碰上妳，你們兩個剛好也快畢業了，妳回去幫阿姨問問妳爸媽，要是方便的話，過幾天，我們兩家約著一起吃頓飯？」

周安然乖乖點頭：「好，我回去問問。」

「那我先走了。」方瑾頓了下，又笑著揉了揉她的腦袋，「阿姨下次再補一份見面禮給妳。」

嚴星茜幾人回來時，就看到周安然愣愣地坐在長椅上發呆，她們快走到她面前，她都完全沒注意。

「然然，妳在想什麼呢？」嚴星茜伸手在她面前晃了晃。

周安然回神，大腦還是有點遲鈍，緩了下才跟她們說了剛才的事：「我剛才見到陳洛白的媽媽了。」

嚴星茜也愣了下：「妳怎麼突然見到陳洛白的媽媽了？」

周安然：「就意外遇見，她認出我了。」

「怎麼樣？」盛曉雯打量了下她的神情，猜想剛才的見面應該還算愉快，打趣著問，「見未來婆婆的感想如何？」

周安然：「……？」

她臉一熱：「什麼未來婆婆，妳別亂說。」

「怎麼回事？」張舒嫻也一副調侃的口吻，「你們都快畢業了，陳洛白還沒讓妳答應嫁給他？他行不行啊？」

方瑾離開後，周安然一直回想著剛才自己有沒有哪裡表現得不好。

此刻聽盛曉雯提起陳洛白，周安然才想起見到他媽媽的事，應該要和他說一聲的。

周安然沒理會張舒嫻的調侃，她現在很有經驗，反正這時候越理會張舒嫻，她只會越來勁。

她臉紅著，裝作沒聽到，低頭解鎖手機。

手機正好在此刻響了聲。

像是某種心有靈犀，訊息是陳洛白傳過來的。

C：『見到我媽了？』

周安然：『正想告訴你（小兔子點頭.jpg）。』

C：『還在商場？』

周安然：『嗯，不過準備走了。』

C：『等我十分鐘，我去找妳。』

周安然又抬起頭，問她們：「妳們要回去了，對吧？」

盛曉雯：「是啊，怎麼了？」

周安然摸摸耳朵：「陳洛白說要過來找我，十分鐘就到，妳們要不要再等等，我讓他請妳們喝奶茶？」

「今晚已經喝飽了，讓他欠著吧。」盛曉雯擺擺手。

張舒嫻附和：「是啊，妳自己等吧，我們先走了。」

嚴星茜在這種事情上向來有些遲鈍，她猶豫著看向周安然：「要我等妳嗎？」

「等什麼。」盛曉雯拉住她，「然然剛才意外見了家長，陳洛白肯定是擔心她，才在大晚上趕過來，妳當什麼電燈泡。」

嚴星茜瞬間反應過來：「那我也不等妳啦，我幫妳把東西帶回去吧？」

周安然：「他應該會開車過來，妳把東西給我吧，我幫妳帶回去。」

嚴星茜點頭：「好，那我樂得輕鬆。」

張舒嫻和盛曉雯衝她揮手：「走啦。」

南城是出了名的不夜城，半夜三四點，市中心的街道上都不缺人流。

這會兒剛過晚上九點半，正是最熱鬧的時候，周安然就不擔心安全問題，只簡單交代了一句：「那妳們路上注意點。」

嚴星茜幾人離開後，周安然坐回長椅上。

怕陳洛白在開車，她也沒再傳訊息過去打擾他，低頭翻了篇論文出來看。

沒過多久，手機螢幕上有一片陰影籠下來，是有人擋在了她的身前。

周安然抬起頭，看見高大帥氣的男生站在她面前，身上又穿了一身黑，像是匆匆從地下室跑上來的，呼吸比平時重了一些，看她的目光充滿擔憂。

她鎖上手機站起身。

陳洛白拉住她的手，上下打量她兩眼：「沒嚇到吧？」

周安然心裡一陣泛軟，搖搖頭：「沒有，阿姨很和善。」

陳洛白鬆了口氣，這才勾了下唇角：「難得有人誇她和善。」

他說完，又像剛才那樣上下打量著她，這次目光多了點笑意。

周安然覺得奇怪：「為什麼要這樣看著我呀？」

陳洛白繼續打量她：「看我女朋友到底有什麼魔力。」

周安然：「……？」

陳洛白：「我姐喜歡妳就算了，現在看來，我媽應該也挺喜歡妳的。」

周安然被他說得愣了下：「你怎麼知道阿姨喜歡我？」

陳洛白抬手捏了捏她臉頰：「已經有好多年沒聽過有人誇她和善了，祝燃在她面前都不敢多話。」

周安然微懸著的一顆心，這才徹底放鬆下來，想起他剛才的話，她唇角也彎了彎：「應該是因為你。」

不管是俞冰沁還是方瑾，都是關心他、愛他的家人，所以連帶著對她也多有優待。

陳洛白也笑了下，像是還不放心，又向她確認了一遍：「真的沒嚇到？」

周安然搖搖頭：「沒有，阿姨的態度真的很好。」

陳洛白手指穿過她指縫，跟她十指交扣：「不過也多虧了這個意外，幫我解決了一個難題。」

周安然眨眨眼：「什麼難題？」

陳洛白笑：「我一直在想要怎麼帶妳去見我爸媽，要是提前跟妳約好，妳肯定會緊張到見面那天。」

他說的完全是實話，周安然不好意思地摸了摸耳朵，小聲說：「但我還沒見過你爸爸。」

「他不重要。」陳洛白說，「我們家我媽說了算。」

周安然仰頭看著他：「那你呢？阿姨說要約我爸媽一起吃飯呢。」

「我啊？」陳洛白唇角勾著，「我早就想見妳爸媽了。」

最終，兩家人約好在大年初六的晚上一起吃頓飯。

周安然提前見了陳洛白的媽媽，心裡的不安已經放下大半。

加上陳洛白應該是怕她還緊張，過年那幾天一直在跟她說，他爸爸就是個妻管嚴，在家裡根本沒有任何家庭地位，因而周安然剩下的那點不安又少了一半。

初六當晚，周安然見到他爸爸時，就覺得他爸爸的氣場格外強，一點都不像妻管嚴，但對她的態度也和善，和她父母聊天的過程中也絲毫沒有架子。

一頓晚餐吃得格外愉快。

這其實在周安然的意料之中。

他那麼有教養，想也知道他爸媽應該都是很好、很好的人。

讓她意外的是，有人大言不慚地說「早就想見她爸媽了」，她還以為他完全不緊張，結果當天晚上，他全程繃緊下頷線，她爸媽問什麼，他就乖乖答什麼，吃飯時甚至還心不在焉地夾了一塊薑到碗裡。

周安然就坐在他旁邊，小聲提醒他：「你剛才夾了一塊薑。」

陳洛白側頭看她一眼，眼神比任何一次都要正經，完全看不出私下和她相處時的那副混帳模樣，而後面不改色地把那片薑吃進嘴裡，語氣也一本正經：「薑怎麼了？挺好吃的啊。」

周安然：「……」

那會兒晚餐已經接近尾聲，方瑾突然說：「樓下今晚好像有個表演活動，陳洛白，你要不要帶然然下去看一下？」

陳洛白點頭，而後轉向周顯鴻和何嘉怡：「那叔叔阿姨，我先帶然然下去轉一圈，等會兒再上來陪您二位。」

周顯鴻笑著擺擺手：「去吧。」

周安然猜這幾位家長可能私下有什麼話要說，就乖乖跟著陳洛白一起站起來。旁邊的男生像是習慣性地來牽她的手，手指碰到她指尖的一瞬，像是想起什麼似的，立刻把手收回。

周安然跟他一前一後出了門。

包廂門關上，陳洛白這才重新伸手牽住她。

周安然眉眼彎著，仰頭去看他：「我去買瓶水或飲料給你吧？」

陳洛白停下腳步：「買飲料做什麼？」

「你剛才不是吃了一塊薑嗎？」周安然也跟著停下來。

陳洛白抬手掐她的臉，語氣像是生氣，黑眸中又帶著明顯的笑意：「妳還說呢，妳剛才那樣問，要是被妳爸媽以為我挑食，那該怎麼辦？」

周安然：「……」

說得好像他不挑食似的。

但心裡卻像是有一小塊地方，軟軟地塌下去。

周安然晃晃他的手：「他們不會介意這點小事的，你不用勉強自己。」

「吃一塊薑而已。」陳洛白牽著她繼續往前走，「又不是上刀山下火海，這算什麼勉強？」

周安然唇角止不住又彎了下。

這天晚上，樓下確實有表演。

附近廣場上的舞臺早在下午就已經搭建好，聽說還請了一些明星。

周安然跟陳洛白過去的時候，舞臺已經裡三層外三層被圍了個水泄不通。

陳洛白轉頭看她：「還要過去嗎？」

周安然不太想去，也知道他不喜歡這種人擠人的地方，她搖搖頭：「不去了吧。」

「那我們隨便逛逛？」陳洛白問她。

周安然點點頭。

兩個人轉身去了相反方向。

南城今年過了個暖冬，才大年初六，白天最高溫已經超過二十度，夜晚也沒有涼意。

可能是都去湊熱鬧了，街上比平時要冷清少許，半路有個女生抱著吉他在唱歌，行人匆匆，沒一個人駐足，她臉上也不見失落，微低著頭唱得很認真。

一個三四歲的小女孩被媽媽牽著經過，小短腿停下來，歪著腦袋聽了幾秒，然後把手裡的一個小玩具丟到女生腳邊的吉他袋裡。

彈吉他的女生笑了下，旋律一轉，唱起了「爸爸媽媽去上班，我去幼稚園」。

周安然看著覺得可愛，正想讓陳洛白也看看，一轉頭，就看見男生的目光落在對街，她順著他視線望過去，對面是一家她常喝的奶茶店。

果然，下一秒，她聽見陳洛白開口。

「想不想喝奶茶？」

周安然其實吃得有點飽，但這會兒又有點口渴，聲音不自覺帶著撒嬌意味：「想喝，但是我喝不完一整杯。」

「喝多少算多少。」陳洛白低聲回她，「剩下的我幫妳解決。」

周安然唇角又翹起來：「那走吧。」

小女孩聽完半首歌，被媽媽牽著離開。

周安然被陳洛白牽著走過馬路。

奶茶店剛好在推銷新品，店員倒了一杯遞給他們。

周安然喝了一小口，又把杯子遞給陳洛白。

小小的紙杯邊緣還有她的口紅印，男生接過去，就著她喝過的地方把剩下一點喝完。

「要喝這個嗎？」陳洛白問她。

周安然點頭：「試試吧。」

奶茶店這會兒也沒什麼客人，一杯奶茶很快做好。

周安然喝了一小口，又把杯子遞到旁邊男生的面前。

陳洛白側頭：「喝不下了？」

「不是。」周安然搖頭，「先給你壓壓薑味。」

陳洛白唇角也勾了下，就著她的手，低頭喝了口奶茶。

又往前走了一小段，周安然腳步突然一頓。

陳洛白跟著停下來：「怎麼了？」

周安然指指旁邊店鋪的櫥窗：「裡面那隻小兔子，像不像你高二送給我的那隻？」

陳洛白順著她指的方向看過去，而後輕抬了抬下巴：「走吧，進去買下來。」

「不用啦。」周安然看了看那隻小兔子，「我都快要大學畢業了，在包包上掛個毛茸茸的小兔子，不會顯得很幼稚嗎？」

陳洛白拉著她往裡面走：「誰規定畢業就不能喜歡小兔子吊飾了？不要自己幫自己設限。」

周安然好像總是會因為這種小細節，格外對他心動。

她想到那年在 Live House，他低著聲跟她說「世界上沒有哪條法律規定，所有人的性格都必須外向」，他明明學的是條條框框最多的法律學，思想卻是無比自由的，從不會被一些世俗的成見限制。

她喜歡的人知世俗，卻從不世俗。

她唇角又彎了下，乖乖被他牽進店裡。

買完小兔子出來，陳洛白隨手拆開包裝，而後站在她身前，低頭把那隻小兔子掛到她的背包上，聲音聽起來有點輕，又像是帶著笑意：「這次倒是能親手幫妳掛上了。」

於是再往前走的時候，周安然的包包上就多了隻一晃一晃的小兔子。

走到河邊時，周安然把手上的奶茶遞給他：「喝不下了。」

陳洛白接過，幾口喝完，順手把杯子丟到路邊的垃圾桶裡。

周安然偏頭看著他：「你是不是有話要跟我說呀？」

陳洛白也側頭看她：「怎麼這麼問？」

周安然：「你今晚欲言又止地看了我好幾次了。」

陳洛白眉梢輕輕一揚：「我怎麼覺得這句話有點耳熟？」

周安然：「你以前和我說過類似的話。」

在他們剛在一起那會兒。

在……他第一次親她的那晚。

陳洛白「唔」了一聲，像是在回想那天的情景。

「那我那天是不是還說了，『不說我就繼續親妳了』——」男生頓了頓，語氣變得意味深長，「周安然，妳要學我，是不是該學全套？」

周安然：「……」

果然不在她爸媽面前，這個人就正經不了多久。

她臉微熱：「才不要。」

「周安然。」陳洛白又伸手在她臉上掐了下，目光仍帶著笑意，「我怎麼覺得，妳沒以前喜歡我了。」

周安然看出他在開玩笑，還是小聲順著他的話反駁：「哪有。」

陳洛白：「以前我說什麼，妳都會乖乖答應，剛在一起沒多久，我帶妳去公寓，妳也乖乖跟著我去，現在讓妳模仿我之前那樣威脅我一句，妳都不肯。」

周安然瞥他：「這對你來說是威脅嗎？」

「也是。」陳洛白的目光往她唇上落了一秒，她今天的口紅顏色格外漂亮，「確實不是威脅。」

周安然這次沒順著他的話往下接，再接下去，不知道會被他歪到什麼亂七八糟的方向，她把話題拉回來：「你到底要跟我說什麼呀？」

陳洛白停下來，落到她臉上的目光比剛才要認真專注幾分。

他就這麼靜靜地看著她，也沒接話，黑眸亮而深邃。

周安然被他看得心跳快了好幾拍。

隔了幾秒，才終於看見他張了張嘴。

路面上剛好有一輛機車經過。

轟鳴聲壓過了他的聲音，周安然只勉強聽見了他的後半句話。

好像是「得鄭重一點」。

「你剛才說什麼呀？」周安然疑惑地問。

「沒什麼。」陳洛白牽著她繼續往前走，「以後再告訴妳。」

周安然鼓了鼓臉頰：「怎麼又要以後再告訴我？」

「不是說了嗎。」男生的聲音帶著笑意，「得留點懸念勾著我女朋友。」

那晚回到家後，周安然才知道陳洛白的媽媽支開他們，是為了跟周顯鴻和何女士聊他們未來的計畫。

因為他們兩個都要繼續讀研究所，他父母的意思是，如果他們不打算大學畢業就結婚的話，看要不要先幫他們辦一個訂婚儀式。當然，一切都還是以她的意願為中心。

周安然突然想起，陳洛白今晚數次欲言又止地看向她。

想起他那句被機車轟鳴聲蓋過、只剩下一半的「得鄭重一點」。

所以他今晚其實是想跟她求婚，卻又覺得當時的場景不夠正式嗎？

周安然和父母又多聊了幾句，回到自己的房間後，她在書桌前坐下，點開和他的聊天室，指尖點開輸入框後，又停住。

也不是拿不准他的想法。
其實他半玩笑地問過她好幾次。
他爸媽也不可能沒問過他的意見，就直接和她的家長聊起這種終身大事。
就是……有點不知道該怎麼問他。
也不好意思問他。
周安然指尖往上滑，點開他的頭貼。
他的頭貼從NBA球員的卡通背影照，換成了她的背影照。
周安然盯著他的聊天室發呆。
片刻後，手機突然響了聲，新訊息就從他的聊天室跳出來。
C：『妳爸媽和妳聊過了？』
周安然的心跳快了一拍，隔了兩秒，才傳了一個小兔子點頭的貼圖過去。
那邊安靜了一兩秒後，他乾脆打了通電話過來。
周安然接通，男生熟悉的聲音在她耳邊響起：『一直都還在幾個方案中猶豫。』
沒頭沒尾的一句話，周安然卻瞬間明白他的意思，心跳也逐漸加速。
陳洛白好像又很輕地笑了聲：『我媽的意思是，我得讓妳有個心理準備，也能讓他們有時間去籌備。』
電話那頭又安靜了一瞬，然後周安然聽見他低著聲叫她。

『然然。』

周安然輕輕「嗯」了聲：「我在聽。」

陳洛白又停頓了下，聲音比剛才又低了幾分，聽起來格外溫柔：『再等等我？』

周安然的心裡柔軟地塌下來一角。

除了大學剛重逢，他們試探著彼此到確定心意的那段時間外，在一起後，他好像再也沒讓她感受過任何患得患失的感覺。

給她的都是明目張膽的偏愛。

在一起這幾年，他一直都在用行動向她證明，當初他唱給她聽的那句話——

你永遠勝過別人。

周安然唇角一點點地彎起：「好，我等你。」

08

大四下學期開學後，周安然還沒等到陳洛白的求婚，就先等到了嚴星茜和董辰終於在一起的好消息。

因為臨近畢業，各有各的事情要忙，董辰這頓脫單飯，一直到五月初才請成。

這兩年 Live House 盛行，俞冰沁的朋友又把那家閒置的店重新開了起來，因為不缺資金，有錢任性，店內時常有知名音樂人出沒，現在儼然成了他們校外的一個網紅打卡景點，說是又請來了最近風頭正盛的一支樂團，俞冰沁幫他們留了些票送朋友，張舒嫻和湯建銳他們全都抽出時間，從南城及其他城市飛來了北城。

五一當晚，一群人難得聚齊，那頓晚餐吃得格外熱鬧。

嚴星茜和董辰在一起之後，兩個人還是說不到三句話就能吵起來。

湯建銳搖搖頭，說：「董辰，這就是你不對了，嚴星茜現在都是你的女朋友了，你不得對人家溫柔一點？」

董辰點頭：「我溫柔給你看。」說完他夾了塊排骨放到嚴星茜的碗裡，溫聲道：「茜茜，吃排骨。」

嚴星茜立刻將筷子往桌上一放，手搓了搓手臂：「董辰，你別這樣跟我說話，噁心死了。」

董辰笑得一臉縱容：「看到了沒？」

湯建銳：「……」

祝燃瞥他一眼：「人家這是男女朋友間的情趣，你瞎湊什麼熱鬧。」

「當我沒說。」湯建銳說。

黃書傑像是想起什麼似的，突然看向盛曉雯：「對了，盛曉雯，妳不是一直在追洛哥的室友嗎，現在是什麼情況啊，我們還有沒有機會吃到第二頓飯啊？」

盛曉雯嘴角的笑容頓了下：「沒什麼情況，沒意思，不想追了。」

周安然看到黃書傑像是還想繼續問，坐他旁邊的祝燃不知是不是在桌底下踹了他一腳，黃書傑「嗷」地喊了一聲，注意力立刻被轉移。

包坤在這時候接話道：「不想追就不追了，這完全是他的損失啊，我們盛女俠以後可是要進外交部的。」

邵子林也跟著插話：「來來來，我先敬一下我們未來的外交部發言人。」

盛曉雯又笑起來，拿著杯子隔空跟他們碰杯：「就衝你這句話，我怎麼也得乾了啊。」

周安然知道她最近心情不太好，就暫時沒攔她，結果她一下沒注意，盛曉雯就不聲不響地倒了一大杯高粱喝掉了。

那瓶高粱還是湯建銳他們幾個男生點的，因為明晚要去看演出，場子上又有一些女生在，他們幾個都克制著沒多喝。

眼見盛曉雯還想把剩下的那點倒光，周安然連忙伸手去攔她。

盛曉雯倒酒的動作停住，偏頭看向她，眼眶瞬間泛紅，聲音壓得格外低，只夠她聽見：「然然，妳說他到底是怎麼想的啊？如果不喜歡我的話，為什麼要在我今年生日的那天，送那麼貴重的禮物給我？還換了個便宜的包裝，跟我說那不值錢。我就沒見過這麼傻的，偏偏我就吃這套。」說完這句，盛曉雯頓了頓，像是酒意湧上，她輕晃了下腦袋。

「然然，我的腦袋好像有點暈。」盛曉雯說著，把頭抵到周安然的肩膀上。

周安然連忙扶著她的後背，手順勢在她背上輕拍了兩下：「我請服務生送杯蜂蜜水過來，喝完我們就回飯店，好不好？」

盛曉雯「嗯」了聲。

陳洛白坐在周安然的另一側，偏頭看過來：「我叫周清隨過來。」

他說這句話的聲音不算低，周安然感覺盛曉雯應該能聽到，見盛曉雯沒反駁，她也沒說什麼。

他們吃飯的地方離A大不遠，等董辰結完帳，一群人走出飯店後，周安然就看見周清隨急匆匆地趕過來。

盛曉雯的酒意已經完全上頭，看見他的一瞬，從周安然和張舒嫻的手臂中掙脫開，跌跌撞撞地跑向周清隨。

周清隨趕緊抬手扶住她，不知是不是沒注意到手落到了她的後腰，他立刻挪開手，眼見盛曉雯站不住似地往旁邊倒，又趕緊重新扶住她。

盛曉雯抬起頭：「我怎麼好像看見周清隨了？不是在做夢吧？」

像是想確認是不是在做夢，她抬起雙手，一左一右地掐住了周清隨的臉。

人來人往的飯店外，周清隨好脾氣地由著她發酒瘋。

等盛曉雯鬆開手，他才低聲問：「有沒有哪裡難受？」

盛曉雯搖搖頭：「果然是在做夢，周清隨才不會關心我。」

周清隨閉了下眼，壓下眼中的情緒，轉頭看向周安然：「她喝了多少？」

周安然還是第一次看見盛曉雯喝醉，此刻看他多少有點不順眼，回話的時候難得沒好氣：「七八杯啤酒和一大杯高粱，你說她難不難受？」

陳洛白難得看見她生氣，過來牽住她的手，安撫似地輕撫著她的掌心：「別站在這裡討論了，先把人送回飯店吧。」

他們在下午的時候就訂好了飯店。

嚴星茜和董辰一間，盛曉雯和張舒嫻一間，祝燃他們幾個男生住在另外兩個房間。

到了房間門口，張舒嫻把盛曉雯拉回自己的懷裡，淡淡地瞥了周清隨一眼，語氣比周安然更差：「好了，人送到了，你可以走了。」

周清隨：「她——」

「別她來她去了。」張舒嫻打斷他，「你要是喜歡她就痛快一點，不喜歡她，也麻煩痛快一點。」

盛曉雯突然開口：「舒嫻，我有點想吐。」

張舒嫻顧不上罵人，連忙把門打開，扶著盛曉雯進去。

周安然偏頭看了陳洛白一眼。

男生朝門內抬抬下巴：「進去吧，我跟他談談。」

周安然點點頭，也跟進去。

另一邊，嚴星茜從董辰的掌中抽出手：「你去找祝燃他們玩吧，我也進去看看。」

董辰：「……」

董辰知道剩下的兩人肯定有話要說，他就轉去了祝燃他們的房間。

門口一下安靜下來。

陳洛白又朝電梯那邊抬抬下巴：「下去聊聊？」

周清隨看了緊閉著的房門一眼：「就在這裡聊吧。」

陳洛白：「你到底是怎麼想的？」

聽說那天晚上，周清隨靠在對面的房門守了一整晚，董辰被女朋友拋棄，在祝燃他們的房間打遊戲打到半夜，準備回自己的房間時，還被他嚇了一跳。

周安然第二天上午睡到十一點才醒。

盛曉雯後來又吐了一次，迷迷糊糊地睡到後半夜，她覺得不舒服，便起床洗澡。

周安然被動靜吵醒，怕她酒還沒完全醒，也起床跟著陪在浴室外。

飯店的窗簾不遮光，上午炙熱的太陽光線從輕薄的布料中透進來，照亮房中的情景。

周安然醒來後，一偏頭就看見盛曉雯頭髮散亂地坐在床上，看著手機發呆。

她壓下那點睡意，也跟著坐起。

睡在另一張床上的張舒嫻和嚴星茜還沒醒，周安然壓低聲音問她：「妳醒來多久了？怎麼不叫我，有沒有不舒服？」

「沒有。」盛曉雯像是回過神，把手機遞到她面前，「周清隨說他煲了點粥，問我要不要去對面喝一點，順便跟他聊聊。」

周安然還有點睏，沒什麼精神地把下巴擱在膝蓋上，聲音依舊輕著：「妳想去嗎？他昨天看起來還挺關心妳的。」

盛曉雯又轉回去，盯著手機螢幕看了幾秒，像是下定了什麼決心似的，她倏然把螢幕鎖上：「去吧，乾脆一次說清楚。」

周安然點點頭：「那妳有什麼事再叫我。」

盛曉雯應了聲，一條腿已經跨下床，又突然轉過身抱了她一下：「昨晚辛苦妳們了。」

「這有什麼辛苦的。」周安然笑著搖搖頭，「這不是應該的嗎？」

盛曉雯聽她語氣溫柔，頰邊梨渦淺淺，素著張臉也好看得不行，忍不住伸手在她臉上掐了下：「便宜陳洛白了，我要是個男生，當初就跟他搶妳了。」

周安然笑著說：「快去漱洗吧。」

盛曉雯從對面回來的時候，張舒嫻和嚴星茜都已經起床了。

張舒嫻本就是愛八卦的性格，聽周安然說盛曉雯去對面找周清隨後，就一直好奇得不行，如果兩人還是像昨天一樣，她應該還會控制一下八卦的本性，但看見盛曉雯一臉喜色地進門，張舒嫻立刻跑過去圈住盛曉雯的脖子。

「笑得這麼開心，什麼情況，周清隨答應妳了？」

盛曉雯笑著搖搖頭：「他說換他來追我。」

張舒嫻也笑，明顯在替好友高興：「那他這麼早就放妳回來？」

「董辰傳訊息跟我說，他昨天可能一整晚都沒睡。」盛曉雯說，「他下午還有個兼職，我讓他先睡一會兒。」

因為張舒嫻她們都不是第一次來北城，晚上又還要看演出，下午大家就沒出去逛，吃完午餐，陳洛白訂了飯店最頂樓的大套房，一群人在套房客廳裡分成好幾組，看電影的看電影，玩遊戲的玩遊戲，打麻將的打麻將。

看電影的人時不時要吐槽一下打麻將的人吵，但也沒有真的不准他們玩；玩遊戲的人在角色掛掉時，就會抬頭看一下電影劇情，然後插進來討論幾句。

所謂朋友，大概就是你跟他們一起浪費時間，也會覺得無比開心的存在。

周安然本來靠在陳洛白的懷裡，跟著盛曉雯他們一起看電影，但到下午的時候，包坤打牌打到一半，又跑過來沙發這邊跟董辰他們一起玩遊戲，祝燃那邊就變成了三缺一。

看他們實在湊不齊，周安然就轉去牌桌那邊。

周安然其實是第一次打牌，但每年過年的時候，她都常看何女士跟親戚打麻將，規則都懂。

她一過來，陳洛白也跟著過來。

他也從來沒打過，但他學東西的速度很快，很快就把規則摸得一清二楚，還能在旁邊幫她出主意。

加上可能是新手運氣旺，周安然一連好幾把都摸到了還不錯的牌。

在她連贏幾局後，祝燃不幹了：「你們夫妻雙打，是不是有點過分？」

湯建銳也接話：「就是說啊。洛哥，你們兩個A大高材生一起虐我們，不太好吧？」

陳洛白懶懶地倚在座椅上，虛搭著周安然的肩膀，聞言眉梢輕輕一揚，一副毫不愧疚、欠揍得不行的模樣：「羨慕啊？羨慕的話，你們也趕快找個高智商的女朋友啊？」

祝燃小聲吐槽：「你以為只有你有女朋友？」

黃書傑立刻警醒：「一個洛哥已經夠我們輸了，你不准再找外援了啊。」

陳洛白笑道：「他找來也沒用，他自己會拉低他們的平均智商。」

祝燃摸了張牌放好，空出手拿起手機：「姓陳的你再說一遍，我錄給你姐聽。」

「你跟我姐告狀有什麼用？」陳洛白從容地瞥他一眼，「我女朋友在這裡呢，你覺得她還會站在你那邊嗎？」

祝燃：「……」

祝燃抬眸看了周安然一眼，不服氣地罵了一聲：「靠。」

有周安然在，俞冰沁確實不太可能站在她這邊。

「周安然。」祝燃看著她，「我好奇很久了，沁姐為什麼這麼喜歡妳啊，妳平時跟她是怎麼相處的？」

周安然：「……？」

「就這麼相處啊。」周安然摸了張牌放好，陳洛白在旁邊提醒她出六條，她就乖乖出了張六條，而後才抬頭看向祝燃，見他不像開玩笑，一副認真跟她請教的模樣，就認真地想了想，「是沁姐人好，她可能是覺得我性格內向，就會多關照我一點。」

「是這樣嗎？」祝燃若有所思。

黃書傑摸完牌，見狀不由翻了個白眼：「人家周安然本來性格就內向，你這種話比狗多的，就別輕易模仿了，好嗎？」

「別這麼說。」湯建銳也摸了張牌，「狗又做錯什麼了？狗可是我們人類最好的朋友。」

祝燃轉向湯建銳：「你懂什麼？你至今都沒女朋友。」

湯建銳：「……」

湯建銳胸口中了一刀，隨手把剛摸的牌拿起來一看，臉上瞬間轉喜：「不好意思，自摸，胡了啊。」他將牌一推，朝祝燃伸手：「快，給錢給錢。」

祝燃瞥了眼：「一個門清而已，你囂張什麼。」

湯建銳有樣學樣：「你懂什麼，別說門清了，你至今都沒胡過。」

周安然失笑。

這一下午也不知怎麼回事，祝燃真的都沒胡過。

還好他們只是打著玩，輸贏也就幾杯奶茶的錢。

臨近晚餐時，祝燃把牌一推：「不打了不打了，看在我今天輸了下午的份上，讓你們幫我個忙，不過分吧？」

「什麼忙？」湯建銳問。

祝燃：「今晚演出結束，你們別急著走，明天是沁姐的生日，我想製造個驚喜，也不用你們做什麼，就幫我拖延一下時間，我才有時間準備。」

湯建銳和黃書傑都爽快地應下。

周安然手才剛從麻將桌上離開，就被旁邊的某人牽住，像當初去圖書館自習時那樣，指尖被他一點點捏著玩。

她臉紅了下，也跟著點了點頭。

吃完晚餐，一群人步行去 Live House。

周安然其實對這種演出興趣不大，她和陳洛白主要是作為半個東道主過來陪其他人。

但 Live 的魅力要身臨其境才能感受，一場演出看完後，周安然才多少有點明白，這支樂團近期為什麼風頭如此之盛，舞臺感染力確實很強。

俞冰沁送給他們的票在最前排。

演出結束，樂團成員退回後臺後，他們身後還有一些觀眾遲遲不願離場。

直到不知是誰喊了聲：「他們在外面的車上跟粉絲打招呼。」

剩下的粉絲也飛速地退場。

轉眼間，Live House 只剩下他們一群人。

安靜下來後，周安然感覺旁邊的男生稍稍靠近，聲音低著貼在她耳邊響起：「祝燃請我幫忙唱首歌，拖延一下時間。」

周安然餘光瞥見坐在最旁邊的俞冰沁正低著頭玩手機，像是什麼也沒察覺，她點點頭，輕著聲：「你去吧。」

陳洛白鬆開她的手，起身走向後臺。

可能是因為他們全程都一直牽著手沒鬆開，周安然感覺掌心微潤著像起了汗。

不知是不是祝燃想趁機布置什麼，陳洛白背影消失的一瞬，Live House 裡的所有燈光突然全滅，周圍暗得伸手不見五指。

周安然莫名想起了多啦A夢的冷笑話。

她好像還沒講給他聽過。

過了片刻，全暗的 Live House 裡才打下了一束暖黃的追蹤燈，半明半昧地照亮著臺上的人影。

陳洛白不知怎麼還換了套衣服。

白色襯衫，黑色西裝褲。

有點像他當初去最高法院實習那陣子常穿的衣服，但應該是因為今天不是去上班，又不像當初那樣正式，最上方的鈕扣沒扣，領口微鬆著，露出一截冷白鎖骨，襯衫的袖子半挽上去，肌肉線條漂亮的手臂露在外面，少了幾分禁慾感，又多了幾分慵懶隨性。

他的坐姿隨意，一條腿微屈著抵在高腳椅上，另一條長腿懶懶地踩在地面上，手上抱著一把吉他，身前放了個立麥，輪廓分明的側臉被暖色的燈光籠了一層絨邊。

整個人好看得不像話。

周安然聽見另一側的張舒嫻輕輕「嘖」了聲。

「吉他、白襯衫、立麥，任何一樣搭上帥哥都能迷倒全場，還好觀眾都已經離席了，不然然然，妳今晚大概又要多一大票情敵。」

周安然不由笑了下。

剛想回點什麼，臺上的人在這時試了試麥克風。

微低的一聲「喂」傳過來。

他的聲音向來好聽，被麥克風放大後越發抓人。

周安然的注意力被他吸引，目光轉回來，看見陳洛白抬頭朝她這邊看過來，唇角隱約像是勾了下。

「這首歌送給我的女朋友。」

周安然唇角也彎了彎。

陳洛白唱的是一首粵語歌。

可能是工作人員還沒走，他身後的大螢幕上亮起了這首歌的歌詞。

「凌晨和長夜的天空也一樣，這裡和南極的星星都會發光。」

此時周安然都還沒察覺到什麼，直到又唱完兩句歌詞後，追蹤燈下，從開始唱歌後就一直低著頭的陳洛白，突然抬眸朝她看過來，低低唱著——

「我會永遠欣賞妳任何模樣，我會永遠喜歡妳。」

歌詞顯現在背後的大螢幕上，陳洛白隔著不遠不近的距離直直看向她，雙眸漆黑深邃，神情認真得讓她想起那年他跟她告白的那晚。

周安然福至心靈般突然明白了什麼，心跳瞬間快得無以復加，以致於他後面唱了什麼，她都沒聽清。

其實根本就不是祝燃要準備什麼驚喜，是他幫她準備了驚喜。

周安然想轉頭看看旁邊其他人的神情，好加以確定自己的猜測。

但目光完全沒辦法從他身上挪開分毫。

第一段副歌過後是一段吉他 solo。

可能是怕彈錯，陳洛白重新低下頭。

周安然的目光也稍稍往下落，看見男生修長的手指落在弦上，指法比當初在這裡彈小星星給她聽的時候，不知道要嫻熟多少倍。

寒假那次見家長後，他們沒兩天就回了學校。之後除了上學以外的時間，他幾乎都和她待在一起。

也不知道他是什麼時候背著她學了這首歌，不知道他悄悄準備了多久。

悅耳的吉他聲在耳邊縈繞，周安然的鼻子開始泛起熟悉的酸意。

周安然攥緊包包的帶子，心跳還快著，但這次終於聽清了後面的歌詞。

舞臺上，陳洛白早已重新抬起頭。

他坐姿仍懶散，看她的目光卻有某種堅定的愛意，就像他此刻正唱著的歌詞——

「沒有半路感受迷惘，從來心態都一樣，

無論世事怎樣變，路會是近或遠，

朝著你所在那一方，是我方向。」

一首歌唱完，Live House 的其他燈光依舊沒亮。

同樣暖黃溫柔的一束追蹤燈，突然不偏不倚地打在周安然身上。

臺上，另一束追蹤燈下，陳洛白從高腳椅上站起身，將吉他放在一旁，抬手升起立麥。

不知是不是提前彩排過，他升立麥的動作嫻熟又灑脫，看起來格外帥氣。

然後陳洛白把手搭在立麥上，很低地叫了聲她的名字。

「周安然。」

周安然明知他應該聽不見，還是輕輕地應了一聲：「嗯。」

陳洛白的目光落在她身上：「妳這麼聰明，應該猜到我想做什麼了吧？本來捨不得讓妳等這麼久，但學這首歌花了點時間，等這群人能聚齊，又花了點時間。」

湯建銳在下面笑著喊：「我都快忙死了，要不是衝著洛哥的面子，我只想在家睡上三天三夜。」

「就是說啊。」祝燃附和，「我還得幫你演戲，就我下午那演技，差不多都能去競爭奧斯卡了。」

陳洛白站在臺上笑，難得沒回嗆：「謝了。」

說這句話的時候，他目光還是定在周安然身上。

他又很低地叫了她一聲。

「周安然。」

陳洛白頓了頓。

光線偏暗，周安然其實看不清他的表情。

過了幾秒才聽見他開口，聲音帶著點笑意。

「好像離妳有點遠。」

黃書傑也在下面喊：「洛哥別怕啊，你可是我的偶像。」

包坤也笑：「沒想到洛哥也有緊張的一天。」

陳洛白：「那是你們不知道，我當初跟她告白的時候，也緊張得要死。」

周安然都要哭了，又被他這句話逗笑。

陳洛白的目光始終落在她身上，再次叫她的名字：「周安然。」

接著又停頓了一秒

隨後他問：「等我一下？」

周安然朝他點點頭。

陳洛白抬手解開白襯衫領口的第二顆扣子，又順手抽了半截衣襬出來。

他現在的身高是一百八十七公分，肩寬腿長，活脫脫的衣架子，把衣襬抽出來後，禁慾感消失，反而多了幾分野勁。

然後，他又抬手打了個響指。

一瞬間，當初那股意氣風發的蓬勃少年感，像是又盡數冒了出來。

陳洛白笑著回了下頭：「後面幾位老師，麻煩了。」

後面幾位老師？是說後面的工作人員嗎？

周安然稍稍愣了下。

下一秒，Live House 裡面的燈光一盞盞亮起。

與此同時，舞臺前的機器裡噴出無數紙花，飛到半空中後，又洋洋灑灑地飄落下來。

漫天的紙花中，周安然看見舞臺不知何時已經被布置得夢幻又漂亮。

看見他身後剛剛顯示歌詞的螢幕上，開始播放起他們的照片。

他在蕪城一中拍過的一張張她的單人照，和一張張他穿著二中制服的單人照片被並排放在一起，像是從單獨的「她和他」，變成了在一起的「他們」，像是他們從來都沒有分開過。

看見陳洛白半彎著腰，右手往舞臺上一撐，從臺上一躍而下，他襯衫的白色衣襬像那年高一報到時，她站在樓梯間，看著他跑向三樓那樣，在他身後翻飛了一瞬。

然後，她一眼就喜歡上的少年，如今已經長成閃閃發光的大人。

一步一步走到她身前，屈膝半跪。

「這次也提前想了很多臺詞。」陳洛白看著她，「但還是覺得，應該俗套地、鄭重地、正式地問妳一句——」

他頓了頓，像告白那天一樣，又很低地叫了聲她的名字：「周安然。」

Live House 裡的所有燈光都打開了，裡面亮堂得宛如白晝，因而這一次她終於看清了他的神情。

黑眸深邃專注，流暢好看的下頜線緊繃著，確實比告白那天還要緊張。

或許是怕打擾到他們，旁邊的朋友們都默契地安靜下來。

周安然一時間只能聽見自己一聲快過一聲的心跳聲。

紙花落了滿地，頭頂氣球懸空，舞臺上的玫瑰花鮮豔欲滴。

然後她看見陳洛白緩緩打開手中的絨盒，聲音輕而鄭重：「妳願不願意嫁給我？」

周安然的眼中泛起熱意，鄭重地朝他點了點頭，「我很願意。」

——番外〈之後的我們〉完結——

番外二　如果重來

01

陳洛白回完祝燃的訊息，低頭把手機收回口袋，餘光瞥見左腳鞋帶鬆了大半。

他半蹲下身，將籃球放到一旁。

重新將鞋帶繫好後，陳洛白剛打算站起身，就看見一隻纖細漂亮的手伸到了面前，指甲修剪得乾乾淨淨，手上像是拿著兩根棉棒。

頭頂同時有聲音響起，說話的人好像感冒了，嗓音有些沙啞，還帶著明顯的鼻音，語氣倒是怯怯的：「棉、棉棒裡面有優碘，可以消毒，折一下就能用。」

陳洛白沒立刻接過來，他微微抬眸，想看看對方是誰，可視線卻先撞入了一雙筆直修長的腿，皮膚在黑色短裙的映襯下白得近乎晃眼，就連大腿內側的那一顆黑色小痣也格外顯眼。

猝不及防的一個場景。陳洛白瞬間撇開視線。

這時身後又有聲音傳來。

「阿洛。」聽起還像是宗凱的聲音。

陳洛白回過頭，幾乎是同一時間，手上多了一抹柔軟溫熱的觸感，有什麼東西被塞進了他手裡。

陳洛白立刻轉回來，等手上那抹觸感離開，他抬眸，看見一張線條柔和的側臉。

一瞬間，行動快過大腦，陳洛白起身拉住了準備跑走的人。

女孩子的手腕細得像是不堪一折，輕得沒什麼重量，被他這麼一扯，就返身撞進了他懷裡，柔軟地貼在他胸膛前。

陳洛白僵了下，垂眼時，撞上了一雙漂亮又驚慌的眸子。

他回過神，鬆手拉開點距離，看見女生的手腕被他攥出一片紅痕。

因為皮膚格外白皙，在黯淡光線下也尤其明顯。

他剛剛有這麼用力嗎？

陳洛白剛想說句什麼，又聽見宗凱叫了他一聲，這次就近在身後。

他轉過去，看見宗凱身旁還跟著殷宜真時，眉梢皺起。

殷宜真沒注意到他皺眉的動作，她正看著他身前的女生。

她剛剛看見，陳洛白抱了她。

殷宜真還是第一次這麼喜歡一個男生。

也是第一次被異性這樣忽略，她甚至懷疑，要不是因為宗凱，陳洛白或許連話都不會和她說幾句。

她不甘心，所以知道他今天心情不好，就纏著宗凱帶她一起過來，想趁機安慰他，沒想到會撞見剛才那一幕。

面前的女生並不陌生，但殷宜真對她算不上熟悉，只記得她上學期坐在婁亦琪後面，是一個很安靜的女孩，從沒往陳洛白面前靠過。

可陳洛白剛剛抱了她，又確實是不爭的事實。

「陳洛白。」殷宜真眼睛微澀，指指對面的女生，「你拒絕我是因為她嗎？」

陳洛白眉頭仍皺著。

他今晚只叫了宗凱和祝燃，殷宜真卻利用他的朋友過來打擾他。

這個行為已經越界。

他今天的心情確實不好，懶得給誰留面子。

陳洛白沒什麼情緒地看了她一眼，直白道：「我拒絕妳，只是因為我不喜歡妳。」

殷宜真的眼眶立刻變紅，像是不想在大家面前失態，她頭也沒回地轉身跑開。

宗凱立刻去追，追了兩步才想起什麼似地停下來，慚愧地看了陳洛白一眼：「抱歉啊阿洛，她一個女孩子，我不放心。」

陳洛白抬抬下巴：「去追吧。」

宗凱：「謝了，老祝等一下應該就到了。」

「宗凱。」陳洛白卻又突然叫住他。

宗凱腳步一頓：「怎麼了？」

陳洛白淡淡看著他：「我不希望再有下一次。」

宗凱愣了下，也沒再多說什麼，轉身朝殷宜真的方向追了過去。

陳洛白重新轉回來。

纖瘦的女生低頭站在他面前，個子大概只比他肩膀高一點，齊肩的黑髮被晚風吹起，那張白皙漂亮的小臉完全露出來，還是那副乖巧又安靜的模樣。

「妳怎麼會在學校？」

周安然本來想趁他跟宗凱和殷宜真說話時，偷偷溜回教學大樓的，但又覺得不太禮貌。

就算他不喜歡她，她也不想在他這裡留下什麼壞印象。

她只好硬著頭皮留下來，沒想到卻親眼看見他乾脆俐落地拒絕了殷宜真。

其實不用看也知道。

他從來都會和喜歡他的女生保持距離。

她不想成為下一個，所以也不敢抬頭看他：「忘記拿試卷了，所以回學校一趟。」

陳洛白：「拿完了？」

周安然點點頭。

陳洛白的手上似乎還殘留著剛才那抹柔軟的觸感，他低頭看了一眼，她塞在他手裡的是兩根棉棒和兩個OK繃。

「那妳剛才為什麼要跑？」

周安然心裡一緊。

他會不會也懷疑她了？

早知道剛才就不跑了。

作為普通同學，路過看到他受傷，又正好帶了藥，送一點給他再正常不過。

但他在她心裡從來就不是普通同學。

送個藥給他就已經花光了她所有勇氣，她剛才根本不敢留下來看他的反應。

更何況他朋友和殷宜真還一起來了。

「剛才記錯了，以為還有一張試卷沒拿。」周安然的手心起了汗，她攥了攥書包帶子，試圖緩解緊張，然後才主動指了指他手上的東西，努力讓自己的語氣淡定下來，「棉棒裡面有優碘，可以消毒，是謝謝你那天在天臺幫我。」

女生這次沒像期末考那天一樣一驚一乍，卻全程低著頭，睫毛又黑又長，蝶翅般地輕纏著。

「周安然。」陳洛白問她，「我長得很嚇人嗎？」

周安然攥緊書包帶子，也顧不上會不會暴露什麼的，倏然抬頭看他。

他剛剛叫她什麼？

他記得她的名字？

陳洛白再次對上她的目光。

她的眼睛確實很好看，大而偏圓的杏眼，清澈又乾淨，所以裡面那點震驚情緒就尤為明顯。

但陳洛白不曉得他剛才那句話有什麼好值得驚訝的。

「還是我的聲音聽起來很嚇人？」

周安然回過神，連忙又低下頭，隨即又搖搖頭：「沒有。」

陳洛白：「那為什麼妳跟我說話都不敢抬頭？」

周安然：「……」

因為眼睛不如嘴巴會說謊，會暴露我的祕密啊。

「因為——」她攥緊書包帶子，「我跟你不熟啊。」

陳洛白頓了下，像是被她氣笑了：「難道我會吃了妳嗎？」

周安然有點心虛，餘光瞥見他手肘上的傷，又顧不上心虛，忍不住抬手指指，提醒道：

「你手上的傷還是要處理一下。」

陳洛白順著她細白的指尖望過去。

手肘是下午和人打球的時候弄傷的，蹭破了一點皮，平時這種程度的傷，他都懶得管。

「沒事。」

周安然知道他應該不會用異性送的東西，但從他口中確定這個事實，多少還有些失落：

「傷口不處理的話容易發炎，你要是不想用我給的棉棒，也可以自己去藥妝店買藥。」

女孩子的睫毛又往下壓了幾分，幾乎快要遮住眼睛，嘴角輕抿著，像是不太高興。

陳洛白莫名改變主意：「怎麼用？」

「啊？」周安然愣了下，有點想抬頭看他一眼，又不敢，「棉棒嗎？折斷其中一頭就好了。」

陳洛白折了一根棉棒，折斷一頭，裡面的優碘瞬間落回到另一頭，他隨手把棉棒往手上一壓，隨即又聽見她輕輕的一聲驚呼。

「你輕一點。」

陳洛白動作一頓，抬了抬眼皮。

周安然剛才看他動作不輕，想也沒想就脫口說了這麼一句，現在不用抬頭，也能感覺他的視線就落在她頭頂，她連呼吸都滯了下。

「就——」周安然勉強鎮定下來，想了個藉口，「看起還就很痛。」

陳洛白知道她膽子小，卻沒想到還能怕痛到這個份上，不由有點好笑：「那妳用？」

周安然有點茫然，這次終於忍不住抬頭看了他一眼。

女生像是有點驚訝，愣愣地看向他，臉上還有點嬰兒肥，看起來格外乖巧。

分不清是因為剛才那句「我跟你不熟」始終讓他有點不爽，還是因為她這副一看就讓人很想欺負的模樣，陳洛白真的將棉棒反遞到她面前。

「不是說了要謝我嗎，這麼快就打算忘恩負義了？」

周安然的心跳倏然加快。

他這是什麼意思啊？他不是很會跟女生保持距離嗎，怎麼會讓她幫他擦藥？是因為信了她剛才句「跟他不熟」，加上此刻也沒第三個人在，不會有讓人誤會的可能？

但不管他是什麼意思，她都拒絕不了他，何況他剛才擦藥確實沒輕沒重的。

周安然抿抿唇，把棉棒接過來。

這下輪到陳洛白愣住。

他剛才只是想逗她，沒想到她真的會聽話地接過去。

那天在天臺，他就送了一包紙巾給她而已。

一句「妳怎麼這麼乖」在嘴邊滾了兩次，不知怎麼，他最後還是沒說出口。

女生微彎著腰，很注意地完全沒碰到他，下手幫他擦藥的動作也很輕，但是太輕了，感覺不到痛，反而有點癢。

還有她頭髮被風吹著、時不時會碰上他手臂，溫熱的呼吸也拍打在上面。

陳洛白感覺整隻手都僵了起來。

周安然先幫他清理傷口。

還好，只是很小的一塊。

然後她直起身。

陳洛白微不可察地鬆了口氣：「好了？」

「還沒。」周安然輕著聲，仍不敢抬頭看他，「你把另一根也給我。」

陳洛白把另一根棉棒遞給她，周安然拆了另一根棉棒，重新低頭去幫他擦藥。

距離不可避免地再次拉近，男生身上清爽的氣息撲面而來，她耳朵莫名熱起來。

「好了。」她重新直起身，「你自己再把ＯＫ繃貼上就好。」

陳洛白活動了下發僵的手，餘光瞥見她耳廓不知何時染上了一層薄紅，動作一頓。

祝燃說得對，他確實不像學校那些女生想得那麼好。

面前的人越乖，他好像就越想欺負一下，看她能乖到哪個份上。

陳洛白又將手上的ＯＫ繃遞給她，「幫人幫到底？」

周安然：「……？」

怎麼連ＯＫ繃也要她幫忙貼啊？

不過單手貼ＯＫ繃確實不太方便。

夏夜晚風吹拂，教學大樓下的樹葉輕響。

陳洛白看見女生微低著頭，乖乖接過ＯＫ繃撕開，然後很輕地貼在他的手肘上。

貼完ＯＫ繃，周安然重新和他拉開距離，心知最好趁現在跟他告別，她和他待得越久，暴露的可能性就越大，可難得才有這麼一次和他單獨相處的機會，她又捨不得。

而且他今天那副低落的模樣還烙印在她腦海中。

她也沒忘記自己為什麼會把試卷忘在教室。

猶豫兩秒，周安然還是低頭開口：「我能問你一個問題嗎？」

陳洛白只覺得剛剛被她隔著ＯＫ繃碰過的手肘還在發癢，聞言才稍稍回神：「什麼？」

周安然：「為什麼多啦Ａ夢的世界一片黑暗？」

陳洛白：「為什麼？」

周安然手握成拳頭，伸到他面前：「因為多啦Ａ夢伸手不見五指啊。」

陳洛白：「……」

周安然等了一秒，沒等到他回話，不由悄悄抬起頭，果然在男生那張好看的臉上，看到一點明顯的無語表情，她不由有些懊惱。

他是不喜歡冷笑話，還是覺得這個不夠好笑啊？早知道在嚴星茜跟她講笑話的時候，再多記幾個就好了。

周安然重新低下頭，正絞盡腦汁想著有沒有其他哄人開心的辦法，卻突然聽見他的聲音響起。

「妳看出我不高興了？」

周安然心裡輕輕一跳。

他真的好聰明，要不是他之前從來沒注意過她，她今晚大概露餡八百次了。

周安然點點頭：「你那天在天臺上也安慰我了。」

陳洛白垂眸，看見她剛剛伸到他面前的那隻手垂在一側，仍握著拳，細細小小的一隻，被黑色裙襬襯得雪白晃眼。

她剛才的笑話確實很冷，但她今天意外出現在他面前，也確實讓他分散了不少注意力。

「我那天不止安慰妳一句吧。」

周安然：「？」

她忍不住又抬起頭。

陳洛白朝操場抬抬下巴：「陪我去那邊走走？」

周安然滿心被驚訝填滿。

可不知道是不是她安慰人的水準真的很糟糕，面前的男生不止沒被她剛才的笑話逗笑，下頷線還緊繃了起來，像是重新回到那副低落的狀態。

她沒再去想他問出這句話的原因，也不管會不會暴露了。

他幫了她好多次，她也想幫他一次。

周安然很輕地朝他點了下頭。

陳洛白這下是真的覺得意外了。

「周安然。」他垂眸看著她，「我那天只是遞了包紙巾給妳吧？也沒對妳下蠱啊。」

周安然：「……」

果然很容易露餡。

「但我那天真的很感謝你。」

他當時出現在她面前幫她，讓她更堅信她沒有喜歡錯人。

即便誤認為他已經喜歡上別人，難過與遺憾在心裡交雜，卻也從未後悔喜歡上他。

她低頭踢了踢腳邊的小石子，繼續找藉口：「不然第二天會影響考試的。」

陳洛白想起那天他讓她蹺課，她就哭得越厲害，不由笑了下：「果然是好學生。」

周安然：「……」

陳洛白彎腰拿起地上的籃球：「走吧。」

去操場的一路上，陳洛白都沒說話，周安然確實不太會安慰人，就也沒開口，他說讓她陪他走走，那她就陪她走走好了。

她默默地跟在他身旁，低頭拿出手機傳了一則訊息給何女士，說在學校碰上同學，會晚一點再回去。

腳踩到塑膠跑道上後，周安然才聽見男生的聲音重新響起。

「我爸媽打算離婚。」

周安然一愣，腳步倏然停住。

陳洛白看她終於又抬頭看向他，杏眸睜得又大又圓，不由笑了下。

他轉身面向她，一手夾著籃球，一手插在口袋裡，後退著往前走：「不用那麼驚訝，應該沒妳猜的那些狗血情節，只是兩個人都越來越忙，性格也強勢，就越來越不合。」

「我沒有。」周安然搖搖頭，繼續跟著他往前，看見他笑意不達眼底，沒忍住，還是笨拙地安慰道，「他們這麼愛你，不一定會真的離婚的。」

陳洛白眉梢輕輕一揚：「妳怎麼知道他們愛我？」

周安然：「……」

好像打地鼠遊戲啊。

對他的喜歡和了解，按下這頭，又不小心從另一頭冒出來，總是藏不好。

因為你平日那麼愛笑，雖然看起來猖狂得厲害，骨子裡的好教養卻掩不住，一看就是在一個很好的家庭氛圍裡長大的啊。

「因為——」周安然揪了揪書包的帶子，試圖把這隻地鼠壓下去，「他們不愛你的話，你也不會因為他們離婚這麼不高興吧？」

陳洛白：「這倒也是。」

怕他還會多想，周安然連忙轉移話題：「其實我這學期差點就要轉學了。」

「差點轉學？」陳洛白腳步停下。

周安然點點頭：「我爸爸有個很好的工作機會，在外地，對方承諾只要他答應過去，會一併幫忙解決我媽媽的工作問題和我轉學的事。」

陳洛白垂眸看著面前的女生。

他和她好像確實算不上熟，也說不清自己為什麼會跟她說這件事。

可能是因為今晚宗凱剛好又把殷宜真帶了過來，祝燃剛好遲到，他剛好在為這件事心煩。

而她剛好出現在他面前。

好像一切都剛剛好。

可如果她這學期真的轉學的話，那他們的交集大概就會停在上學期末、他和她說的那句「下學期見」上。

原來他們這學期差點見不到面了。

「妳爸最後放棄了？」

周安然又點了下頭：「他應該是覺得我性格內向，要是轉去陌生的學校，需要花很長的時間才能適應新環境，會影響我學習，父母好像總是會願意為了我們，做出一些妥協的選擇。」

陳洛白繼續後退著往前走，也繼續看她：「但妥協後，他們不一定會覺得開心。」

周安然抿了抿唇，還是輕聲道：「我也愧疚過，覺得自己自私，明明偷聽到他們講話，可以跟他們說不用管我，但我也不敢百分之百跟他們保證，我轉學後成績一定不會受影響，就像他們自己也沒辦法百分之百保證，換新工作就一定是好事一樣。既然你爸媽只是『打算離婚』，就說明他們也還在猶豫，應該是沒認定離婚就一定會比現在好，對吧？」

陳洛白看著她，突然很輕地笑了聲，這次的笑意終於有一兩分漫至眼底：「看來是跟我熟了一些，在說這麼長一段話的時候，都是看著我說的。」

周安然：「……？」

他怎麼突然打趣她啊？

周安然的耳朵莫名熱了下。

陳洛白看著她白皙的小臉瞬間染了薄紅，心裡像是有某個地方輕輕動了下，剛想說什麼，祝燃的聲音卻突然從後面傳過來。

「陳洛白。」

祝燃朝這邊跑過來，還隔了一小段距離，就開始念叨：「你怎麼跑到這裡了？傳訊息給你你也不回。咦？你旁邊怎麼還有個女生？等等，周安然！你們——」

周安然怕祝燃誤會什麼，然後打趣他們，會讓他不悅，急忙打斷道：「剛好碰到。」

陳洛白眉梢抬了下，淡淡地瞥她一眼。

祝燃明顯沒多想，顯然覺得這個可能性是最大的。

他停下來後，直接看向陳洛白：「怎麼就你一個人，宗凱呢？」

陳洛白：「他把殷宜真帶來了。」

祝燃眉頭一皺：「他有病嗎？他——」說著想起周安然還在旁邊，又把後面的話咽了回去。

陳洛白口袋裡的手機，在這時突然響起。

他拿出手機，接通電話。

不知電話那頭說了什麼，周安然看見男生的臉色瞬間變了，神情是從未見過的慌張。

橙紅色的籃球從他手臂間掉落下來，滾了幾圈，而他已經跑出了幾公尺外。

祝燃撿起他掉在地上的籃球後，趕忙追上去。

周安然從愣怔中回神，也急忙追了過去。

陳洛白一路跑出校門，這時沒什麼計程車路過，他低頭打開叫車軟體。
祝燃抱著籃球跑到他身側：「發生什麼事了？」
陳洛白頭也沒抬：「先幫忙攔計程車。」
祝燃知道多半有什麼緊急的事，就沒多問，抬頭去看計程車，剛好有一輛亮著「空車」二字的計程車開過來。
「車來了。」
陳洛白退出還沒打完地址的叫車軟體，伸手把車攔下。
祝燃像是想起什麼似的：「哦，對了，周安然也跟著跑過來了。」
陳洛白稍稍一愣，轉過頭。
周安然剛好跑到他身後，白色的T恤和黑色短裙勾勒出少女已經初顯玲瓏的身形，她胸口起伏得厲害，大概是跑得太急不舒服，撐著腰咳了好幾聲，白皙的小臉漲紅起來。
「妳怎麼也跟來了？」
周安然喘得厲害：「是出了什麼事嗎，需不需要我幫忙？」
計程車就停在他們面前。
陳洛白沒空解釋，打開車門，把旁邊的女生塞進去，自己也進了後座。
祝燃這時也沒了打趣的心情，趕緊拉開副駕駛座的車門。
計程車司機轉過頭：「要去哪裡？」

「去盛遠A棟。」陳洛白的聲音難掩焦急，「麻煩您快一點，那邊失火了。」

祝燃倏然轉過頭：「方阿姨的律師事務所失火了？」

陳洛白閉了閉眼，「嗯」了聲。

周安然心裡一緊。

司機也沒再多問，立刻發動車子。

周安然看著窗外快速倒退的景色，和男生線條繃得死緊的側臉。她想安慰他，又覺得現在說什麼都是徒勞。

她咬了咬唇，最後像是突然想起什麼，連忙打開地圖軟體，搜尋出想要的結果後，才遞到他面前，輕著聲：「你別太擔心，離盛遠最近的消防局只有八百公尺，消防隊很快就會趕到的。」

陳洛白低頭看了手機上的內容一眼，然後抬了抬眸，目光撞進一雙滿是擔憂的眸子裡。

二中離盛遠近，司機又熟悉路程，避開了幾個等候時間長的十字路口，很快抵達目的地。

祝燃提前付了車錢。

計程車一停，三人立刻下了車。

盛遠中心A棟大樓前停了一輛顯眼的消防車，周圍站了一圈人，其中不少著裝都相對正式，多半是在大樓裡加班的白領，因為火災被迫停止工作，滯留在樓下。

陳洛白一眼就看到了律師事務所的人。

他跑過去，叫住其中一個中年女人：「張阿姨，律師事務所的情況嚴重嗎？我媽呢？」

被他叫「張阿姨」的女人回過頭：「什麼叫『律師事務所的情況嚴重嗎』？律師事務所沒事，是律師事務所底下的樓層失火，消防車來得及時，沒出什麼大事。」

她停頓了下，像是想起什麼：「是你爸通知你過來的吧？他剛才打電話過來律師事務所找你媽，電話被我接到了，我跟他說律師事務所樓下失火了，他不小心聽成『律師事務所失火了』，剛才也跟你一樣著急忙慌地跑過來，現在跟你媽在那邊呢。」

張阿姨抬手指了下方向。

周安然順著她指的方向望過去，看見一個高大的男人正把一個穿著西裝的女人抱在懷裡。

「阿洛。」祝燃默默收回視線，「我怎麼覺得，你爸媽這個婚好像離不了？」

陳洛白定定地盯著不遠處仍抱在一起的兩個人看了幾秒，不禁偏頭笑了聲：「走吧。」

「去哪？」祝燃問。

「那邊有家店還不錯。」陳洛白朝對面抬了抬下巴，目光又落向跟在身後的女生身上，聲音莫名輕下來，「妳急著回家嗎？不急的話，我請妳吃個消夜？」

周安然被他這麼一問，才突然想起現在時間已經不早，她連忙從書包裡把手機拿出來，果然看見何嘉怡傳來一則訊息，問她怎麼還不回去。

她壓住心裡那點渴望，朝他搖搖頭：「我媽媽催我回去了。」

「妳住哪裡？」陳洛白問。

周安然：「？」

男生手插在口袋裡，唇角勾著，心情明顯變好了：「妳過來是為了幫我，我總不能讓妳一個人回去吧？」

他這是……要送她回去嗎？

周安然心跳又快了起來，再次很沒出息地發現她根本拒絕不了他。

她攥著手機，輕聲跟他報了個地址。

「也不遠。」陳洛白朝他們剛才下車的路邊抬了抬下巴，「走吧。」

祝燃看這兩人一來一往，像是完全忘了他的存在：「等等，我呢？」

陳洛白側頭看他一眼，好像終於想起還有個人：「你先去對面的店裡吃點東西吧，我把她送回家之後再過來找你。」

祝燃的目光在他們兩人身上來回逡巡，語氣意味深長：「好，你慢慢送，記得回來幫我結帳就好。」

三人分道而行。

祝燃走前面的地下道過馬路，周安然跟陳洛白在路邊攔了一輛車。

上車後，計程車駛向他們來時的方向。

但此刻不像來時那般緊急，周安然也不好再盯著他看，只是側頭看向她這邊的窗戶。

車裡光線昏暗，車窗朦朧映照出男生帥氣的側臉。

車外景物倒退，霓虹燈和路燈在車窗上拉出一條條顏色絢麗的光帶。

像一場光怪陸離的夢。

而她喜歡的男孩子此時就在她夢裡。

陳洛白在她的夢裡……

一路上兩人都沒說話，直到司機出聲打破沉默：「是這裡吧，要停在哪裡？」

周安然回過神，她剛才一直透過車窗的反光盯著他看，眼下才發現車外的建築越來越眼熟，原來已經到她家的社區了。

這段路怎麼這麼短。

「是這裡，您停在前面的大門口就好。」

夢遲早都會醒。

也不知道下週再回學校，會不會又和他回到那種近乎陌生人的狀態。

周安然想到這裡，忍不住偏頭看他一眼。

男生剛好也在這時轉頭朝她看過來，她的目光被他抓了個正著。

周安然的心跳漏了一大拍。

臨到下車前，跟他打聲招呼本來就是應該的。她努力鎮定著，沒移開目光。

陳洛白像是也沒多想，只低聲問：「到了？」

周安然點點頭。

司機剛好在這時停下車。

陳洛白的手搭在車門把手上：「我送妳進去？」

周安然差點就要點頭。

但想到他今晚情緒大起大落，最好還是早點回去休息比較好，而且被他送進去，萬一被鄰居撞上，也不好跟兩位家長解釋。

她還是忍著不捨搖搖頭：「不用啦，你早點回去休息吧，我家社區這時候很熱鬧的，好多家長都會帶著小孩子在樓下玩，還有很多阿姨和奶奶在樓下跳廣場舞。」

陳洛白側頭看著她。

像是很喜歡她自己描繪的這副場景，女生的唇角不自覺漾出個很淺的梨渦，顯得又乖又甜。

陳洛白搭在門把上的指尖停了一瞬，然後收回來：「好。」

周安然把抱在懷裡的書包重新背起來：「那我下去啦。」

她說著推開車門，卻聽見男生突然叫了她一聲。

「周安然。」

這是她今晚第三次聽他叫她的名字，還是有點像在做夢。

周安然回過頭，目光撞進男生那雙帶笑的黑眸中。

陳洛白把插在口袋的手伸出來，朝她晃了晃手裡的手機，聲音低低地傳到她耳邊：「加個聯絡方式？」

02

周安然回到臥室後，心跳還快得厲害。

她把書包放在一邊，自己在書桌前坐下，暫時沒心思寫試卷，只拿出手機打開通訊軟體。

主畫面多了個新聊天室。

他在通訊軟體上的暱稱，是大寫字母「C」，頭貼是一個NBA球員的背影。

周安然點開這個頭貼，還是覺得很不真實。

她居然加了陳洛白的聯絡方式。

今晚的這個夢好像還沒做完。

手機突然震了震，不知是誰傳了訊息。

周安然又盯著他的頭貼和狀態看了幾秒，才慢吞吞地退出去。

一回到主畫面，她的心跳又亂了幾拍。

來自他的訊息跳到了最頂端。

C：『到家了？』

周安然：『嗯。』

傳完又覺得一個「嗯」字有些乾巴巴，想了想，她又傳了一個小兔子點頭的貼圖。

周安然抿唇，呼吸不自覺屏住。

一秒後。

C：『那我回去跟祝燃吃消夜了，下週見。』

周安然趴在書桌上，唇角一點點翹起來。

周安然：『下週見。』

因為他這句「下週見」，時間好像突然變得難熬了起來，一分一秒都像是被拉長。

好在這週作業不少，好在第二天周安然就跟著家長去了趟表姐家，略微分散了點注意。

隔天上午，周安然跟表姐和何女士帶著團團去逛超市。

一進去，小女孩又拉著他們直奔賣糖果的貨架。

周安然一眼就看見了那款汽水糖，她伸手拿了一包，猶豫片刻，又放下。

好不容易和他關係變得親近了一些，哪怕他很可能已經不記得這糖果長什麼樣子了，她也暫時不敢冒有可能會暴露一絲一毫的風險。

等到週一，周安然早早起床，先去下樓等嚴星茜。

嚴星茜偶像的CD和周邊大多還握在她媽媽手裡，這學期也不敢偷懶，沒過多久就下了樓，目光瞥見周安然唇角的小梨渦淺淺露出，好奇問：「什麼情況，妳今天怎麼這麼開心？」

周安然：「……？」

很明顯嗎？

「做了個好夢。」

嚴星茜挽住她的手：「什麼好夢呀？」

周安然張了張嘴，還是沒好意思跟她說陳洛白的事，只搖搖頭：「不太記得了，我請妳吃早餐吧。」

嚴星茜拉著她就走：「那快走吧。」

到了教學大樓，嚴星茜上樓去自己的班級，周安然獨自回教室。

她剛從前門進去，目光就習慣性地往第二組第六排望去。

但周安然完全沒想到，陳洛白今天也來得這麼早。

她目光一落過去，就看見男生穿著一身夏季制服，冷白修長的手指拿著一支黑筆轉著，課桌邊擺著瓶牛奶，後背懶散地倚在座椅上，正抬眸看向門口這邊。

她的目光在半空中和他的視線撞了個正著。

猝不及防的一個場景，周安然全無心理準備，心跳倏然亂了節奏，怕眼神暴露點什麼，她慌忙地低下頭，匆匆回到座位上。

陳洛白的眉梢輕揚了下。

他還以為，上週五他送她回家，又跟她要了聯絡方式，加上同班一年，已經不能算是「不熟」的關係了吧？

她怎麼還是一跟他對視，就一驚一乍的？

陳洛白盯著女生纖細的背影看了幾秒，正想收回目光看書，就看見班上一個叫賀明宇的男生拿著張試卷，坐到她前面的空座位上，像是要問她題目。

從他的位置看過去，只能看見她小半張白皙的側臉。

女生像是很淺地笑了下，唇角梨渦若隱若現，之後就低著頭跟人講解題目，和面對他時的態度全然不同。

陳洛白伸肘推了推旁邊的祝燃：「她和賀明宇很熟？」

「誰和賀明宇很熟？」祝燃被他這沒頭沒尾的話問得有些莫名其妙，抬起頭順著他目光望過去，瞬間了然，「你問周安然啊？我哪知道？我跟她和賀明宇都不熟。」

他頓了一秒，打量陳洛白兩眼，好奇地把腦袋湊過去，壓低聲音：「什麼情況？你上週五送她回家，現在又打聽人家跟別的男生熟不熟，你什麼時候對她這麼上心了？」

陳洛白懶洋洋地瞥他一眼，把他腦袋推開：「什麼都不知道，還好意思八卦？滾。」

「靠。」祝燃躲開他的手，「沒心沒肺的東西。」

因為早上的對視，周安然一整個上午都不敢再往他那邊看，生怕再露出一點蛛絲馬跡。

下午第二節是體育課。

張舒嫻的生理期來了，自由活動後，周安然去福利社幫她買汽水。

進去後，周安然走到冰箱旁，還沒來得及打開，班上的一群男生突然蜂擁而至，擠到冰箱前，為首的湯建銳拉開冰箱門，七八隻手幾乎同時伸了進去。

周安然被他們擠得退到一邊。

最後乾脆走到冰箱旁，把冰箱前的位子全讓給他們。

耳旁突然有低沉熟悉的聲音響起。

「想喝什麼？」

周安然倏然抬起頭，目光再次撞上那雙帶笑的黑眸中。

男生剛才在課上打了一會兒球，天氣又熱，額上和頸間都是細汗，笑容卻清爽，少年氣和荷爾蒙衝撞出一種極具誘人的矛盾感。

她心跳不自覺地加快，勉強讓自己不要表現得太緊張：「什麼？」

「他們讓我請客。」陳洛白抬手指了指那群拿完飲料、又開始去搶零食的男生，「妳上週五不是幫了我嗎？想喝什麼，我等一下一起結帳。」

周安然沒想到上週五拒絕他請吃消夜的邀請後，居然還能有第二次被他請客的機會。

可是……

「可是我週五並沒有幫到你什麼啊。」

陳洛白：「那就當作是賄賂。」

周安然疑惑地眨了眨眼：「什麼賄賂？」

陳洛白朝冰箱抬抬下巴：「先過去那邊。」

周安然不知道他要做什麼，卻還是乖乖地「哦」了聲，跟著他一起走到冰箱前。

男生拉開冰箱，裡面的冷氣瞬間往他們臉上撲來。

陳洛白伸手拿了瓶可樂遞到她面前：「喝這個可以嗎？」

周安然抬頭看他一眼，又低下頭，小聲提醒他：「你還沒說是什麼賄賂。」

陳洛白剛才在門外就看見她站在冰箱前，像是想伸手去拿東西，卻被班上突然衝進去的那群男生擠得一退再退，最後退到了冰箱和牆面構成的角落裡。

她也沒說什麼，只是安安靜靜地站在那裡，身形被寬大的制服和旁邊的男生們襯得越發纖瘦，還是那副乖得讓人想欺負的模樣。

陳洛白把可樂塞進她手裡。

周安然趕忙接住。

陳洛白卻沒立刻鬆手，手指攥著可樂，微低著頭靠近她。

周安然幾乎能從男生那雙黑眸裡，清楚看見自己的倒影。

心跳喧囂間，她看見陳洛白突然衝她笑了下，男生清朗的聲音微微壓低，像是耳語。

「別告訴老師我教妳翹課。」

周安然的呼吸微微一滯。

其實他還是保持了一定的距離，就和週五晚上她幫他擦藥時差不多。

但上週五她是低頭看著他的手，此刻卻是他主動靠近。

朝思暮想的那張臉突然近在咫尺，聲音也很近地在她耳邊響起，她的大腦有那麼一兩秒，幾乎一片空白。

陳洛白垂著眼，剛好看到女生白皙的小臉瞬間變得透紅，低垂著的睫毛顫得厲害。

「不願意？」

周安然回過神，連忙搖搖頭：「沒有，我不會和老師說的。」

陳洛白：「……」

她怎麼真的像是一點脾氣都沒有的樣子。

距離好像真的有點近，他都能看清她小臉上細細的絨毛，小巧的耳垂也變得緋紅，陳洛白的喉結滾了下，還是鬆開手，重新拉開距離：「還有沒有其他想喝的？」

周安然在心裡小小鬆了口氣，大腦也重新恢復運轉：「還要買瓶橘子汽水，但這是幫我朋友帶的，我等一下自己付就好了。」

說著她伸手想去拿汽水，男生卻搶在她前面關上冰箱門。

周安然不得不再次抬起頭看他。

「周安然。」

周安然小聲道：「怎麼啦？」

陳洛白又突然朝她靠過來，距離似乎比剛才還要近，聲音像壓著點不爽。

「妳好好看看。」

「看什麼啊？」

陳洛白一字一頓：「我臉上寫著『小氣』兩個字嗎？」

周安然：「……？」

周安然趕忙搖搖頭。

陳洛白這才緩緩拉開距離，重新靠回冰箱上，語氣聽起來好像有點不爽：「我差妳這一瓶汽水的錢？」

周安然：「……」

察覺到他不高興，她也沒再拒絕，小聲道：「那謝謝啦。」

陳洛白淡淡地看了她一秒，沒接話。

周安然的心跳又快了起來。

還是不高興嗎？怎麼不說話了？

陳洛白重新拉開冰箱，先拿了瓶橘子汽水遞給她。

周安然看他又不像是還生她的氣，趕緊接過來，而後看見他又拿了瓶可樂出來。

男生冷白修長的食指扣住拉環，另外四指攥著罐身，發力時手背隱約有青筋凸起，腕骨上那一小顆痣微微晃眼。

拉環鬆開，氣泡從裡面鑽出來。

陳洛白仰頭喝了一口，鋒利的喉結隨著吞咽的動作上下滾了下，然後才緩聲開口：「吃的呢？」

周安然滿腦子都還是他剛才單手開罐的動作，聞言愣了下，才反應過來他在問她要不要吃的，她又搖搖頭：「不用。」

說完怕他誤會她覺得他小氣，趕緊補充道：「天氣太熱，是真的不想吃。」

女生的嗓音不再像週五那樣沙啞，又恢復成微微帶著點顆粒感的好聽狀態，輕輕軟軟地鑽進耳朵裡。

陳洛白抓著可樂罐的手緊了下。

「那和我們一起回去吧？」

周安然：「？」

回哪裡？操場嗎？

和他一起回操場？肯定會吸引不少人的注意。

而且她不知怎麼，可能是他剛才突然朝她靠過來，她現在的心跳快得像是要爆炸，再是再跟他多待一會兒，可能隨時會無法負荷。

最重要的是，張舒嫻還在等她。

周安然衝他晃晃他剛才給她的橘子汽水：「我朋友還在等我。」

陳洛白的目光在她細白的手上落了幾秒：「好。」

他倚在冰箱邊，朝收銀臺那邊喊了聲：「張叔，可樂我先喝了，她手上這兩瓶，我等一下一起付。」

周安然看見男生笑著伸手指了指她，一副和福利社老闆挺熟絡的模樣。

老闆應了聲好，裡面那群男生卻開始起鬨：

「等等，什麼情況？」

「我剛才聽見什麼了？洛哥是要幫誰結帳啊？」

陳洛白回頭看了一眼，嘴角還勾著點笑：「吵什麼？再拖拖拉拉，你們就自己付錢。」

周安然好不容易緩下來的耳朵，又重新熱起來。

陳洛白又轉回來，手裡抓著那罐可樂，目光落到她泛紅的耳朵上，眉梢輕輕抬了下：「還不走？難道又改變主意，打算跟我們一起走了？」

周安然：「？」

他都被起鬨了，怎麼這時候還打趣她？

不是應該跟她拉開距離才對嗎？

但她現在腦子裡亂糟糟的，也辦法細想，只瞥他一眼，又低下頭：「沒有，我先走了。」

陳洛白倚在冰箱邊，看著女生纖細的背影消失在門口。

不知怎麼，他腦中突然閃過一個念頭。

要是上週五他沒及時拉住她，是不是也會像現在一樣，他只能看見一個匆匆消失的背影。

那他甚至都不會知道，那天送藥給他的人是她。

「還看呢？」祝燃的聲音突然在他耳邊響起，「人家早就走了。」

陳洛白懶懶地掃他一眼：「用吃的都堵不住你的嘴，是吧？」

「堵我的嘴有什麼用？」祝燃用眼神示意他往後看，「你剛才這麼高調，又是靠過去跟人講話，又是請她喝飲料，他們可都看見了，你自己去解釋吧。」

果然。

結完帳後，零食和飲料都已經到手，「自己付款」的警告不再有任何效用，從福利社出來後，湯建銳那群男生又圍到了陳洛白旁邊，七嘴八舌地八卦起來。

「洛哥，你是不是有情況啊？剛才怎麼突然請那個女生喝東西？」湯建銳把手搭到陳洛白的肩膀上，八卦兮兮的語氣。

其他人也七嘴八舌地插話：

「你們有看到那個人是誰嗎？剛才洛哥擋著，我沒看到臉。」

「周安然吧，我們班的女孩，挺漂亮的。」

「漂亮嗎？我怎麼都沒印象。」

「平時太低調了吧？我就記得她成績滿好的。」

「不是，你們有沒有眼力見兒？洛哥看上的人，你們還當著他的面討論漂不漂亮？她可能馬上就是你們的大嫂了。」

「真的看上了？」

陳洛白就知道這群人會是這種反應，他扒拉開湯建銳的手，語氣莫名帶著笑：「關你們什麼事？」

湯建銳了然地拖長調子，「哦」了聲：「好好好，不關我們的事，那我們等一下都去找周安然說話，也沒關係吧？」

陳洛白隨手把喝完的可樂罐扔進一旁的垃圾桶，而後勒住湯建銳的脖子：「你們閒得慌，是吧？」

周安然把汽水給張舒嫻的時候，還是沒好意思把自己對他的那點心思說出來，最後只說是上週五意外看見他受傷，送了棉棒和OK繃給他，他才會反請她喝飲料。

張舒嫻大概是知道他們平時幾乎沒什麼交集，看起來也沒多想。

至於他請的那瓶可樂，周安然那天也沒捨得喝掉，晚上偷偷塞進書包帶回家了。

第二天是張舒嫻的生日。

周安然帶著幫她準備的禮物早早來到教室，但不知道是不是錯覺，她總覺得陳洛白的那群朋友時不時在打量她，但她偶爾朝他們看過去，湯建銳那幾人又避開視線，故作一副打鬧聊天的模樣。

是因為他前天在福利社請她喝飲料的事嗎？

但他又不喜歡被人誤會他和女生有什麼曖昧關係，應該會解釋的啊。

周安然能明顯感覺到，他們那群人看向她的目光不帶任何惡意，是好奇居多，除了會讓她有些不自在以外，也沒別的影響。而且這天所有老師像是都商量好了似的，一個接一個地拖延下課，時間都有點不夠用，她就沒再分心細想。

中午張舒嫻請她們去吃火鍋，晚上她們三個又反請張舒嫻去吃乾鍋。

吃完晚餐，回到教學大樓後，嚴星茜和盛曉雯上了六樓，張舒嫻在教室外被朋友攔下，周安然獨自回到了教室。

進教室時，周安然不敢明目張膽地往第二組第六排看，但餘光能看見他不在座位上。

周安然在自己的位子上坐下，抽出一張數學試卷出來寫。

沒過多久，張舒嫻也回到了教室，周安然就讓出位置給她進去。

張舒嫻坐好後，先瞥了隔壁一排的婁亦琪一眼，然後低著聲靠近她道：「我朋友說殷宜真這兩天都請假沒來，今天宗凱也請假了，不知道是不是去陪她了。」

周安然筆尖一停。

殷宜真這兩天都沒來？

是因為他那天那句沒留情面的話嗎？

但也可能是別的原因。

畢竟那天的事涉及到他和殷宜真的隱私，周安然就沒多說什麼，只是提醒張舒嫻：「妳物理作業還沒寫。」

張舒嫻肩膀一塌：「嗚嗚嗚，過生日還要寫作業，也太慘了。」說著還是老老實實地抽出了作業本。

下午的乾鍋偏鹹，沒做幾題，周安然就開始覺得渴。

把杯裡的水喝完後，周安然起身打算再去裝點水回來，偏頭卻看見張舒嫻在低頭認真寫作業，水杯裡的水也是滿的，她就沒去打擾她。

接水的地方更靠近後門。

周安然想著，反正他也還沒回來，就乾脆從後門走出去。

沒想到剛一走到後面，就跟正好回來的陳洛白差點撞了個正著。

男生像是也意外會在門口碰上她，眉梢輕輕抬了下。

周安然的心跳一快。

她現在面對他還是很緊張。

周安然捏了捏手裡的杯子，努力讓自己自然一點，像碰上其他普通朋友一樣，淡淡地衝他點了點頭，然後才低下頭，往右邊讓了讓，空出進門的位給他走。

低垂的視線中，周安然卻看見男生那雙大長腿也往她右手邊一挪。

他是想繞到右邊進去？還是讓路給她先進？

周安然又往左邊挪了挪，重新讓出位子給他走。

那雙大長腿也跟著往左一移，高大的男生重新擋在她面前。

周安然不明所以，不得不抬頭看向他。

他身後還跟著祝燃那一大群人，此刻祝燃就意味深長地瞥了她一眼，然後嘻嘻哈哈地從後面推了推湯建銳：「走走走，我們從前門進去，別在這裡礙某人的事。」

湯建銳和其他幾個男生好像又往她這邊看了看。

然後一大群人走去了前門。

周安然耳朵一熱，壓下那點不自在，小聲說：「你先進去吧。」

陳洛白的目光落在她臉上，神情看起來像是有些無語，唇角卻微微勾著，又像是隱約在笑：「我故意攔住妳的，妳看不出來嗎？」

周安然：「你為什麼要攔住我？」

陳洛白也說不清剛才為什麼想攔她，可能是因為她還是那副跟他「不太熟」的模樣，讓他始終有點不爽，也可能是因為和之前一樣，看到她這副乖巧的模樣，他就忍不住想欺負她。

他眸光往下落了點，看見她手上拿著個空水杯。

「去裝水？」

周安然點點頭：「嗯。」

陳洛白：「也幫我裝一杯吧？」

所以他攔她，是想讓她幫他裝水嗎？

周安然有些不解。

他請她喝個飲料，他朋友都要誤會他了，他怎麼還讓她幫忙裝水？

也可能他就是沒多想，純粹朋友間地讓她幫個忙？

但不管他是什麼想法，周安然發現她都還是沒辦法拒絕他，她朝他伸出手：「那你把水杯給我吧。」

陳洛白的目光在她細白的掌心停了停，那句「怎麼這麼乖」好像又從心口滾到了嘴邊。

周安然見他不動也沒接話，視線像是一直盯著她的手，耳朵微熱著眨了眨眼：「怎麼啦？」

陳洛白：「算了。」

「什麼算了？」周安然不解。

男生突然湊過來。

其實他和昨天一樣，依舊很注意分寸，並沒有超過安全距離。

但周安然的呼吸還是稍稍一滯，然後聽見他帶著笑的聲音在她耳邊響起：「我今天沒帶水杯，逗妳的。」

這場雨悶了一天，到晚上才終於下下來，一連下了快兩天，直至週四下午才重新放晴。

週四，周安然家裡有個輩分大的親戚生日，下午她趁著休息時間出去吃了頓慶壽宴。

回來的時候路上塞車，加上公車半路出問題，臨時讓他們又換了別輛車，等到進校門的時候，就已經接近晚自習快要開始的時間。

周安然一路跑到教學大樓旁的轉角處，剛一轉過去，正好有人從另一邊過來，她沒注意到，差點撞進對方的懷裡，有隻大手伸過來穩穩扶了她一下，清爽又熟悉的氣息倏然撲面而來。聲音也熟悉，帶著笑。

「慢一點。」

周安然抬起頭，目光撞進男生漆黑的眸中。

怎麼又差一點和他撞上了？

總感覺上週五晚上那天送完藥想溜走，卻被他抓到後，她現在跟他偶遇的次數都變多了。

大概是跑得急，女生胸口上下起伏得厲害，陳洛白撇開目光，手也鬆開，一秒後，視線才落回她臉上。

「怎麼跑得這麼急？」

周安然回過神，低頭避開他的視線：「快遲到了啊。」

陳洛白的聲音在她頭頂響起，熟悉又散漫的語氣：「又還沒打鐘，急什麼？」

周安然：「都快打鐘了，還不急呀？」頓了頓，她像是又想起什麼，抬頭看他一眼，「你怎麼這時候還往外面走啊？」

陳洛白：「妳說呢？」

周安然眨眨眼：「？」

女生臉紅得厲害，還是那副乖巧又漂亮的模樣。

陳洛白稍稍低頭靠近，聲音壓低：「當然是要蹺課。」

周安然：「！」

她知道他不算是太規矩的好學生，蹺過不少學校的活動，高一的運動會他幾乎全程不在。

但印象中，他好像從沒蹺課過。

她不由有點驚訝：「蹺課？你是有什麼急事嗎？」

陳洛白看她眼睛睜得圓圓的，臉上因為還有點嬰兒肥，也顯得圓圓的，看起來柔軟又好捏，他揣在褲子口袋裡的手動了下，又停住：「妳看我像是有什麼急事的樣子嗎？」

周安然也顧不上避開他的視線了：「沒急事的話，你為什麼要蹺課啊？」

陳洛白歪了歪頭：「無聊？找點刺激？」

找刺激？

他這是要去幹什麼呀？

雖然知道他家教好，他應該不會做出什麼太出格的事情：雖然知道以他們現在的關係來說，探聽對方的私事好像有點越界。但周安然到底擔心他，還是忍不住問了這個問題。

陳洛白垂著眼，在女生那雙乾淨漂亮的眼睛中，再次看到了顯而易見的擔憂。

看來現在跟她也不算那麼不熟了。

他再次靠近她：「想知道啊？那妳跟我一起蹺課？」

周安然：「！」

她也蹺課？

周安然從小到大都沒蹺過課，哪怕現在是他邀請，她也是想都不想就立刻搖了搖頭。

陳洛白眉梢輕輕抬了下。

前天讓她幫忙裝水，她都沒猶豫就答應，這次倒是拒絕得很乾脆。

看來蹺課真的是底線。

他朝旁邊的教學大樓揚了揚下巴：「那快進去吧，不然妳真的要遲到了。」

周安然猶豫了下，還是多勸了一句：「你還是別蹺課了吧？或者跟高老師請個假也可以呀。」

陳洛白唇角勾了下：「擔心我啊？」

周安然心裡重重一跳。

「拐乖學生一起蹺課，應該更刺激。」男生頓了頓，又朝她靠近少許。

距離好像比前幾次都要近。

男生清爽的氣息將她團團包住，用漆黑的雙眼看著她。

周安然呼吸微屏，大腦短暫地空白了下。

他聲音又壓低少許，有種莫名的磁性：「要不……妳也跟我走？」

鐘聲在這時突兀地響起。

周安然倏然回過神，耳朵一熱，不敢再看他，也不敢再勸，她甚至覺得剛才的鐘聲如果再慢上幾秒，她可能就要被他蠱得點頭答應了。

那她那點心思，大概真的要昭然若揭了。

「我先進去了。」

從他旁邊溜走的時候，周安然彷彿聽見男生很輕地笑了聲。

也不知道是不是她的錯覺。

周安然一路跑回教室，低頭坐到自己的位子上。

張舒嫻之前傳過訊息給她，知道她在路上塞車又換了車，偏頭看見她臉紅，也不覺得奇怪：「跑進來的？」

周安然點點頭。

「沒遲到就好。」張舒嫻說。

周安然「嗯」了聲，隨手拿起作業本朝燙得厲害的臉上搧了搧風。

什麼叫「要不她也跟他走」啊？

他不是很會跟女生保持距離嗎？不知道這句話多少有點曖昧嗎？

而且剛剛在教學大樓旁邊，他居然也靠得這麼近和她說話，雖然臨近上課，教學大樓外已經沒什麼人了，但萬一剛好被哪個老師撞見，他們大概就要被叫去辦公室談話了。

晚自習鐘聲響起，周安然回過神，忍不住回頭看了一眼。

班上的所有人都在，就顯得他的空位格外明顯。
周安然的心一邊懸起，一邊又期盼著班導今晚不要來教室，或者祝燃他們能幫他打個掩護。
但好像怕什麼來什麼，她還沒期盼完，高國華就背著手，慢悠悠地進了教室。
周安然的心懸到嗓子眼。
高國華走上講臺，轉向他們時，卻像是沒發現班上少個人似的，只笑著道：「今天不占用你們的自習時間。」
周安然的心中又添上滿滿的疑惑。
班導站在講臺上，不可能看不到他的座位啊。
但高國華臉上的笑容依舊明顯，繼續說：「上學期期末，你們又考了年級第一，我說好要買點東西送給你們，今天終於買了，就一人一個本子，也別嫌棄。」
周安然聽見祝燃在後面起鬨：「怎麼可能嫌棄？那是高老師您送的本子，我們肯定要供起來的。」
高國華笑著拿了截粉筆丟他：「就你話多。」
周安然剛開始還覺得有點不對勁。
祝燃就坐在他旁邊，哪怕高國華一開始沒注意到，現在也不可能看不到他的位置是空的啊。
後面這時又有男生問：「高老師，我們的本子呢？」
高國華往門口瞥了一眼：「請陳洛白幫忙拿了，應該快來了。」

幾乎是他話音才落，高大的男生就拎著一袋東西從前門走進來，他微側了側頭，目光朝她這邊落過來。

周安然高懸著的心重重落回來，低頭避開他的視線。

「放這裡吧。」高國華說。

男生的聲音聽起來像是剛才在門口時一樣，隱約帶著幾分笑意：「我剛好要回位子上，我順便幫您把這一排的本子發下去吧。」

周安然：「……」

把她騙得團團轉，他好像還挺開心的。

雖然知道他應該有點愛捉弄人，畢竟常常看見祝燃被他氣得跳腳，但周安然完全沒想到他剛剛會是騙她，虧她還擔心得不行。

她低著頭，臉頰鼓了鼓。

視線中，一隻冷白修長的手落到她桌上，腕骨上還有一顆棕褐色的小痣。

他屈指輕扣了下她的桌面，然後把一本嶄新的筆記本放在她桌上。

筆記本上還放著一塊巧克力。

周安然沒抬頭。

那股清爽的氣息很快又和男生一起離開。

張舒嫻靠過來，輕輕「咦」了聲：「妳怎麼還有一塊巧克力啊？」

周安然心裡輕輕一跳，很低地問：「其他人沒有嗎？」

張舒嫻回頭看了一眼。

「沒有耶。」她靠過來，像是覺得會被人聽見，乾脆直接把話寫在筆記本上推過來，『怎麼回事，陳洛白單獨給妳的？他怎麼又請妳吃東西？妳又幫他什麼忙了嗎？』

周安然垂眸看著筆記本上的那塊巧克力。

是單獨給她的嗎？

騙完她再拿塊巧克力哄她？還是不小心落下的？

他捉弄完祝燃也沒見他哄過祝燃啊，應該是後者吧？

周安然抿了抿唇，在本子上回：『不小心落下的吧？』

張舒嫻像是也覺得這個可能性更大，就沒再繼續回她。

這天作業不少，周安然花了幾分鐘的時間，壓下被他擾亂的心緒，低頭開始認真寫作業。

一小節自習課上完，張舒嫻拉了拉她的手：「然然，我想去洗手間，妳陪我去吧？」

周安然點點頭，思緒一從題目中拉回來，某人的那張臉又回到她腦海中，她伸手從課桌裡摸出那塊巧克力：「我們從後門離開吧。」

「你是要把巧克力還給他吧？好。」張舒嫻點頭。

周安然跟她牽著手往後門走，她沒抬頭，但餘光能看見男生像是懶懶地靠在自己的位子上，視線是朝她這邊落過來的。

她的臉頰又鼓了下，經過他的位子的時候，把巧克力往他課桌上一放。

「你掉的東西。」

陳洛白還沒來得及說什麼，女生已經挽著朋友的手，低頭快速走出了教室。

「怎麼回事？」祝燃好奇地朝他看過來，「周安然怎麼一副不想理你的樣子？你幹了什麼？」

陳洛白看了桌上的巧克力一眼：「沒幹什麼。」

祝燃相不信他：「沒幹什麼的話，能把脾氣這麼好女孩弄生氣？」

陳洛白想起女生剛才鼓起臉頰的模樣，唇角不知怎麼又勾了下：「真的沒幹什麼，就是忍不住欺負了下，原來她也是有脾氣的。」

最後一句話低得像是自言自語，他說完，伸手拿起桌上的巧克力，人從座位上站起來。

祝燃看他像是要往外走：「你幹嘛？」

陳洛白：「哄人。」

周安然跟張舒嫻從前門回來時，餘光還是忍不住又往後排瞥了一眼。

祝燃好像還坐在最位上，但他的位子又是空的。

他又跑去哪裡了？

第二節自習都快開始了，不會真的打算蹺課吧？

周安然跟張舒嫻在各自的位子上坐下。

她心不在焉地拿起一隻筆。

就算他真的蹺課，只要成績不下降，老師們多半也捨不得拿他怎麼樣，也就她傻得不行，他說什麼她就信什麼，還在這裡替他擔心。

周安然又鼓了鼓臉頰。

桌面突然被人輕輕扣了下。

周安然從思緒中回過神，目光倏然撞進一隻骨節分明的手，腕骨上的那顆棕色小痣十分顯眼。

那隻手先把沁著水珠的可樂放到她桌上，然後是一盒霜淇淋、兩根棒棒糖。

他一樣一樣地把東西放到她桌上，最後是剛才她還回去的那塊巧克力。

隨後那道熟悉的聲音才在她耳邊響起，他像是跑回來的，呼吸略有一點不平穩，但因為語調壓得格外低，聽著莫名有點溫柔。

「別生氣了？」

等到第二節晚自習開始，陳洛白放到她桌上的那堆東西、差不多都被收進她書包後，周安然的心跳仍快得好厲害。

張舒嫻推了個本子到她面前，上面寫著：『妳老實說，妳和陳洛白到底是什麼情況？他剛剛是在哄妳嗎？』

他剛剛是在哄她嗎？

周安然大腦一片空白，思緒運轉得格外遲緩。

張舒嫻不知是以為她故意不理她，還是對剛才發生的情況格外震驚，自己又把本子拿回去，重新寫了一大串內容再推回來。

『妳別想再瞞我們啊，剛才全班的人都看見他往妳桌上放東西，他有多受關注妳應該清楚，就算我們不問，班上的其他人肯定也會問妳。妳要是不說，我等一下找茜茜和曉雯一起來審問妳。」

周安然拿起桌上的中性筆，筆尖在紙面上停頓好久，最後只寫了一句話：『我也不清楚。』

張舒嫻在本子上回她：『那他也不可能無緣無故送東西給妳吧？還有剛才那句『別生氣了』，明明就是在哄妳。我還沒聽過我們陳大校草說話這麼溫柔，妳居然還跟我說，那塊巧克力是他落下的！』

他剛剛……真的是在哄她嗎？

周安然心裡亂得厲害，慢吞吞地落筆：『說來話長，等自習課結束，我再跟妳們說吧。』

張舒嫻：『妳等一下最好老實交待，不然我們三個會「大刑伺候」。』她還在紙上畫了個生氣的顏文字。

周安然不由莞爾，回了個「嗯」字過去。

張舒嫻暫時沒再繼續問，周安然的大腦卻還是一團亂，花了好一段時間才勉強靜下心，趕在第二節自習課結束前，把今天所有的作業都寫完。

晚自習結束的鐘聲響起後，周安然想著晚上回家大概也不會有空，更不會有心思讀書，她就沒再往書包裡塞課本，只伸手拿了桌上那瓶可樂。

九月初的南城依舊熱得宛如盛夏，晚上溫度也高，過了一節晚自習，可樂已經不冰了，周安然拿紙巾擦掉上面剩餘的水珠，將可樂塞進書包，前排的男生這時轉頭看過來，一副八卦的神情。

「周安然，妳跟我們洛哥什麼情況啊？」

周安然收可樂的動作停了下，一時不知該怎麼回答。

她自己都還沒搞清楚現在是什麼情況。

一隻冷白修長的手突然撐到她課桌上，腕骨上的棕褐色小痣格外顯眼。

陳洛白熟悉的嗓音在她頭頂響起，像是在幫她回答前排的男生：「想知道什麼？怎麼不直接問我？」

周安然好不容易平緩下來的心跳又突然加速，分不清是因為他又站到了她課桌旁邊，還是因為他這句維護意味極強的話。

前排的男生明顯像是察覺到他這維護的態度，「嘿嘿」笑了聲：「我亂問的，我什麼都不想知道，走了啊，明天見。」說完就拎起書包，飛快地跑走了。

男生撐在她課桌上的那隻手卻沒離開，周安然沒抬頭，隱約能感覺到他目光落到了她身上。

不止是他。

好像又回到了第二節晚自習開始前，他把東西一樣一樣往她桌上放，全班的注意力也一點一點被吸引過來，目光好奇地往這邊打量，卻又不敢太放肆。

一如此刻。

周安然的手仍無意識地攥著可樂罐，不知是罐身的水珠沒擦乾淨，還是手心起了汗，有微潤的感覺，然後她聽見男生的聲音又在她頭頂響起。

仍然很低，又像是帶著點笑意，「還生氣啊？」

周安然搖搖頭。

她怎麼可能還會生氣，更何況她本來就不是真的生氣，就是有一點點惱。

陳洛白：「沒帶手機？」

他怎麼突然又問起手機了？

周安然平時是不帶手機的，下意識先點了點頭，而後又想起因為今天要去慶壽宴，特意帶了手機出來，急忙搖搖頭。

陳洛白被她這副模樣逗笑：「到底是帶了還是沒帶？」

周安然不知怎麼，還是忍不住抬頭看向他：「平時沒帶，今天帶了。」

陳洛白嘴角的那點笑意僵了下：「帶了也不回我訊息？」

周安然：「你傳訊息給我了嗎？我把手機調成靜音了。」

她說著終於鬆開可樂罐，伸手去拉書包拉鍊，想找手機出來，男生一直撐在她桌上的那隻手突然高高一抬，而後輕輕地落在她頭頂揉了下。

周安然找手機的動作停住，思緒也停住，愣愣地抬頭看向他。

陳洛白唇角像是又勾了下，把剛揉過她腦袋的手收回褲子口袋裡，單掛在右肩的書包隨著這個動作輕晃了下：「回去再看吧，走了。」

第二節晚自習結束，時間已經不早了，因而盛曉雯從張舒嫻那裡得知今晚的事情，也沒在學校多待，兩人約好今晚回家後再線上審問她後，就跟她們分道而行，嚴星茜更是作為監督，今晚直接跑來她家睡。

周安然原本也沒打算要瞞著她們，只是一直不知道要怎麼開口，晚上就正好趁著這個機會，大致和她們說了下。

嚴星茜聽完，伸手掐住她發燙的臉：「好啊，我就說周叔叔看了這麼多年的球賽，都不見妳有興趣，怎麼去年突然跟他一起看起了ＣＢＡ，原來是因為他，妳居然還瞞了我這麼久！」

周安然紅著臉跟她求饒：「我錯了，我不好意思說嘛。」

嚴星茜這才勉強鬆開手：「我明天想喝奶茶。」

周安然捂了捂臉：「明天買給妳。」

張舒嫻在群組裡傳了一則訊息：『所以現在的情況是，妳喜歡他很久了，但是不知道他的想法，對吧？』

周安然半靠在床頭回道：『嗯。』

盛曉雯：『我怎麼覺得，他多少對妳有點意思。』

盛曉雯：『陳洛白那麼擅長跟女生保持距離，不可能不知道他今晚的行為有多曖昧吧？』

周安然心裡還一團亂。

周安然：『可是有那麼多漂亮優秀的女生喜歡他……』

周安然：『怎麼可能啊……』

張舒嫻：『寶貝，妳也很漂亮、很優秀好嗎！』

張舒嫻：『而且喜不喜歡，看的是感覺又不是別的，加上他今晚還使出摸頭殺，這沒辦法讓人不多想吧？』

周安然緩下的臉又紅起來。

總感覺頭髮上還殘留著男生手落上來時的觸感。

周安然：『但我不敢多想。』

她連跟她當朋友的心理準備都還沒做好。

怎麼進度突然就拉快了一大截。

盛曉雯：『那就先別多想了。』

張舒嫻：『妳怎麼突然轉變了態度？』

盛曉雯：『只是覺得，陳洛白又不是被動的性格，他要是真的對然然有意思，肯定會主動的。』

盛曉雯：『然然，先等等看吧。』

幾人又在群組裡聊了一會兒，等到時間快接近凌晨，才下線去睡覺。

嚴星茜向來大大咧咧，等周安然把燈關上，她又絮絮叨叨地抱怨了幾句「她居然瞞她這麼久」後，很快就睡著了。

周安然卻全無睡意。

她把手機調成靜音模式，重新點開他的頭貼。

晚上嚴星茜拉著她回去拿了換洗衣服，就跟她來到她家，後來洗完澡，她們三人就開始在網路上審問她，她到現在都還沒好好看過，他晚上傳來的訊息。

C：『還生氣？』

C：『喜歡什麼吃的，我明天再帶給妳？』

C：『真的不理我了？』

這三則訊息是晚自習時傳來的，每一則中間都間隔了好幾分鐘，像是當時正在等她回覆，還有一則是一個多小時前傳的。

C：『東西吃了嗎？』

周安然點開鍵盤想回覆她，餘光瞥見時間已經過了十二點，指尖又頓住。可想起他晚上說她不回覆他，氣壓像是稍稍低了下來，她猶豫片刻，還是傳了一則過去。

周安然：『還沒吃。』

下一秒，他的回覆跳出來。

C：『還沒睡？』

周安然：『嗯，你怎麼也還沒睡？』

就算不多想其他的，以他今晚的表現，她問他這個問題也不算越界吧？

C：『做了一份試卷，順便……』

周安然等了幾秒，沒等到下一則消息，不由有點疑惑。

周安然：『順便什麼？』

C：『順便看看某人打算什麼時候回我訊息。』

周安然的心跳又開始加速。

是在說她嗎？

周安然：『不好意思啊，嚴星茜今晚來我家睡，剛剛一直在跟她聊天。』

傳出去後她又有點後悔，萬一不是說她該怎麼辦？

好在他的訊息先跳出來。

C：『是我惹妳生氣，妳為什麼要道歉？』

周安然小小吐了口氣。

因為真的很喜歡你。

不希望你不高興，也不希望你有一絲一毫誤會我的可能啊。

可是周安然拿不准他的想法，暫時也不敢冒險。

她抿了抿唇，換了個話題：『霜淇淋融化了。』

他晚上說完那句哄她的話，上課鐘聲就響了。

她也不敢在自習課上吃東西，東西在抽屜放了一節課，拿出來的時候已經完全融化了。

C：『化了就化了。』

像是不怎麼在意的語氣，周安然莫名有點失望。

還沒來得及想為什麼會失望，又有一則訊息闖入視線中。

C：『下次再買給妳。』

昏暗的臥室中，周安然從手機螢幕上，看見自己嘴角一點點地翹了起來。

不知是不是因為前一天晚上，他那句維護性極強的話被不少人聽見，周安然第二天去教室的時候，能感覺到班上仍有不少或好奇或打量的目光望過來，但沒人再直接過來找她八卦。

之後的一段時間和之前一樣，每天都是一堂接一堂的課，和永遠都做不完的作業和試卷。

但又好像有什麼東西，明顯和之前不一樣了。

比如某天下午她吃完飯回坐到座位上寫作業時，眼前突然多出一杯奶茶，握著奶茶的那隻手骨節分明，腕骨上的小痣無比熟悉。

聲音帶著懶洋洋的熟悉語調。

「買多了，幫忙喝一下？」

又比如哪天她拎著水杯從後門出去裝水，路過第二組第六排時，有條修長的腿伸出來擋住她的路，她不得不抬起頭，目光撞進一雙帶笑的黑眸中。

男生的視線順著她的臉緩緩往下，落到她手上。

「去裝水？」

周安然點點頭。

陳洛白拿起桌上的空杯子往她面前一遞：「幫我裝一點？」

周安然又點了下頭，伸手去接。

他卻又把手收回去。

等她疑惑地稍稍睜大眼睛，懷疑他是不是又在戲弄她時，男生又微微勾了下唇角，拿著杯子從座位上站起來，下巴朝門口揚了揚。

「一起去吧。」

再比如某天晚自習結束後，她跟嚴星茜一起往校外走的時候，書包被人從後面拽了下，她被那股力道帶著往後退了兩步，差點撞進一個氣息熟悉的懷抱中。

不用回頭都能猜到是誰。

「你幹嘛呀？」

陳洛白鬆開她的書包，走到她旁邊。

男生的五官被夜色勾勒得越發深邃，還是帥氣得讓人一眼就會心動的模樣。

他的語氣還是懶懶的，又帶著笑：「還能幹嘛？打個招呼啊。」

哪有人這樣打招呼的？周安然小聲地在心裡吐槽。

但那天夜晚的空氣，好像都是甜的。

周安然能感覺出來，她好像莫名成了他身邊的特殊存在。

特殊到，班上的人後來再看到他們互動，已經見怪不怪，不會再像之前那樣好奇地望過來。

但這種特殊，有沒有超越友誼，她也沒辦法確定。

九月份就這樣迅速地過去了，只剩下最後一點尾巴尖。

國慶連假前一天，南城的氣溫依舊高得可怕。

周安然午餐點的菜有點鹹，下午第一節課結束時，就已經把中午裝得那瓶水都喝完了。

張舒嫻在低頭趕作業，杯子裡的水還是滿的，周安然就照舊沒打擾她。

她從後門出去、目光再往他的位置落過去的時候，已經比之前自然不少。但他不在座位上。

周安然也沒多想，一路去了茶水間。

可能是因為下課時間快要結束了，茶水間只有一個人在。

周安然走進去，發現在裡面裝水的居然是婁亦琪。

婁亦琪已經裝完水，轉過身。

周安然淡淡地衝她點點頭，想走過去裝水，婁亦琪卻在此時突然開口。

「妳和陳洛白現在到底什麼關係？」

周安然視線和她對上，發現婁亦琪看她的目光格外複雜。

這段時間除了讀書，她剩下的絕大部分心思都在某個人身上，此刻才恍然想起，這學期都沒再看到婁亦琪和殷宜真玩在一起了。

殷宜真也沒再出現在他們教室，宗凱出現在陳洛白身邊的時間也越來越少。

可能是見她沒立刻答話，婁亦琪的臉色變得難看了一些，看她的眼神越發複雜。

「怎麼不說話？妳該不會覺得他請妳吃點東西，就是喜歡妳了吧？」

周安然多少能猜到她的心思，因為她自己也無望地暗戀過，所以聽到這句話倒也沒有多生氣，當然也高興不起來，只抿了抿唇，淡聲道：「我跟妳好像不怎麼熟吧？」

婁亦琪沒想到她會反駁，還是這種「不管我和他是什麼關係，都和妳沒關係」的反駁套路，讓她根本接不下去，她頓了一秒才開口，「我就是提醒妳一下，別想太多了。」

說完她也沒再多待，徑直出了茶水間。

可剛沒走幾步，婁亦琪的腳步就倏然一停。

高大的男生懶散地倚在茶水間外的牆上，沒什麼表情地抬眸朝她這邊望過來，他平時愛笑，眼睛深邃，眸色又漆黑，不笑的時候就顯得有些冷淡。

語氣也冷。

「我喜不喜歡誰，妳怎麼好像比我還清楚？」

婁亦琪心裡一澀，雙唇囁嚅了幾下，到底也沒能說出辯駁的話，最後只能低頭匆匆逃離茶水間裡。

周安然裝好水，心裡莫名有些悶。

雖然她剛才嗆回去了，但她其實知道，婁亦琪並沒有說錯什麼，即便他請她吃東西，和她走得比其他人更近一些，也不能說明他喜歡她。

周安然剛打算轉過身，手上的杯子突然被人抽走。

不用回頭，她都能知道是誰，會做這種事情的，就只有他一個。

果然下一秒，一個熟悉的空杯被塞到她手上，男生熟悉的聲音也在她身後響起。

「幫我裝一下。」

周安然「哦」了聲，乖乖地接過他的杯子幫他裝水。

裝好水，才剛幫他把杯子蓋好，水杯又被他抽走。
周安然緩緩轉過去，也沒抬頭，只伸手去拿她自己的杯子。
陳洛白的手卻倏然又往旁邊一避。
周安然抬頭看他：「你幹嘛呀？」
「終於肯看我了？」男生的眉梢輕輕一挑，「還以為妳跟我又不熟了。」
周安然：「……」
她好像變貪心了。
以前明明只要能跟他當朋友，她就很滿足了。
「哪有。」她悶聲接了一句，又重新去拿杯子，「你把杯子給我。」
陳洛白突然把手舉高：「妳先答應我一件事。」
周安然看著被他高高舉起的水杯，她可能要跳起來才搆得到。
他怎麼還要賴？
「什麼事啊？」
陳洛白：「放學後，我和祝燃他們會在學校打一會兒球，然後會一起去青庭吃飯，妳跟我們一起去吧？妳也可以帶上妳的朋友。」
青庭？
餐廳的名字有點熟悉，好像是上學期他們打完那場球賽後去聚餐的地方。

周安然有點心動，卻還是搖了搖頭：「我跟我媽說好了，今晚會回去吃飯。」

「國慶連假有七天，還不夠妳在家吃飯啊？」陳洛白又把她的水杯放下來，在她面前輕輕晃了兩下，漆黑的眼睛定定地看著她，「今晚先跟我去青庭吧？」

從「跟我們一起去」變成「跟我去」，只是換了一個問法，誘惑力好像突然放大了無限倍。

周安然差點就要點頭了，僅剩的理智還是阻止了她，她又搖搖頭：「我媽媽今天為了幫我買我喜歡吃的菜，起了個大早去市場。」

「這樣啊，那水杯——」陳洛白把水杯遞到她面前。

周安然伸手去接。

男生卻突然避開她的手：「我扣下了。」

周安然：「……？」

他怎麼這麼愛欺負人？

周安然皺了皺臉：「陳洛白！」

輕軟且拖著尾音的一聲稱呼鑽進耳朵，陳洛白躲閃的動作倏然一頓。

周安然還在伸手搶水杯，沒想到他會突然停下，手不小心直接握到了他的手。她的掌心瞬間貼在男生溫熱的手背上。

茶水間裡的空氣好像安靜了一秒。

下一秒，周安然像是被燙到似的，倏然抽回手，低下頭，臉瞬間熱起來，心跳也迅速加快。

有那麼幾秒鐘，兩人都沒有開口說話。

直到周安然覺得自己的心跳聲響得快要出賣她的時候，才聽見他的聲音重新響起。

「這好像是妳第二次叫我的名字。」

周安然回想了下。

確實是這樣。

她以前只敢在心裡悄悄地叫他的名字，所以即便現在和他的關係已經親近不少，她還是習慣性地不敢開口叫他的名字，剛才那句，是在有點羞惱之下脫口而出的。

可她的臉現在肯定很紅，要是再表現出連叫過他幾次名字，都記得一清二楚的狀態，會不會暴露得太厲害？

她又還不確定他的想法。

周安然抿了抿唇，低頭輕著聲，不置可否道：「是嗎？」

說完沒聽見他回答。

她莫名點點忐忑，想抬頭看他卻又不敢。

水杯再次被遞到她面前。

周安然也不知道他這次是不是又在逗她玩，猶豫著伸手去接，男生卻沒再避開，只是鬆開水杯後，那隻不小心被她碰到過的大手也沒收回去，反而往上抬了抬。

然後，那隻大手又在她腦袋上揉了下，這次的力道比上一次還要種了一些。

「你幹嘛呀？」

周安然說著，終於忍不住抬頭看他。

男生的臉上明明白白地寫著「我不爽」幾個字，手又在她腦袋上揉了下。

「誰叫妳記性那麼差。」

周安然心裡輕輕一跳。

他是因為她剛才那個答覆，所以不爽嗎？

沒等她繼續揣摩，陳洛白卻不知怎麼，突然又勾唇笑了下，手從她腦袋上離開，目光打量著她。

「妳這副頭髮亂糟糟的樣子，也挺有趣的。」

周安然：「？」

「陳！洛！白！」

男生笑著應了一聲，一副欺負了人還裝無辜的無賴模樣：「第三次了啊，妳叫我做什麼？」

「沒什麼。」周安然有點不想理他了，一邊抬手整理頭髮，一邊往外走，「快上課了，我要回教室了。」

身後有腳步聲跟上來。

陳洛白叫了她一聲：「周安然。」

不知怎麼，周安然又好像沒辦法對他生氣：「幹嘛？」

陳洛白拎著水杯走到她旁邊：「下午真的不跟我一起去吃飯嗎？」

周安然：「真的不去。」

「那──」陳洛白又頓了頓。

周安然偏頭看他：「什麼？」

陳洛白的臉上沒了剛才那點散漫的笑意，看她的神情像是多了幾分認真：「那下午要不要來看我打球？」

03

「同學們我先走了，下個月見啊！」

「李苑，你等等我！」

「靠，我差點忘記帶數學試卷回家。」

最後一節班會課結束，高國華一離開，教室裡就一片沸騰。

有人拽起書包就立刻往外跑，也有人在位子上和朋友笑鬧告別。

喧鬧聲中，周安然慢吞吞往書包裡收東西，一隻冷白修長的手出現在視線中，屈指在她桌上輕扣了下，熟悉的聲音在頭頂響起。

「先過去了。」

周安然抬起頭，只看見男生高大的背影。

書包還是不好好背，也沒回頭看她，只是高高舉起右手，向後衝她揮了揮。

周安然唇角微微彎了下。

張舒嫻側頭，看見她頰邊的那個甜甜的小梨渦若隱若現，湊過來小聲道：「然然，要不妳還是自己一個人去看他打球吧。」

周安然偏頭：「為什麼？妳們不是說好要陪我一起去嗎？」

「這不是——」張舒嫻衝她眨眨眼，「覺得我們過去好像有點多餘嘛。」

周安然的臉微微一熱：「什麼呀，妳別亂說，反正妳們都答應我了，不去的話，我就不買汽水給妳們了。」

「好。」張舒嫻一臉打趣，「那就看在汽水的份上吧。」

收拾好東西，周安然跟張舒嫻挽著手一起出了教室，到樓梯邊略等了等，盛曉雯和嚴星茜很快也挽著手下來了。

四個人一起去了學校的福利社。進去後，嚴星茜幾人各自拿了自己想喝的汽水，周安然伸手拿了瓶橘子口味的，正打算關上冰箱門時，她動作停了兩秒，然後又伸手從裡面拿了一瓶可樂和一瓶礦泉水。

張舒嫻在她耳邊長長「喲」了聲：「我們都拿完了，妳這可樂和礦泉水是要買給誰的啊？」

周安然：「……」

嚴星茜聞言也轉過頭，語氣酸溜溜的：「為什麼他還多了一瓶礦泉水，我們就只有一瓶汽水？」

冰箱門大開著，涼風悠悠吹拂，周安然還是覺得臉漸漸發燙。

「妳們想喝礦泉水的話也可以拿啊。」

「算了。」嚴星茜放過她，「礦泉水那麼難喝，我才不要。」

周安然：「那妳們幫我多拿幾瓶吧。」

「怎麼？」盛曉雯也來打趣她，「一瓶礦泉水還不夠他喝啊？」

周安然：「……」

早知道現在會時不時被她們打趣，她當時就不告訴她們了。

周安然拿手背碰了碰微燙的臉頰：「不是，祝燃他們不是也在嗎，只買給他一個人也太明顯了。」

籃球場。

陳洛白領著黃書傑和邵子林在跟祝燃、湯建銳和包坤打三對三。

球權此刻在陳洛白他們這邊，陳洛白持球準備要進攻，祝燃和湯建銳攔在他身前防守。

陳洛白正想往裡突破。

祝燃突然抬頭往他身後看了一眼：「周安然來了。」

陳洛白回過頭。

籃球場邊的林蔭道上人來人往，但他一眼就看出她不在其中，手上倒是倏然一空，像是球被人截走了。

陳洛白轉回來，正好看見祝燃帶球上籃，他失笑：「祝燃，你無不無聊？」

祝燃成功上籃後，順便跟湯建銳擊了掌，聞言得意地衝他抬抬下巴：「我倒是不無聊，就怕有人等得無聊了。」

陳洛白懶得搭理他，讓黃書傑去底線發球。

球傳回他手上後，祝燃和湯建銳再次過來包夾他。

陳洛白肩膀微沉，剛要變向，湯建銳忽又抬頭朝他身後望去。

「洛哥，周安然來了。」

陳洛白好笑：「就算要用同一個招數，你們好歹變一下說詞？」

「洛哥。」黃書傑插話道，「銳銳這次沒騙你，周安然真的來了，手上好像還提著什麼東西。」

陳洛白運球的動作一頓，他轉過身，看見女生跟她幾個朋友正朝籃球場這邊走過來，手裡還提著學校福利社的購物袋。

不知她朋友跟她說了些什麼，她突然笑了下，頰邊的小梨渦淺淺露出來，看起來又甜又乖。

陳洛白轉回身，隨意運了幾下球。

祝燃看他唇角忽而勾起，那笑容帶著股熟悉的猖狂，心裡突然有種不妙的預感。

還來不及阻止，陳洛白就倏然往後一撤，手高高揚起，橙紅色的籃球在半空中劃出一道漂亮的弧度，穩穩落入籃框。

黃書傑興奮地大叫：「還得是我洛哥的後撤步三分！」

「什麼後撤步三分？」祝燃翻了個大大的白眼，「我看是孔雀開屏才對。」

籃球掉回地上，彈起來，又掉回去。

陳洛白走過去撈起來，揚手扔到祝燃懷裡：「你們先打吧。」

周安然剛才在不遠處就看見他投進一顆後撤步三分，快走近時，又看見男生把球扔給了祝燃，轉身朝場邊走來，她的心跳又不爭氣地加快。

當初藉著路過的機會，偷偷看他打球時，她怎麼也沒想到，有一天能光明正大地被他邀請過來當他的觀眾。

周安然忽略球場內外其他人的目光，拎著東西走到他旁邊。

男生額間有些細汗，身上還帶著那股少年氣與荷爾蒙衝撞出來的矛盾感，看得人心跳逐漸加速，黑眸微垂著看向她。

「怎麼現在才過來？」

「去了趟福利社。」周安然看了一進來球場、就自動站得離她遠遠的幾個好姐妹一眼，努力讓自己語氣的自然一點，「她們要我請喝汽水，我多買了幾瓶，有礦泉水和可樂，你要不要喝？」

陳洛白眉梢輕輕一揚：「妳帶水給我？」

周安然：「……」

都說是順便帶的了，被他這麼一問，又好像是她特意帶了水給他。

雖然她確實是特意帶給他的。

周安然知道他有多聰明，壓下那點隨時都會暴露的緊張感，又多找了一個冠冕堂皇的藉口：「順便多買了幾瓶，而且你都請我吃了好幾次東西。」

陳洛白唇角勾了下：「那礦泉水吧。」

周安然在心裡悄悄鬆口氣，打開手上的袋子拿出一瓶礦泉水給他。

陳洛白剛才目光一直落在她臉上，此刻才看了她手裡的購物袋一眼：「怎麼買了這麼多？」

周安然動作稍頓，莫名有點心虛：「……順便幫祝燃他們帶了一些。」

男生睫了下眼，臉上又出現了下午那副「不太爽」的神情：「他們也請妳吃東西了？」

周安然越發心虛。

「沒有。」她搖搖頭，聲音漸弱，「但大家都是同學嘛。」

陳洛白沒什麼表情地點了點頭，一字一頓：「都、是、同、學？」

周安然眨了眨眼，忍著心虛：「嗯。」

陳洛白盯著她看了兩秒。

女生又眨了下眼睛，因為臉上那點嬰兒肥，顯得越發乖巧無辜。

陳洛白指尖癢了下，這次乾脆不忍，伸手在她臉頰上掐了一把。

他動作太快，周安然等到被掐完才反應過來，臉上仍留著他指尖落上來時的觸感。

其實能感覺得出來，他的家教真的很好，雖然很愛欺負人，但除了兩次摸頭殺和下午那次意外之外，他幾乎沒有跟她有過什麼肢體接觸，即便靠近和她說話，也始終會保持一定的距離。

像這樣肌膚相貼的情況，還是頭一次。

周安然的臉迅速變燙：「你要幹嘛？」

男生把她手裡那一大袋東西接過去，他欺負完她，心情似乎又變好了，唇角略彎了下：「不是妳說的嗎，都是同學。張舒嫻她們能這樣掐妳的臉，我也可以吧？」

周安然：「……」

這是什麼亂七八糟的歪理啊。

偏偏他拿她的話堵回來，她又不知道怎麼反駁。

陳洛白的視線在她緋紅的小臉上落了一秒，忽然道：「妳有帶溼紙巾嗎？」

周安然：「？」

怎麼又突然說起溼紙巾了？

「有，怎麼了？」

陳洛白朝她伸手：「先給我一張。」

周安然有些疑惑，卻還是乖乖打開書包，抽了張溼紙巾出來遞給他。

陳洛白接過溼紙巾。

下一秒，周安然看見他突然俯身朝她靠近。

周安然呼吸一屏，眼睛也稍稍睜大，她看著她剛才給出去的那張溼紙巾被他拿著，然後離她的臉越來越近，直至很輕地落在她臉上。

男生垂眸幫她擦著臉，聲音微低下來，很近地在她耳邊響起：「忘了才剛打完球，手有點髒。」

國慶連假，南城依舊炎熱得宛如夏季。

嚴星茜跟爸媽去了鄉下的外婆家，周安然的爸爸要加班，她就哪也沒去，假期第一天窩在家裡寫了一整天的作業，晚上陪兩位家長在客廳聊了會兒天，她又繼續回到臥室寫作業。

周安然在書桌前坐下後，抽了張物理試卷出來，還沒寫幾題，擱在一旁的手機就響了一聲。

以為是嚴星茜找她，周安然隨手解鎖螢幕，在通知欄看見陳洛白的頭貼時，指尖倏然一頓。

像是瞬間回到了前一天下午，他幫她擦臉的時候。其實他很小心翼翼地沒碰到她的臉，可她當時的心跳還是快得無以復加。

昨天聽他說他國慶連假會去蕪城的舅舅家，怎麼這時候還傳訊息給她？

周安然點開他的訊息。

C：『在做什麼？』

周安然：『寫試卷。』

C：『哪一張？』

周安然拍了手邊的試卷後傳過去。

C：『寫到第幾題了？』

周安然：『選擇題第七題。』

周安然：『問這個做什麼呀？』

C：『要不要跟我打個賭？』

周安然傳了一張小兔子疑惑的貼圖過去。

周安然：『打什麼賭？』

他先拍了同一張試卷傳給她，上面是空白的，一道題都沒做。

C：『讓妳七題選擇題，我現在開始做，要是比妳先做完，妳就答應我一個條件。』

他寫題目的速度，是出了名的快啊！

周安然：『要賭什麼？』

C：『還沒想好，輸了妳就先欠著？』

周安然：『那要是你輸了呢？』

C：『那我答應妳一個條件。』

雖然知道很可能會輸，周安然還是不想拒絕他。

周安然：『好呀。』

C：『要不要再讓妳五分鐘？』

周安然嘴角翹了翹。

隔著手機螢幕跟他聊天，她就不會像面對面那樣緊張。

周安然：『你也不要太瞧不起人。』

C：『好，那現在開始。』

周安然知道他厲害，也沒再傳訊息給他，低頭繼續寫試卷，而他也沒有再傳任何訊息給她。

直到她剛打算寫倒數第二大題時，手機才又響了幾聲。

周安然解鎖螢幕，看見他傳了一張寫好的試卷過來，一點都不意外。

C：『我贏了？』

周安然知道自己和他的成績還有些差距，也沒覺得洩氣，趴在桌上回覆：『嗯。』

周安然：『你還沒想好讓我答應你什麼條件嗎？』

C：『放心，總不會把妳賣了。』

周安然在螢幕裡看到自己的唇角很淺地彎了下。

手機這時又跳出一則訊息。

C：『明晚繼續？』

周安然：『繼續什麼呀？』

C：『繼續像這樣打賭。』

周安然的心跳悄悄快了一拍：『好呀。』

二中這次的國慶連假放了八天，接下來的幾個晚上，周安然每天都和他在同一時間開始寫同一張試卷，有時比時間，有時比正確率，但她沒一次能贏過他。

八天的假期很快就結束了，最後一天晚上，她回到臥室後，又收到他的訊息。

C：『繼續？』

周安然：『不要了。』

C：『怎麼了？』

周安然鼓了鼓臉頰。

雖然知道她不如他厲害，但天天輸，也很沒有成就感。

周安然：『我都欠你七個要求了。』

C：『今晚讓妳。』

周安然：『不用你讓。』

她想努力讓自己變得更優秀，努力追上他的步伐。

C：『我的意思是，今晚不管輸贏，我都欠妳一個要求。』

C：『真的不要？』

他要白送她一個要求嗎？

可是她好像也沒什麼想提出的要求。

總不能要求他也喜歡她吧？

雖然她現在不再是完全不敢去想這個可能性，甚至能感覺到他多少對她有些不同。

不過單單只是「陳洛白欠她一個要求」的這件事本身，對她來說，就足夠有誘惑力了。

周安然：『好吧。』

C：『想好跟我提什麼要求了嗎？』

周安然：『也沒有，你也欠著吧。』

C：『好。』

隔天返校，天氣有點陰，厚重的雲沉沉地壓下來，像是隨時都會下雨。

下樓前，周安然往書包裡塞了把傘，結果一直等到她和嚴星茜下公車進去學校，都沒有下雨。

快到教學大樓時，周安然感覺書包被人從後面拽了下。

不用回頭都能知道是誰。

「你又要幹嘛呀？」

男生熟悉的聲音帶著笑，從後面傳過來：「還記得妳欠我七個要求吧？」

周安然這才回頭看他。

身後的男生穿著身夏季夏服，頭髮剪短了些，一手拽著她的書包背帶，另一隻手插在褲子口袋裡，清爽又帥氣。

「你想好要提什麼要求了嗎？」

陳洛白點了下頭：「想好一個了。」

周安然的心跳悄悄快了一拍：「什麼要求啊？」

陳洛白朝她背後的書包抬了抬下巴：「能開一下妳的書包嗎？」

這是什麼奇怪的要求？

不過她的書包裡除了課本和作業，就只有一把傘，隨便他怎麼開都沒關係。

「你確定嗎？」

「確定。」

「那你開吧。」

周安然停下來。

陳洛白站到她身後：「轉過去，不准回頭。」

周安然好奇地看了他一眼：「你剛剛又沒不准我回頭看。」

陳洛白唇角勾了下：「要求的一切解釋權歸我，懂吧？」

周安然：「……」

這個人真是歪理一大堆。

不看就不看。

她轉過去，聽見書包拉鍊被他拉開，已經有點沉重的書包頓時多了點重量，他似乎放了什麼東西進去。

「你放了什麼東西進去啊？」

周安然沒等到他回答，倒是先聽見有人在後面叫了他一聲。

「陳洛白。」

像是高國華的聲音。

周安然心裡一緊，趕忙回過頭，看見高國華果然站在他們身後。

隔著點距離，周安然看不清班導的臉色，但一大清早看到班級裡的榜首跟她打鬧，他的臉色大概不會好到哪裡去。

陳洛白倒是不見任何緊張，臉上仍帶著散漫的笑意：「不是說了不准回頭嗎？怎麼還偷看？」

周安然抿抿唇，沒了跟他開玩笑的心情，提醒道：「班導叫你。」

「嗯。」陳洛白不緊不慢地拉上她的書包拉鍊，「別擔心，應該是有什麼好事，妳先回教室等我。」

周安然跟嚴星茜挽著手進教室，正好在前門碰上正要出去的董辰。

董辰腳步一頓，一副嫌棄得不行的語氣：「嚴星茜，妳都轉出去了，來我們班幹什麼？」

嚴星茜衝他翻了個大大的白眼：「關你屁事，好狗不擋路，知道吧？」

董辰：「妳是在說妳自己嗎？」

這兩個人就算分班，也是一見面就吵架。

但周安然正擔心被班導叫走的那個人，沒心思圍觀他們吵架，她鬆開嚴星茜的手：「你們先聊。」

嚴星茜立刻重新挽住她：「我跟他有什麼好聊的？」說完還用肩膀撞開董辰，拉著周安然走了進來。

張舒嫻還沒來，周安然坐在張舒嫻的位子上。

嚴星茜在她的位子上坐下，看她嘴角還微抿著，安慰道：「妳別擔心啦，他可是陳洛白，有哪個老師捨得教訓他？」

周安然心裡的某處還是沉甸甸的：「可是——」

可是她不知道班導是不是因為看到了剛才那一幕，才把他叫過去的。

而且他的一舉一動都受到關注，從上個月他在教室當眾送吃的給她和哄她的那天起，關於他們兩個可能在談戀愛的流言就沒停過。

「別可是啦。」嚴星茜趴到她桌上，「妳就是愛想東想西的，他不是都說了，應該是有什麼好事嗎？妳不相信我，總該相信他吧？」

周安然：「……」

就像她至今都沒辦法確認他的心思一樣。

他總是愛逗她，說話經常半真半假，她也沒辦法確定他剛才那句話到底是不是真的。

但周安然也不希望嚴星茜跟著擔心，就輕輕「嗯」了聲。

嚴星茜指指她的書包：「妳快看看他送了什麼東西給妳。」

周安然剛才光顧著擔心他，此刻被提醒，才想起他在她書包裡放了東西。

她拉開拉鍊，書包裡多出了一個黑色的小禮盒。

周安然拆開禮盒，看見了一個可以掛在書包上的小兔子吊飾。

「咦，這個小兔子還滿像妳的。」嚴星茜湊過來，伸手戳了戳那隻小兔子，像是被戳到某種笑點似的，趴到她的桌上笑起來，「又白又軟，他還滿會挑的嘛。」

周安然也伸手戳了戳那隻小兔子，嘴角不由淺淺彎了下。

沒過多久，張舒嫻也到了。

嚴星茜跟她們兩個擠在一起多聊了片刻，臨到早自習開始，才回去自己的教室。

周安然又回頭看了一眼。

他的座子還是空的。

怎麼還沒回來呀？班導到底找他聊了什麼？

周安然轉回來，記單字的時候多少有些心不在焉，後面一直都沒有傳來他的聲音，倒是在早自習鐘聲響起的前一秒，後座傳來了一點椅子拖拽聲，應該是坐她後座的男生來了。

隨後，她的肩膀被什麼東西輕輕拍了一下。

周安然只當是後座的人要往前傳作業，沒怎麼在意，頭也沒回地伸手接過。

接過來後，她才察覺到不對，手上的東西比平常的作業本或試卷多了點重量。

周安然垂眸看了一眼。

從後面傳過來的是一本活頁筆記本，還是一本翻開的活頁筆記本，上面有著一行遒勁熟悉的字跡——

『禮物，喜歡嗎？』

周安然一愣，倏然回過頭。

被班導叫走的人不知怎麼坐到了她後面，學校的藍白制服穿在他身上，總是顯得格外清爽，男生一手隨意地轉著一支黑筆，另一手撐著下巴，黑眸含笑。

周安然的視線猝不及防地和他的目光撞上，心跳又漏了好大一拍，她急忙轉過頭，收回視線。

早自習已經開始，周安然也不敢再隨便轉來轉去，緩了緩心跳，她低下頭，齊肩的黑髮遮住微微發燙的耳朵，她拿起筆在他那行字下面寫下：『喜歡。』

男生的字非常大氣，而她的字被他那行字襯得好小、好小。

也莫名襯得那小小的「喜歡」二字，多了幾分曖昧。

但她確實喜歡，也沒辦法昧著良心說不喜歡。

周安然咬了咬唇，乾脆又在後面多加了兩個正好想問他的問題：『你怎麼坐到我後面了呀，高老師找你有什麼事？』

多了一大串字，總算看起來不那麼曖昧了。

周安然左右瞧瞧，見老師沒來，才把筆記本傳回去。

幾秒後，肩膀又被拍了拍。

周安然接過來，看見她那行字下面，又多了一行字。

『晚一點妳就知道了。』

周安然皺了皺鼻子。

他怎麼還賣關子啊？

他都送禮物給她了，她多問一句也沒什麼吧。

周安然又回了一句：『不能現在就知道嗎？』

幾秒後，他回她：『不能，妳有看過電視劇吧？要留點懸念才能勾住觀眾。』

周安然：「……」

他哪來這麼多亂七八糟的歪理。

他又不是電視劇，她也不是他的觀眾。

但不知怎麼，她的唇角還是淺淺地翹了翹。

早自習結束，周安然陪張舒嫻去了趟洗手間。

從後門回來時，她看見第二組第六排的位置是空的，她後座也是空的，不知道他又去了哪裡。

周安然跟張舒嫻牽著手往座位走，班上一個男生不知怎麼的，突然火燒火燎地一邊喊「讓讓」，一邊往後跑，周安然跟張舒嫻鬆開手，兩人側身讓出位子給他。

周安然因此不小心碰掉了後座課桌上的一本書，等男生跑開，她彎腰去撿，餘光掃過後座書桌的時候，總感覺好像有哪裡不對勁。

她也沒細想，撿起掉在地上的那本數學課本。

才剛重新站起身，周安然就聽見一道低沉的聲音在後面響起，依舊是熟悉且帶著笑的語氣。

「我才離開這麼一會兒，妳怎麼就亂翻我東西？」

周安然拿著那本數學課本轉過身看他：「這怎麼就變成你的東西了？」

他剛才雖然換到她後座坐了一整節早自習，但就算要帶課本過來，那也是帶英文或國文吧。

陳洛白隨意撐在後座的課桌上，眉梢輕輕揚了下：「不信妳自己翻開看看。」

周安然翻開手上的數學課本，一眼就看見第一頁上有著龍飛鳳舞的三個大字——『陳洛白。』

周安然：「？」

還真的是他的課本？

她抬頭看看他，又低頭看看旁邊的課桌，終於察覺到剛才那點不對勁的感覺源自何處。

課本的擺放方式和以往有所不同，不算太整齊，卻稱不上亂，倒有點像他的風格。

心裡有個念頭快速閃過，周安然還沒來得及抓住，就看見祝燃在他身後推了推他：「你要跟周安然講話，不會站到她那邊去嗎？擋在這裡幹什麼？」

陳洛白讓了讓。

祝燃從他旁邊進去，坐到了張舒嫻的後座。

事實已經擺在了她的眼前。

周安然心裡被驚喜覆蓋，又覺得有些不可思議，睜大眼睛望向他：「你們換到我們後面了？」

陳洛白唇角勾了下：「都說了是好事。」

周安然的心輕輕一跳。

換座位是好事嗎？

還是說換到她後座，對他來說是一件好事？

周安然也不敢問他。
她現在還不敢在他面前太明顯地暴露自己的心思。
周安然把數學課本放回他桌上，輕著聲：「快上課了。」
陳洛白看她放完課本，還一副打算坐回去的模樣，睫毛往下壓了壓：「周安然，妳怎麼對妳後座的同學這麼冷淡？」
「哪有。」她小聲地反駁，「難不成還要幫你辦個歡迎儀式？」
陳洛白：「那倒是不必。」
下一秒，陳洛白突然撐著課桌傾身朝她靠過來，高大的身影籠罩在她身前，漆黑的眸子直直望向她。
「妳說一聲『歡迎新鄰居』就行。」
周安然因為他猝不及防的靠近，心跳瞬間飆到嗓子眼。
雖然他始終有分寸地保持著一定距離，但這可是在教室。
她的臉倏然一熱，逃跑似地退了兩步：「真的要上課了。」
說完她也沒再看他，低頭坐回自己位子上。
但她隱約聽見男生很輕地笑了聲，像是欺負完她，又格外愉悅似的。
張舒嫻在旁邊圍觀了全程，忍不住寫了張紙條往祝燃的桌上遞過去。
『我怎麼覺得我們兩個特別多餘。』

祝燃很快回她：『不止我們兩個，妳不覺得全班都挺多餘嗎？』

周安然沒注意到旁邊的兩個人在傳紙條，等到鐘聲響起，她的心跳才稍稍平緩，隨即才後知後覺地察覺到一絲不對勁。

班導今天早上特意找他聊了這麼久，不可能只是為了換座位的這種小事吧？

但如果是因為關於他們兩個的「緋聞」而找他，那也不太可能會答應讓他換到她後面才對。

周安然想了片刻，沒能想出一個答案，她壓下好奇，也沒打算再問他，就算問他也不一定能得到答案，說不定還會被他捉弄。

反正不管如何，他能換到她後座，都不可能是壞事。

新學期的第一次月考就訂在返校後的第二天。

周安然還沒能好好體會一下跟他坐前後座是什麼感覺，隔日就投身進了考場。

她上學期期末考和上學期最後一次月考的排名一樣，這次還是坐在上學期期末考的那個位置。

早上第一節考的是數學。

周安然到考場後，從書包裡把鉛筆盒、水壺和其他工具都拿出來。

拿好最後一樣，她正要拉上拉鍊，卻突然聽見旁邊的窗戶被敲響。

周安然側頭。

穿著制服的高大男生站在窗戶前，覆蓋下來大片陰影，眉眼間笑意明顯，要不是因為早上的太陽是從教室另一邊照進來的，他肩膀上沒有浮金般的日光跳動，眼前的場景幾乎就和上學期期末考結束時如出一轍。

周安然這次沒再因為看見他而驚訝得拿不穩東西，但心跳仍快了一些。

主要是他不管出現在哪裡，都很引人注目。

考場裡大多都是其他班的人，不像他們班上的同學，早就對他們兩個的互動見怪不怪，此刻他往她窗邊一站，考場裡的人立刻就往這邊看過來。

周安然努力忽略掉那些視線，提醒他：「考試快開始了。」

陳洛白沒怎麼在意地「嗯」了聲：「把手伸出來。」

周安然眨眨眼：「幹嘛呀？」

陳洛白：「先伸出來。」

周安然的耳朵熱了下，乖乖地朝他伸出手。

冰涼的觸感落到她手上，男生往她手裡塞了一瓶瓶裝鮮奶。

「考試加油。」他說。

04

月考的兩天一晃而過，週末兩天也很快就過去了。

週一，南城氣溫降低，終於有了一絲要入秋的意味。

周安然依舊早早到了學校，嚴星茜這天沒跟她一起去二班教室。

兩人在樓梯口分開，周安然獨自進了教室，從前門進去後，她一路越過自己的位子，最後停在陳洛白的位子旁邊。

周安然揪了揪掛在書包一側的小兔子，深深吸了口氣，手指落到書包拉鍊上。

教室裡已經有不少人在，住宿生總是來得特別早。

大家像是都低著頭在看書，但周安然莫名感覺有目光落到她身上。

兩秒後，她懊惱地吐了口氣，重新退回到自己的位子旁。

幾天沒來，周安然也沒急著落坐，她先從課桌裡抽了張紙巾出來擦桌椅。

快擦完的時候，她書包又被人從後面拽了下。

周安然：「！」

他今天怎麼來得這麼早，還好剛才沒往他課桌裡塞東西，不然可能會被他逮個正著。

周安然不由回過頭。

然後她看見掛在書包一側、他送給她的那個兔子吊飾，正被男生修長好看的手捏住，兔子已經被他捏皺成一團，掛繩也被拉得筆直，像是再用力一點就會斷掉。

周安然心裡一急，差點想去拉開他的手：「你別把它弄壞了。」

女生輕軟的聲音鑽進耳朵，陳洛白的手指好像跟著耳朵一起癢了下，他又捏了捏手裡的兔子吊飾：「急什麼，壞了再買一個給妳。」

周安然總覺得兔子真的要被他玩壞：「那就不是現在這隻了。」

陳洛白略抬了抬眸，看見她皺著臉，眉梢不由輕輕揚了下：「看來是真的很喜歡啊。」

周安然心裡重重一跳。

跟他越來越熟，她的警戒心好像也越來越低了。

但他都送禮物給她了，她稍微暴露一點，應該也沒關係吧？

「因為真的很可愛啊。」周安然扯住掛繩，試圖把小兔子從某人手中解救出來，「而且你把它送給我，難道就是為了這樣拽著玩嗎？」

陳洛白：「這倒不是，就是——」

周安然：「就是什麼呀？」

陳洛白的目光從她細白的指尖落回到手上的兔子，捏了下兔子的臉，又抬眸落回她臉上：「確實和妳挺像的。」

周安然：「……？」

嚴星茜她們也說過這句話。

但不知道為什麼聽他這麼一說，就格外不對勁。
尤其是，他剛才還邊說邊玩著兔子。
她耳朵一熱，趁著他手上力度一鬆，把小兔子扯回來，轉移話題道：「你今天怎麼這麼早就來了？」
陳洛白看她直接把書包取下來掛到椅子上，一副防著他繼續扯她兔子的模樣，不由笑了下，隨即把自己的背包往身前一拉，從裡面拿了瓶鮮奶放到她桌上，慢悠悠地接道：「這不是跟我的新鄰居學習的嗎？」
周安然的心跳快了好幾拍。
因為他這個「我的新鄰居」的稱呼，也因為桌上的那瓶鮮奶。
月考第二天，他也隔著窗戶遞了一瓶給她。
算上這瓶，已經是第三瓶了。
總不可能一連三天都多帶了一瓶鮮奶吧？
周安然瞥他一眼，忍不住小聲問：「怎麼又帶牛奶給我啊？」
陳洛白：「妳說呢？」
周安然眨眨眼。
男生的手突然抬高，朝她這邊伸過來。
她的眼睛稍稍睜大，看著他的手離她越來越近，她的心也越懸越高，直到那隻手停在她額前的位置……

停了下來，然後慢慢落回他自己的肩膀上。

「也才比我的肩膀高一點。」

周安然：「……」

高高懸起的心一下掉回去。

她小聲辯解：「我現在有一百六十二公分了。」

明明是他太高了。

陳洛白上下打量她兩眼：「真的有一百六十二公分？」

「不信就算了。」周安然有點惱，不知道是因為剛才的自己誤會了一點什麼，還是因為他這副不太相信她的語氣，她順手把桌上的最後一個角落擦了，「我要去洗手了。」

洗完手，周安然從前門離開，低著頭沒看他，但餘光能瞥見男生已經回到了自己的位子上。

等她重新回到自己的座位上坐好，她扯了一本英文課本出來，打算記單字。

英文課本剛一攤開，一塊巧克力就從後面被扔過來，剛好落到她的課本中間。

周安然：「……？」

又扔巧克力給她做什麼？

一個小紙團也從後面被扔過來。

周安然把紙團展開。

皺巴巴的紙上，男生的字跡依舊好看——『別生氣了。』

周安然唇角翹了下。

像是想起什麼似的，她又把掛在椅子上的書包拿起來，拉開拉鍊，手伸進去，摸到了一個小盒子。

她之前沒想到國慶返校那天，他會送東西給她，不管是出於禮貌還是出於私心，她都想回禮，所以趁著週末跟嚴星茜她們一起去逛街。

小小的一個盒子，周安然捏著又覺得有千斤重，拿不起來似的。

掌心沁出一點細細的汗。

那天下午她挑了半天，最後才選定一個紅色的護腕。

盛曉雯當時還說挑什麼不重要，重要的是她敢不敢送出去。

沒想到被她說中了，她真的不敢送。

周安然懊惱地鼓了鼓臉頰。

不知道是不是沒收到她的答覆，後面的男生又開始往她桌上扔東西。

是一塊巧克力。

兩塊、三塊……

周安然唇角又彎起來，像是找到了某種支撐自己的勇氣似的，她迅速把書包裡的盒子拿出來，反手往他桌上一扔。

陳洛白的聲音立刻從後面傳過來：「這是什麼東西？」

周安然的臉和耳朵都燙得厲害，張了張嘴，沒好意思說出口，畢竟把禮物送給他，可能已經花掉了她今天份的勇氣。

她把書包重新掛好，紅著臉趴到桌上。

椅子被人從後面輕輕踢了下。

陳洛白在後面叫她，「周安然。」

周安然咬了咬唇，伸手拿起筆，在那張皺巴巴的紙條上寫了幾個字後，反手扔回去。

陳洛白拿起桌上的小紙團，展開。

他的字跡下面多了女生秀氣可愛的五個小字——『兔子的回禮。』

各科老師大概是在週末加班改考卷了。

這天下午，各科考卷陸續發下，年級總排名也出來了。

周安然這次的排名比上學期期末考又前進了兩名，英文還和某個人並列年級第一。

下午跟嚴星茜她們吃完飯回來，她剛一回到位子上，賀明宇就拿著英文試卷過來找她問問題。

周安然低頭講解了一遍，抬頭時，發現賀明宇沒在看試卷，反而像是在看著她的臉。

「怎麼了？」

賀明宇：「妳——」

他說了一個字，又突然停住，目光越過她往她後面看過去。

周安然不由也回了下頭。

陳洛白剛好從後門口進來，身後跟著祝燃他們那一大群人。

周安然的目光和他的視線對上，心跳還是不爭氣地又快了一拍。

她轉回頭問賀明宇：「你剛才要跟我說什麼？」

賀明宇看著她頰邊不自覺露出來的小梨渦：「沒什麼，就是想跟妳道謝。」

周安然：「不用謝。」

賀明宇沒再說什麼，拿起試卷後，起身回到自己的座位。

周安然豎著耳朵聽了聽後面的動靜，沒像往常一樣聽見他和祝燃他們打鬧的聲音。

她正猶豫著要不要再回頭看一眼，就看見男生那隻骨節修長的手撐到了她桌面上，人也側倚在她課桌邊，聲音淡淡地響起。

「跟他聊了什麼？」

「跟誰？」周安然抬頭看向他，「賀明宇嗎？」

陳洛白的表情很淡：「嗯。」

周安然莫名覺得他好像有點不高興。

該不會是因為她剛才和賀明宇說話，所以吃醋了吧？

她不敢想那麼多，同樣也不想讓他誤會什麼：「他剛才來問我英文題目。」

陳洛白：「哪幾題？」

「填空最後一題和第二篇閱讀測驗第一題。」周安然忍不住多問了一句，「怎麼啦？」

陳洛白：「也講解給我聽吧？」

周安然：「你還需要我講解給你聽？」

陳洛白看她趴在桌上和他說話的模樣，突然沒了脾氣：「那我講解給妳聽？」

周安然疑惑道：「你講解給我聽？」

陳洛白「嗯」了聲：「妳做錯的，我會的，我都講解給妳聽，好嗎？」

周安然的心跳又快了起來，然後很輕地朝他點了點頭，又問他：「不會耽誤你讀書吧？」

「只是講解題目給妳聽而已，能耽誤我什麼？」陳洛白屈指敲了敲她的桌面，「先把數學、物理和化學的試卷給我。」

周安然把試卷找出來給他。

男生抬起垂在另一側的手，周安然這才看見他手上提了個東西，像是霜淇淋。

陳洛白把霜淇淋放到她桌上：「先吃著，我等一下叫妳。」

湯建銳和黃書傑這時勾肩搭背地從後面走過來，兩人嘻嘻哈哈地開口：

「洛哥，你怎麼不講解題目給我聽？」

「我就說洛哥怎麼還多拿了一盒霜淇淋，跟他要，他也不給我。」

陳洛白拉開椅子，聞言懶懶地瞥他們一眼：「你們又沒坐在我附近。」

湯建銳：「我以前坐你斜前方，也沒有這個待遇啊。」

黃書傑：「坐斜前方還不夠，還得姓『周』——」

陳洛白伸腳踹了他一下，笑罵：「你們閒得慌，是吧？」

湯建銳和黃書傑又嘻嘻哈哈跑開。

周安然的耳朵尖又熱了下，她慢吞吞地打開霜淇淋的蓋子。

張舒嫻從旁邊遞了張紙條過來：『如果陳洛白不喜歡妳，我以後都把張字倒著寫。』

周安然：「……？」

她拿湯匙挖了一勺霜淇淋吃進嘴裡，清甜的味道瞬間溢滿口腔。

可能是只看她錯的題目，陳洛白看試卷的速度飛快，周安然一小盒霜淇淋還沒吃完，就聽見他的聲音在後面響起，像是在跟祝燃說話：「你跟她換個位置。」

祝燃抬眸往前看了一眼，語氣有點欠揍：「憑什麼啊？」

陳洛白垂了垂眼，視線落到他腳上：「憑你看上的那雙新球鞋。」

「換位置是吧。」祝燃立刻改口，「想怎麼換，想換多久都行，要不要我把你隔壁的這個位置徹底讓給她？」

陳洛白稍微把視線往前移動，落到低垂著腦袋的女生身上，唇角勾了下：「暫時不用，她現在換過來容易被擋住視線。」

周安然正打算把最後一口霜淇淋吃掉，聞言動作一頓。

所以他早上帶鮮奶給她是這個意思嗎？

祝燃這時已經走到了她旁邊：「周安然，換個位置？」

周安然把霜淇淋吃掉，將盒子塞到掛在旁邊的小垃圾袋裡，打算等一下再去扔掉，她「嗯」了聲，站起來時順手把桌面收拾了下，又抽了一本筆記本出來，然後讓出位子。

陳洛白抬頭看見祝燃在她位子上坐下，黑眸不由瞇了下。

周安然走到他旁邊，看見他的椅子幾乎快靠到他後座的課桌上，沒留出空隙，小聲提醒他：「我進不去。」

陳洛白的目光緩緩轉回來，在祝燃的位子上落了下，最後又落回到她身上：「妳坐我位子。」

祝燃輕輕「嘖」了聲，跟張舒嫻交換視線。

兩人齊齊把椅子往前移了移。

幫後面兩位留出點空間，也省得自己再被閃瞎。

周安然眨了眨眼。

怎麼又讓她坐他的位子？

但陳洛白的這句話好像不是在跟她商量，說完他自己就換到了祝燃的位子上。

周安然是過來聽他講解題目的，自然願意遷就他。

當然，她自己也更願意坐他的位子。

只是前後座中間還隔著一張桌子，如果坐在旁邊的話，他們之間就再無阻隔。

陳洛白把試卷擺好後，再抬眸，就看見她幾乎快坐出他的課桌邊緣了。

他差點被氣笑：「坐那麼遠幹什麼？要我扯著嗓子講解嗎？」

周安然：「……」

確實有點遠，但是……

「也不用扯著嗓子吧。」她小聲反駁。

陳洛白沒什麼表情地抬了抬下巴：「過來一點，會打擾到別人。」

周安然「噢」了聲，乖乖挪過去一點。

「再過來一點。」

「噢。」

最後莫名變成近到能聞到他身上的清爽氣息的距離。

周安然的心裡像是裝了一瓶晃開的汽水，綿密的小氣泡不停往上冒出。

她偏頭看了旁邊男生輪廓分明的側臉一眼，在他發覺前，又很快低下頭，看他隨手轉了兩下筆，然後筆尖點了一下數學試卷的卷面。

「這道做錯的選擇題和倒數第二大題，其實是差不多的題型。」

周安然還是第一次聽他講解題目。

班上其實有大半的人都問過他題目，連其他班的學生都會來請教他。

但她之前完全不敢去找他。

陳洛白講解題目的邏輯十分清晰，而且著重的重點和老師不一樣。老師是教他們怎麼寫題目，他是針對性地幫她分析她每一題為什麼會寫錯，踩了什麼陷阱，或思考哪裡出了問題。讓人有種醍醐灌頂的感覺。

周安然很快靜下心。

她以為他這次講解題目給她聽，只是一時興起。

但從這天開始，不管是平時的作業還是隨堂測驗，所有她不會做的題目，他都會細緻地跟她講解一遍。

之後的休息時間和自習課，周安然開始頻繁地跟祝燃換座位，但陳洛白每次都還是不准她坐到祝燃的位子上，只讓她坐自己的位子。

有次晚自習前，他講解題目給她聽，還正好被教務主任撞上。

但那會兒他講得很認真，她也聽得很認真，他們兩個人都沒注意到教室裡突然安靜下來。

直到他講解完所有題目，教室早已重新恢復喧鬧。

張舒嫻從前排轉過來看向她。

「剛才教務主任來了。」

周安然：「教務主任來了？」她心裡一驚，「什麼時候？」

祝燃也從前排轉過來：「十幾分鐘前吧，老趙看你們兩個靠得這麼近，一臉嚴肅地在你們身後站了好久，可能等一下就要把你們叫去辦公室了。」

陳洛白隨手撕了張草稿紙，揉成團，朝他扔過去：「你嚇她做什麼，不知道她膽子小？」

祝燃笑著躲開紙團攻擊，語氣調侃：「她膽子小不小，我怎麼會知道？」

陳洛白懶得理他，偏了偏頭，目光落向女生雪白的側臉：「別聽他的，老趙那脾氣，有事肯定會當場發作的。」

周安然一想也是。她稍稍鬆了口氣。

他講解題目給她聽，她可不想連累他被批評。

張舒嫻反趴在椅背上，不知怎麼突然笑得不行：「其實祝燃也沒亂說，老趙一開始確實是一臉嚴肅地在你們身後站了好久，然後聽見你們一直在講解題目，甚至認真到完全沒注意到他來了，最後又一臉欣慰地離開了。」

周安然：「……？」

學校這年的秋季運動會選在十一月初舉辦。

這天正好是各班報名的時候。

大概是看他們講解完題目在聊天了，湯建銳拿著報名表過來遊說：「洛哥，你就隨便報個項目吧，跳高、跳遠、跑步都行。」

陳洛白：「不報。」

「別這樣啊，洛哥。」湯建銳不死心，「我知道你嫌運動會太吵，但你打籃球不是更吵嗎？你報個跳高這種項目，也吵不了你幾分鐘，我當天請你喝飲料，好不好？」

陳洛白閒閒地掃他一眼：「我缺你一瓶飲料？」

湯建銳：「這可是為班級爭取榮譽的事情啊！」

陳洛白：「我幫班上爭取的榮譽還不夠多？」

湯建銳被他堵得沒話說，想放棄又不甘心，目光突然掃到他旁邊的女生，像是找到救星似的：「周安然，妳幫我勸勸洛哥吧。」

周安然看了他手裡的報名表一眼：「要不然我報一項吧。」

「謝——」湯建銳一句謝謝說到一半，才發現不對，「啊？妳報？」

周安然點頭：「女生那邊額滿了嗎？」

湯建銳：「沒有，女生所有的項目都沒額滿，妳可以隨便報。」

周安然接過報名表看了一眼。

其實她根本沒有擅長的項目，像是長跑這種需要耐力的，更是完全不行。

最後她勉強挑了個五十公尺短跑。

湯建銳遊說失敗，又沒完全失敗，最後也沒再多勸，一臉哀怨地拿著報名表走了。

等他走遠幾步，陳洛白才側身看向旁邊的女生，壓低聲音：「怎麼不勸我參加？」

周安然「啊」了聲，也轉頭看他：「你不想參加的話，我為什麼要勸你呀？」
陳洛白沒接話，靜靜地盯著她。
周安然被他盯得心慌，開始懷疑她剛才那句話是不是又暴露了什麼。
可是她確實不想勸他做他不想做的事情。
陳洛白這時忽然笑了。
「不參加也好。」
周安然：「……？」
「正好陪妳一起跑步。」

運動會原定在十一月初舉行。
但進入十月終後，南城突然開始持續下雨，一連下了十幾天都沒停，運動會一推再推，最終推到了十一月中旬，也就是在期中考過後。
改期後的運動會將在週四、週五舉行。
週四早上，天公總算作美，一早就旭日高掛。
秋季的早晨總是透著涼意，雖然氣溫回升，周安然早上還是乖乖穿了秋季制服外套，她的五十公尺短跑項目上午十點才開始，就在運動會開幕式結束後不久。

這還是周安然第一次參加運動會比賽，初賽開始前，嚴星茜和盛曉雯都沒去管自己班上的比賽，和張舒嫻一起圍在她旁邊，幫她做心理建設。

「然然，妳等一下別緊張啊。」張舒嫻說，「盡力跑一下就行，反正我們班每次考試成績都是第一，也不缺這個榮譽。」

「是啊。」嚴星茜接話，「我們班，不對，你們班，哎呀，好像也不對，就是二班去年運動會總成績都排第八名了，妳跑好跑壞都不影響。」

盛曉雯提醒她：「妳先熱個身吧。」

臨近十點，日光已經比早上暖和不少。

周安然想著等一下就要去比賽，乾脆直接脫下制服外套。

嚴星茜正要伸手去接，一隻修長且明顯屬於男生的手，搶先一步將那件外套接過去。

「你怎麼連一件衣服也要跟我們搶？」嚴星茜不滿地看向陳洛白。

陳洛白拎起女生的外套，隨手搭在手臂上，語氣淺淡：「妳們班等一下有比賽，妳走了，她要找誰拿衣服？」

盛曉雯拉拉嚴星茜的手：「我們班好像現在就有比賽，我們先去看一眼。」

嚴星茜輕哼了聲，只偏頭看向周安然：「那我們等一下再過來幫妳加油。」

張舒嫻插話道：「我正好去那邊看看跳高的場地，一起吧。」

周安然：「……」

她們三個會不會太明顯了？

但現在明顯一點也沒關係了吧。

她的朋友，經常更明顯地拿他們來打趣。

周安然看見自己的衣服在他手裡，耳朵不知怎麼熱了下，她踢了踢腳邊的小石子，也沒抬頭看他：「你今天真的要陪我跑步嗎？」

陳洛白的聲音在她頭頂響起：「不然呢？我一向說話算話。」

周安然：「……哪有。」

「那妳說說。」陳洛白看著女生低垂著的腦袋，「我什麼時候說話不算話了？」

周安然小聲跟他一一舉例：「騙我說你要蹺課，搶了我的水杯不肯還我，說了不再扯我的兔子，結果昨天又扯了。」

陳洛白笑了：「記得這麼清楚啊？」

他聲音壓著，莫名透出幾分曖昧。

周安然的耳朵又熱了幾分：「當然啊，我記性又不差。」

「好。」陳洛白的目光在她緋紅的小臉上停了停，一副跟她商量的語氣，「那我今天一定說話算話，可以嗎？」

周安然唇角彎了下，隔了一秒才輕聲說道：「你還是別陪我跑了。」

陳洛白：「為什麼？」

周安然終於瞥他一眼：「我沒看見有其他陪跑的人啊。」

陳洛白唇角也彎著：「那是因為他們不像妳，有我那麼好的後座同學。」

周安然：「……」

他哪裡好了，明明最愛欺負人。

「但是你太招搖了。」

學校現在還是天天在傳他們的緋聞，他要是當著全校的面陪她跑步，明天傳的大概就是他們真的在一起了。

而且今天還有好多老師在看。

「現在又嫌我招搖了？」陳洛白伸手在她腦袋上重重地揉了下，語氣不太爽，「周安然，妳有沒有良心？」

「陳洛白！」周安然抬頭瞪他，「你又弄亂我頭髮！」

陳洛白見她的臉微微鼓起來，瞪人的模樣也沒有任何威嚇力，反而顯得又軟又可愛，不由笑了下：「真的不需要我陪？」

周安然把頭髮整理好，因為等一下要跑步，她又順手拿髮圈把頭髮綁起來：「真的不用。」

學校不讓學生留長髮，她的頭髮有段時間沒剪，但也勉強齊肩，綁在後面的一小撮看起來格外可愛。

陳洛白忍不住扯了一下。

周安然：「……？」

男生的力道很輕，完全沒有弄痛她，但是剛綁好的頭髮明顯被他扯鬆了一點。

周安然不由又瞪他一眼：「陳洛白！」

陳洛白慢吞吞地收回手，被她瞪了一眼，反而笑起來：「妳剛才沒把頭髮綁好。」

周安然：「……」

才怪。

周安然沒理他，自己又重新把頭髮綁了一下。

陳洛白摸了摸鼻子：「確定不用我陪跑？」

周安然：「不用。」她頓了一秒，又小聲補了一句，「你去終點等我吧。」

五十公尺短跑初賽開始前，嚴星茜幾人又回到跑道邊，祝燃他們那群男生也一起過來看她比賽，一大群人圍在賽道起點旁邊。

可能是被比賽氣氛感染，嚴星茜幾人格外興奮。

「衝啊然然！」

「然然加油！」

「Fighting!」

周安然抬頭衝她們笑了笑。

轉過頭時，她聽見她們身後那群男生不知是誰喊了聲：

「嫂——」

一個字才剛說出口，就像是被人捂住了嘴。

周安然：「……？」

一旁的老師已經喊了預備，周安然也沒心思去看是什麼情況，她斂神，然後抬頭看向終點。

五十公尺的跑道離終點好近。

近到她能看清不遠處高大帥氣的男生的模樣，看清他手上拿著她的衣服，看清他也在看她。

槍聲響起，周安然沒再看其他跑道，徑直跑向終點，也跑向他。

周安然還是第一次參加短跑比賽，跑過終點時腳不知怎麼踉蹌了下。

陳洛白早在終點等著她，見狀伸手扶了一下。

因為還帶著之前跑步的那股衝力，周安然是重重撞進他懷裡的，明顯感覺胸口有點痛。

等到站穩後，周安然就紅著臉退開幾步，抬頭看見男生的目光也不自在地撇開了一瞬。

好在場上的大家都在關心比賽成績，沒人注意到他們這點暗流湧動的曖昧。

周安然緩了緩呼吸和心跳，才輕著聲問他：「我剛才拿了第幾名呀？」

「小組第三名，進決賽了。」操場的風吹動少年藍白制服的衣襬，他笑看著她，「我的前座鄰居挺厲害的啊。」

周安然的體育從小就普普通通，這次本就是志在參加，能進決賽已經是意外之喜，等決賽開始後，她已經毫無任何心理包袱。

或許正是因為如此，也因為他還在終點等著她，周安然的決賽成績也超出她的預期，居然拿下了第五名。

張舒嫻他們一大群人從起點跑過來團團圍住她。

嚴星茜更是一把把她抱進懷裡：「然然，妳好厲害啊，妳居然得到了第五名！」

周安然還看見有幾個其他班的人，像看傻子一樣地看著他們，她的臉微熱，又不由覺得好笑，拍拍嚴星茜的後背：「好了，妳先別誇了，不然會被別人笑話的。」

嚴星茜握了握拳：「我看是誰敢看妳笑話。」說完還是乖乖地放開她。

女生五十公尺決賽過後，男生一百公尺短跑比賽也要開始了，湯建銳和黃書傑都報名了這一項。

男生一百公尺短跑的跑道在操場對面。他們一大群人浩浩蕩蕩地往對面走過去，不知其他人是有意還是無意，才走到一半，周安然就發現她和陳洛白又被落在了最後。

操場上還有其他項目或在進行、或在準備，到處都是興奮跑動的學生。

周安然跟他之間的距離比平時近上不少。

她看著前面聊天說笑的一大群人，走動間，手背不經意擦過他的手背。

像是有細小的電流從手背一路竄到心尖，又像是手背和他碰到的那一塊突然燃燒起來，周安然指尖蜷了下，下意識想把手縮回去。

下一秒卻感覺他往她手心裡塞了一樣東西。

微涼的觸感，和他不小心碰到她手心的溫熱指尖完全相反。

周安然的臉好像也被燙了下。

她停下腳步，低下頭，看見他塞在她手裡的是一塊獎牌。

「這是什麼呀？」周安然抬起頭看他。

陳洛白：「之前參加奧林匹亞數學競賽拿的獎牌。」

周安然：「我知道，我是說你把獎牌給我做什麼？」

陳洛白的另一隻手插在褲子口袋裡，語氣聽起來還是一貫的散漫，又帶著熟悉的笑意：「幫我鄰居頒個獎，拿這個將就一下。」

周安然的心跳突然快得厲害，小聲提醒他：「你這是金牌，我才跑了第五名。」

陳洛白「嗯」了聲。

那天的陽光格外恣意，少年的笑容也是。

「但是——」他笑著說，「在我這裡，妳就是第一。」

男生一百公尺短跑決賽，湯建銳和黃書傑最後分別拿到了第一名和第二名。

二班在體育競賽上的表現向來普通，這次直接包下冠亞軍，全班都興奮不已，幾乎所有的男生蜂擁而來，其中一小部分甚至激動到把湯建銳高高拋起。

高國華在不遠處看到，嚇得心臟差點停下，急忙跑過來制止。

「你們這是在幹什麼，要是人摔下來該怎麼辦，快把他放下！」

男生們把湯建銳好好地放下來，齊齊站好聽高國華訓話，但一個個都趁班導不注意時，在悄悄地擠眉弄眼。

周安然站在一邊覺得好笑，突然感覺綁起來的頭髮又被人扯了一下。

和前一次一樣，他其實有刻意注意力道，沒弄痛她，但她還是忍不住偏了偏頭：「你怎麼又扯我頭髮？」

「想讓我不扯也行。」陳洛白懶洋洋道，「妳答應我一個條件。」

周安然：「……？」

讓他不扯她頭髮，怎麼反而要她答應他條件？

「什麼條件？」

陳洛白沒說話，反而往她身後站過來。

周安然抬頭看了他一眼。

下一秒，綁起來的頭髮突然鬆開。

周安然回過頭，看見他把她的黑色髮圈拿走了。

「這個給我吧。」

周安然眨眨眼：「你要我的髮圈做什麼？」

陳洛白順手把髮圈戴到手上，語氣還是懶懶的：「好玩。」

周安然：「……」

髮圈有什麼好玩的？

但她也很願意看到她的東西被戴到他手上，尤其是他戴得比較靠下，細細的一根黑線就貼在他腕骨上方的那顆棕褐色小痣上。

周安然的耳朵被太陽曬得熱了起來：「反正……你不准再扯我的頭髮了。」

太陽的光線比之前熱烈了不少。

男生像是被曬得眼睛瞇了一下，他隨意地「嗯」了聲，又叫她的名字：「周安然。」

周安然：「怎麼了？」

「跟我走嗎？」陳洛白突然問。

周安然心裡輕輕一跳：「去哪呀？」

「都可以，這裡又熱又吵。」陳洛白拿手擋了擋太陽，手腕被她那條黑色髮圈襯得越發冷白，他垂眸看她，嘴角漾著點笑容，聲音壓低，「乖學生，要不要跟我一起蹺掉運動會呢？」

分不清是他此刻的模樣特別勾人，還是這句話特別勾人，周安然差點都要點頭答應了，直到聽見盛曉雯在不遠處提醒張舒嫻，她報名的跳高比賽快要開始了。

她們剛剛都陪了她，她不能在這時候走掉。

周安然搖搖頭：「舒嫻她們都有比賽，我得留下來幫她們加油。」

陳洛白又睇了下眼，像是有點不爽的樣子。

周安然也捨不得和他分開，又小聲道：「你也別蹺了吧。」

陳洛白：「為什麼？」

周安然：「我們明年就高三了，還不知道學校會不會允許我們再參加運動會，這很可能是我們參加的最後一屆運動會了。」

也是他和她一起參加的第一屆。

去年他就偷偷蹺掉了，除了開幕式，她後面幾乎就沒見過他。

陳洛白盯著她看了兩秒，語氣和笑容都有點無奈，又像是無比縱容：「行，我的小鄰居說了算。」

張舒嫻報了跳高和立定跳遠兩個項目。

和周安然完全相反，她算是班上所有女生中最有運動細胞的一個，在跳高初賽就輕輕鬆鬆地拿下第一。

決賽開始後，周安然跟一大群人站在周邊繼續幫她加油。

她性格偏內斂，原本只是悄悄在心裡幫張舒嫻加油，但嚴星茜和盛曉雯兩個人越喊越大聲，加上九班有個女生的跳高水準不錯，因此九班那邊的呼喊聲也不小。

分不清是被嚴星茜她們感染，還是有點不服氣，周安然忍不住跟著喊出聲：「舒嫻加油啊！」

張舒嫻還沒上場，聽見她的聲音，在不遠處高舉雙手衝她比了個愛心。

周安然唇角彎了下，等到張舒嫻上場，她就繼續跟著旁邊的兩人大喊，幫張舒嫻加油打氣。

陳洛白微微垂眼。

女孩子雪白的小臉被太陽曬得微微泛紅，眼睛澄澈明亮，目光緊盯著場中，全神貫注地看著好友比賽，完全沒注意到他的視線。

張舒嫻最後以自身優勢，再次拿下跳高決賽的冠軍。

周安然被嚴星茜拉著跑進場中，三個人團團把張舒嫻抱住。

跳高比賽結束後，緊接著又是張舒嫻的跳遠項目。

周安然已經完全沉浸在比賽的情緒中，全程跟著嚴星茜和盛曉雯在場邊大喊。

但張舒嫻比較不擅長立定跳遠，最後敗在十二班的一個女生手上，只拿了亞軍。

跳遠結束後，嚴星茜他們班上有個奪冠項目要開始了，她們兩個人轉去那邊的場地幫班上的人加油，祝燃他們那群男生也轉去看別的項目，周安然則留在這邊繼續看張舒嫻頒獎。

一直陪著她的陳洛白這時突然開口：「後悔了。」

周安然愣了下，轉頭看他：「後悔什麼。」

陳洛白看了她紅撲撲的小臉一眼：「早知道也個項目了。」

周安然眨眨眼：「怎麼這麼突然？」

陳洛白卻轉了話題：「在這裡等我。」

周安然：「你要去哪裡呀？」

「去買飲料。」陳洛白伸手在她臉上輕輕掐了下，「有人喊得嗓子都快啞了。」

周安然捂了捂被他掐過的臉頰，看著男生轉身走開的背影，唇角很淺地彎了下。

張舒嫻領完獎回來，往她左右兩邊瞧了下：「怎麼就妳一個人，陳洛白呢？」

周安然不由又回頭看了一下，男生的身影早就消失在人群裡面：「他去買飲料了。」

「幫妳買飲料？我們陳大校草挺體貼的嘛。」張舒嫻頓了頓，又一臉打趣地望向她，「你們到底打算什麼時候戳破這層窗戶紙？」

「我不知道妳在說什麼。」周安然的臉熱了下，故意裝傻，隨即轉移話題，「妳要不要休息一下？」

張舒嫻知道她臉皮薄，也不再逗她：「跳個遠有什麼好休息的？茜茜她們的比賽都在下午，妳上午還有什麼想看的比賽嗎？」

周安然搖搖頭：「我看什麼都行，我要先在這裡等他回來，妳如果有特別想看的，我等一下陪妳去看。」

「我要妳陪我做什麼？妳陪他就行了，我等一下去找茜茜她們。」張舒嫻拉了拉她，「不過男生的跳遠比賽就要開始了，賀明宇好像有參加這一項，我們先看看這個吧，正好陪妳等他。」

周安然點頭：「好。」

男生立定跳遠很快開始，賀明宇初賽拿了第一。

決賽有三次機會，取最好成績。

賀明宇第一跳的成績不太理想，第二跳開始前，張舒嫻在一旁幫他加油：「賀明宇衝啊，加油加油！」

這會兒有好幾個比賽在同時進行，二班都有人參加，所有人都被打散，所以幫賀明宇加油的人不多，周安然就跟著喊了一聲：「加油啊！」

賀明宇偏頭往她這邊看了一眼，然後深呼吸，起跳。

第二跳比第一跳遠了許多，但可能是力道太足，他在落地時重心沒穩住，整個人往前撲倒，手肘在地面上擦出一道血口子。

張舒嫻急忙拉著周安然進了場地：「沒事吧？」

賀明宇站起身，唇微抿：「沒事，只是破皮而已。」

周安然看著他手上的傷口，像是想起什麼似的，把手伸到制服口袋裡。

今天她們幾個都有比賽，以防萬一，她帶了一些優碘棉棒過來。

周安然摸了兩根出來，遞到他面前：「裡面有優碘，折斷一頭就能用。」

賀明宇的視線在她臉上落了一秒，微抿著的唇往上彎了彎：「謝謝。」

「不用謝。」周安然看見他傷口的附近還有沙子，又提醒道，「你最好先把手沖洗一下。」

話音剛落，她的手腕突然被攥住。

陳洛白的聲音在她耳邊響起，聽起來比平時沉上少許：「跟我過來。」

周安然回過頭，看見男生下頜線微微繃緊，看起來不太高興。

他在任何地方都是最引人注目的存在。

操場上好些人朝他們這邊看過來。

周安然現在不怕被人觀望，但是操場上有不少老師，她怕他被叫去辦公室談話，也怕不能再和他坐在一起。

「陳洛白。」周安然叫他，「你放開我，你要去哪裡？我跟著你去就是了。」

前方的男生停頓了一下，沒回頭，卻乖乖鬆開了她的手。

周安然跟著他穿過操場，繞過體育館，一路走到體育館後的圍牆邊，陳洛白這才終於停下來。

全校的學生都聚集在操場上，這裡離操場已經有點距離，顯得非常清淨。

周安然抬了抬眼。

男生一隻手還拎著她的衣服和一個福利社的購物袋，裡面應該是他買回來的飲料，另一隻手塞在褲子口袋裡，下頜線仍緊繃著，薄唇微抿。

「你怎麼啦？」

怎麼去買個東西就不高興了。

陳洛白垂眸看她：「周安然。」他目光緩緩往下，落到她手上，「給過我的東西，妳又給別的男生？」

「什麼東西？」周安然先愣了下，然後不知怎麼，突然又反應過來，「你是說優碘棉棒嗎？賀明宇剛才不是受傷了嗎？」

陳洛白：「學校在操場上備了好幾個醫藥箱，校醫也在操場上隨時待命，他受傷還需要妳操心？」

男生的語氣難得有點凶。

周安然卻莫名有點高興，又有一點心虛：「我剛才沒想那麼多嘛。」

陳洛白沒什麼表情地點點頭：「看到他受傷，妳就著急到沒辦法多想？妳還幫他加油，講解題目給他聽，還對他笑？」

周安然：「……？」

她什麼時候對賀明宇笑了？

陳洛白頓了下，直直地看向她：「妳別告訴我妳喜歡他。」

周安然連忙搖搖頭。

陳洛白追問：「搖頭是什麼意思，不喜歡他？」

周安然感覺他好像是在吃醋，但不知道他怎麼會吃醋吃到到得出這種結論，她認真解釋道：「不喜歡啊，就是朋友。」

陳洛白唇角終於勾了下。

周安然稍稍鬆了口氣。

然後聽見他又問：「那我呢？」

05

像是有什麼東西在大腦中轟然炸開，周安然感覺自己似乎沒聽懂他這句話的意思。

但好像又聽懂了，因為她的心跳瞬間快得無以復加。

男生倏然靠近她，他不像平時一樣會留出安全距離，那張讓她無比心動的臉瞬間近在咫尺，身上清爽的氣息像是具有某種攻擊性一般，鋪天蓋地地將她團團圍住。

「發什麼呆，剛才不是回得很快嗎？」

周安然大腦一片空白，本能地退了一步，後背抵上牆邊。

陳洛白卻沒放過她，繼續朝她靠過去，他空著的那隻手撐在她身側的牆面上，雖然注意著沒跟她有任何肢體接觸，但幾乎是一個把她半困在懷裡的姿勢，繼續逼問她。

「躲什麼？這個問題有那麼難回答？」

周安然幾乎能感覺到他呼吸間的熱氣。

她垂在一側的指尖蜷了蜷。

剛才張舒嫻問她，他們到底打算什麼時候把窗戶紙捅破，她轉移話題不完全是因為害羞，還有一個原因是她始終都無法完全確定他的心意。

「陳洛白也喜歡她」這件事，像是一個進度條。

從一開始完全不敢想的百分之零，隨著日漸和他相處一路上漲，最終停滯在百分之九十九。

但只要他一天沒親口告訴她，剩下那百分之一的不確定性，就會懸在她心裡。

會讓她忍不住在心裡反覆問自己，會不會還是有猜錯的可能性。

周安然想先跟他要一個答案。

但那百分之九十九的進度條，以及此刻被他拎在手裡的衣服、飲料，和仍戴在他腕上的髮圈，都給了她足以向他開口的勇氣。

她手指緩緩收緊，垂下眼不敢看他：「那你呢？」

陳洛白在她耳邊很近地笑了聲，像是被她氣笑的。

「周安然，我表現得夠明顯了吧？我以為全校都已經知道我喜歡妳了。」

我以為全校都已經知道我喜歡妳了……

全校都知道我喜歡妳了……

我喜歡妳。

停滯在百分之九十九的進度條，終於又前進了一格。

原本該是塵埃落定的踏實，可此刻卻彷彿置身雲端，有某種不真實感。

周安然忍不住抬了抬眸，在他眼裡看見了笑意，看見了自己的倒影，也看見了某種繾綣又溫柔的情意。

她緩緩彎了下唇角，小聲說：「你又沒告訴我。」

「現在告訴妳了，妳可以回答我的問題了嗎？」陳洛白垂眸望著她，略頓了頓，突然把聲音壓低，「那我呢？」

周安然被他看得心慌，心跳也快得發慌，她重新垂下眼，然後很輕又很堅定地朝他點了下頭，聲音也輕：「嗯。」

低低的一聲順著耳朵一路鑽進心裡，陳洛白只覺得心裡最軟的地方被人輕輕撓了一下似的，他喉結滾了下，垂著眼，視線從女孩子輕顫的睫毛緩緩往下，落到她小巧挺翹的鼻尖，再落到她粉潤的雙唇上。

陳洛白低頭慢慢靠近她，周安然呼吸倏然屏住。

陳洛白和她之間的距離越來越近。

秋季的風吹過她的側臉，在距離只剩下最後幾公分的時候，男生偏頭錯開，腦袋抵到她身側的牆上，聲音聽起來有些懊惱，又像是在壓抑著什麼。

「算了，我答應過老高。」

周安然緩了兩秒，呼吸才重新順暢起來，偏頭看他，疑惑道：「答應高老師？」

陳洛白也側了側頭：「嗯，答應過他不影響妳學習，在畢業前不能跟妳談戀愛，不能做任何不該做的事情，不然妳以為他為什麼會同意讓我坐到妳後面去。」

周安然愣了下：「所以高老師那天找你，果然是因為我們的事，你還騙我說是好事。」

陳洛白唇角勾了下：「怎麼就騙妳了？我們的事不就是好事嗎？」

周安然心裡輕輕一跳。

陳洛白轉過身，和她並肩靠在牆上。他先從購物袋裡拿出一罐汽水，單手開了拉環遞給她，隨後又開了自己的那罐可樂，仰頭喝了一口。

冰涼的液體入喉，他才重新偏頭看她。

「周安然，跟我考一間大學吧。」

周安然剛把汽水罐抵到唇邊，聞言也側頭朝他看過去。

「或者我跟妳考同一間也可以。」

陳洛白靠在牆邊看著她，笑容散漫卻溫柔。

「再不行，就從AB兩所大學裡面挑，反正也離得很近。」

周安然抿了口橘子汽水，冰涼清甜的味道溢滿口腔。

「我不一定考得上。」

「誰說妳考不上？」男生的語氣還是猖狂得厲害，「而且，妳不是還有我這個後座鄰居嗎？」

周安然唇角又彎起來，輕著聲應下，像是在對自己，也像是在向他承諾：「我會努力的。」

陳洛白側著頭，看她頰邊梨渦淺淺，易開罐抵在唇邊，一小口一小口地喝著。

「汽水好喝嗎？」他突然問。

周安然眨眨眼。

怎麼突然這麼問？他又不是沒喝過。

沒等她發問，手裡的汽水已經被他抽走，他手上的可樂被塞進她手裡。

「換一瓶吧。」

周安然拿著他的可樂，愣愣地看著他。

日光從牆頭落下，勾勒著男生好看得不像話的側臉，塵埃在空氣裡細細飄浮，風輕輕吹過，牆外的樹葉搖晃，碎了一地的光影。

陳洛白抓著她剛才喝過的汽水抵到唇邊，微仰起頭，像是喝了一口，鋒利的喉結輕輕滾了兩下。

不知是誰又奪下了冠軍，從操場傳來的歡呼聲格外熱烈。

女生的臉頰瞬間被燙得通紅。

這天上午，賀明宇順利拿下立定跳遠的冠軍。

下午嚴星茜和盛曉雯參加的分別是鉛球和標槍的項目，她們兩個人和周安然一樣，沒什麼運動細胞，選這兩個項目主要是志在參加，最後不出意外地沒得到任何名次。

第二天，南城的氣溫又上漲了幾度，才剛過早上九點，太陽就曬得厲害。

陳洛白戴了個黑色的棒球帽過來，不一會兒就壓到了周安然的腦袋上。

周安然戴著他的帽子看完了上午的比賽。

下午比賽才開始沒多久，陳洛白就被數學老師叫走。

等他回來後，周安然的手裡又被他塞了一罐汽水。

周安然低頭看了一眼，他今天塞給她的是和昨天一樣的橘子汽水，她略偏了偏頭，男生手上拿的也是和昨天一樣的可樂。

周安然捏了捏手裡的汽水罐，心跳快著，提前問他：「你確定要喝可樂嗎，要不要現在就跟我換？」

陳洛白瞥她一眼，拖著腔調，明顯在逗她：「暫時不換吧。」

周安然的臉更熱了：「那等一下就沒得換了。」

陳洛白伸手幫她開了易開罐，腕上還戴著她的髮圈，笑道：「怎麼感覺我待遇還變差了。」

周安然：「……」

她的臉燙得厲害，不想再跟他討論這件事，抿了口汽水，轉移話題：「數學老師找你有什麼事？」

陳洛白打開了自己那罐可樂：「說了下期中考的事，想不想知道妳考了幾分？」

嗯？

周安然又抬頭看他：「你知道我的分數啦，多少？」

陳洛白唇角勾了下，慢悠悠道：「妳求我一聲，我就告訴妳。」

周安然：「不說就算了，反正我明天也能知道。」

「真的不求？」

「不求。」

陳洛白一手抓著可樂罐，站姿懶洋洋的：「那我求妳。」

周安然眨眨眼：「求我什麼呀？」

男生懶懶地拖著腔調，明顯又在逗她：「求妳拜託我？」

周安然忍不住笑了下：「陳洛白，你是不是太無聊了？」

陳洛白點點頭：「現在就嫌我無聊了，是吧？」

他頓了下，又突然湊近她，聲音壓在她耳邊響起：「昨天才剛表白完，今天就不認帳了？」

周安然的耳朵被他呼吸間的熱氣拂過，瞬間癢了下，怕被老師看見，她往旁邊挪了挪，拉開點距離，紅著臉小聲反駁：「哪有，明明是你欺負我。」

陳洛白眉梢輕輕一揚：「我怎麼欺負妳了？」

周安然：「只是問個考試成績而已，還要我求你，你才肯告訴我？」

「這就叫欺負妳了？」陳洛白頓了下，意味深長地瞥她一眼，「那妳肯定不知道什麼叫欺負。」

周安然又往旁邊挪了點：「你不說就算了。」

陳洛白看她臉頰微微鼓起，唇角不由又彎了下：「一百四十七分。」

周安然再次抬起頭，驚訝道：「你是說，我考了一百四十七分？」

陳洛白「嗯」了聲：「我說過我的前座鄰居很厲害的。」

周安然有點意外。

她知道自己應該考得還不錯，她把後面的幾大題都做出來了，但前面還有兩、三題不太確定，以為頂多只能考個一百四十五分，沒想到比預想中的還要高。

她唇角也彎起：「還得謝謝你講解題目給我聽。」

最後的兩大題剛好都是他講解過的。

陳洛白低聲問她：「想怎麼謝我，不會就空口謝這麼一句吧？」

周安然喝了口汽水，想了想：「下午請你吃飯？」

陳洛白：「就請我一個人？」

周安然稍稍有點心虛：「還想請茜茜她們。」

知道她數學考了高分，她們幾個肯定會讓她請客的。

陳洛白一臉「我就知道會這樣」的表情：「還有呢？」

周安然越發心虛：「順便請祝燃他們？」

陳洛白：「他們也講解題目給妳聽了？」

周安然：「湯建銳前幾天生日的時候，不是喊我們一起吃飯嘛。」

陳洛白靜靜地看著她沒說話。

周安然輕輕拽了拽他的制服衣襬：「可不可以呀？」

陳洛白抓著可樂罐的手指一緊。

兩秒後，又鬆開，語氣無奈且帶著笑。

「妳都跟我撒嬌了，我能說不行嗎？」

那天下午的運動會閉幕式上，校長突然在臺上宣布明年春季會重啟校籃球賽。

臺下瞬間喧鬧一片。

學校這幾年在專業的高中聯賽上越打越順，校內籃球賽卻一連停了好幾年沒舉辦，高中生活就是日復一日的枯燥學習，聽聞下學期又有大型活動，不管是喜歡打球的還是不喜歡打球的，都難掩興奮。

二班當然也不例外。

閉幕式結束，去校外吃飯的路上，周安然就聽見幾個男生一直在聊下學期的籃球賽。

等進了餐廳包廂，一頓飯吃了大半後，他們又接著聊起了這個話題。

只是他們在路上聊的是學校重啟籃球賽後，會採取什麼樣的賽制，這會兒聊的是各班有哪些打球水準還不錯的人，不知怎麼，就聊到了上學期的那場籃球賽。

「也不知道胡琨下學期還會不會參加。」湯建銳說，「校長剛才也沒說校隊的人能不能參加。」

黃書傑快速啃完一塊排骨：「管他參不參加，反正我們有洛哥在，上學期能把他們班按到地上摩擦，下學期當然也可以。」

「也是。」湯建銳笑著說，「而且我們不是還有嚴女俠嗎？要是明年胡琨還會參加，麻煩嚴女俠像去年一樣，繼續罩我們一下。」

嚴星茜聞言一愣，下意識看向周安然。

不是說陳洛白已經跟她表白了嗎？她怎麼沒有向他坦白這件事？

但不管周安然為什麼沒坦白，嚴星茜肯定都站在她這邊，周安然想繼續瞞著，她當然就繼續幫她瞞著：「那個……我之前只是剛好跟我爸看了一場球賽，已經很久沒看了，應該幫不到你們。」

周安然剛才聽到湯建銳突然 Cue 嚴星茜，就有種不太好的預感。

她知道陳洛白有多聰明，嚴星茜剛才驚訝之下，不自覺往她這邊看過來的那一眼，就足以暴露點什麼了。

果然，沒等她想好該怎麼處理，旁邊的男生已經懶懶地開口：「很久沒看也沒關係，只要記得當初那條規則就行，對球不對人都是技術犯規，對吧？」

嚴星茜其實連技術犯規是什麼都不知道，但既然她當初「隨便看場球賽就能記下規則」，現在再說完全忘了也不合理，她仔細回想了下，周安然當初確實是這麼和她說的。

正想點頭，嚴星茜就聽見一道輕軟的聲音在耳邊輕輕響起。

「茜茜。」

嚴星茜眨眨眼。

下一秒，陳洛白已經起身拉住周安然的手腕。

「妳跟我出來。」

包廂門打開，又關上。

等兩人離開後，湯建銳才像是突然反應過來：「等等，剛才洛哥是不是說反了？對人不對球才是技術犯規吧？」

嚴星茜：「……」

難怪周安然剛才會阻止她。

祝燃跟陳洛白最熟，剛才也正好注意到了嚴星茜下意識的反應，大概也猜到了一點：「他不是說反了，他應該是想騙嚴星茜。」

「啊？」湯建銳一愣，有些不明白，「他沒事騙嚴星茜做什麼？」

祝燃沒回答他，只看向嚴星茜：「那天幫我們的，其實是周安然吧？」

嚴星茜：「……」

這些人怎麼這麼敏銳。

她都不知道為什麼這麼輕易就露餡了，但她不確定周安然現在有什麼打算，就沒直接承認。

「什麼哪天。」她裝傻，又趕緊轉移話題，「他們兩個怎麼吃到一半就跑出去了？」

盛曉雯和張舒嫻也幫忙：「可能是嫌我們瓦數太高了吧。」

出了包廂，周安然被陳洛白拉著一路走到餐廳外。

秋末的夜晚涼意明顯。

路燈下，高大的男生轉身看向她，聲音比夜色還沉。

「那天幫我的人是妳，對嗎？」

周安然也沒再瞞他，輕輕點了下頭。

陳洛白心裡有個連自己都不敢相信的猜測，一時覺得胸腔裡有某種情緒在不停橫衝直撞：

「為什麼要幫我，不是說和我不熟嗎？我不記得在那之前我有幫過妳什麼？」

對於此刻的暴露，周安然其實一點都不覺得意外。

他有多聰明，她再清楚不過。

當初她能拿「不熟」當藉口騙過他，是因為他那時確實跟她不熟，他以前從沒注意過她，

他對她一無所知，所以才輕易相信她所有不實的理由。

但經過這兩個多月，尤其是國慶連假後，他們變成了前後座的關係，幾乎是朝夕相處，他對她不說是瞭若指掌，也算得上十分熟悉。

不是這一件小事，也會是另一件，不是今天，也會是明天，或者是將來的某一天。

只要給他一點蛛絲馬跡，他就能輕易拆穿她隱藏的祕密。

可他也喜歡她，她現在就完全不怕被發現了。

周安然輕輕踢了踢腳邊的落葉：「你幫過的。」

陳洛白一愣：「我幫過？」

周安然點點頭，雖然已經能確定他的心意，但跟他坦白這些事情，她多少還是有點不好意思，就繼續踢著落葉：「高一報到的那天，我在二樓差點摔倒，是你扶了我一下。」

陳洛白突然被拉回到記憶中的那個雨天。

他當時匆匆跑上樓，看見有人摔到的時候，順手扶了下，因為情況緊急，也沒來得及注意手的落點，一把摟住了少女細軟的腰身。

因為難得有些不自在，他也沒再去看對方的臉，事後也再沒放在心上。

陳洛白喉間發澀：「那個人是妳？」

周安然點點頭：「還有一次，湯建銳他們在球場打球，不小心把籃球碰出場外，差點砸到我，也是你幫我接到的。」

陳洛白隱約有點印象。

但他當時只是順手攔了顆球，甚至不覺得那是幫忙，因而完全沒注意到差點被球砸到的人是誰。

原來他們這麼早就有過交集，原來他錯過了她這麼久。

「妳怎麼——」

陳洛白的心裡被澀意充斥，他本來想問她怎麼不和他說，可問到一半又覺得沒必要。

不說她性格本就內斂，就憑他當初那樣忽略她，又要她怎麼跟他開口？

難怪她那天會把東西塞到他懷裡後就想跑。

難怪她一開始總是不敢看他。

難怪不管他說什麼，她都乖乖答應，惹她生氣了，也一下就能哄開心。

「那天——」陳洛白的嗓子堵得厲害，「上學期期末考前一天，妳在天臺上哭，是不是因為我？」

周安然：「……」

他怎麼連這件事都猜出來了？

現在想起來，還是覺得有一點丟臉。

她抿了抿唇，還是不想瞞他，主要是瞞不過。

「嗯。」

陳洛白閉了閉眼。

難怪那天他越哄，她哭得越厲害。

「對不起。」

周安然：「你不用跟我說對不起。」

又不是他讓她喜歡上他的。

當初所有的酸澀與難過，都是她自己的選擇。

況且喜歡上他，也不僅僅只有酸澀與難過，偶爾他朝她這邊看過來一眼，或者不小心跟他買了同款的東西，她就能悄悄開心好久。

而且因為他那麼優秀，她也有了更多讓自己進步的動力。

她從來都不覺得，他沒注意到她，就因此虧欠她什麼。

「你又沒做錯什麼。」

陳洛白垂眸盯著她看了兩秒，又突然伸手拉住她：「跟我走嗎？」

周安然一愣：「去哪裡呀？」

陳洛白拉著她往前走：「替當初那個眼瞎的陳洛白向妳賠罪。」

周安然被他帶著走了幾步，忙說：「都說了，你沒虧欠我什麼呀。」

陳洛白：「那就替當初的我彌補下遺憾。」

周安然眨眨眼，像是想起什麼似的：「等等，我還沒結帳。」

結完帳，周安然被陳洛白帶去附近的一家電子遊樂場。

週五晚上，電子遊樂場人流量大，周安然跟著他在人潮裡穿梭，最終停在一排夾娃娃機前。

「我們是要來夾娃娃嗎？」

陳洛白「嗯」了聲，一邊換代幣，一邊回她：「妳不是喜歡兔子嗎，想要多少我都夾給妳。」

周安然跟嚴星茜她們來這邊玩過一次。

她們四個都試過這排夾娃娃機，卻沒有一個人成功夾到娃娃，經常都是快到洞口就晃了下，抓起來的娃娃又重新掉回機臺裡。

她有點想提醒他，但看到男生下頜線還緊繃著，又怕阻止他玩會讓他更不高興，最後還是什麼都沒說。

等陳洛白把代幣投進去，手搭上手把，她的心稍稍提起來。

一隻白色的小兔子被機械爪子抓住，搖搖晃晃地轉向洞口，然後……

穩穩地掉了下來。

他居然真的會夾！

陳洛白彎腰拎起那隻小兔子，剛一轉身，就看見旁邊的女生一臉驚喜，連唇邊的小梨渦都淺淺地露了出來，他心裡那股不停衝撞著的躁意與遺憾，好像終於輕了少許。

他把兔子塞到她懷裡：「拿好。」

周安然看著他轉身繼續去夾娃娃。

很快她懷裡就多了第二隻兔子。

然後是第三隻、第四隻、第五隻、第六隻……

「夠了吧。」周安然輕聲開口，「我快要抱不住了。」

陳洛白拎起第七隻兔子轉過身。

女孩抱著一大堆兔子，她自己就是又乖又萌的長相，又抱了一堆同樣白白軟軟的兔子，場面格外可愛。

陳洛白勾唇笑了下，把第七隻也塞進她懷裡：「等著。」

周安然見他終於笑了，心下稍稍一鬆。

她在原地站了片刻，隨即看見陳洛白推了個推車過來。

周安然把懷裡的兔子都放進推車裡。

陳洛白手搭在推車上：「繼續夾兔子，還是想要夾點別的？」

周安然：「都可以。」

他開心就好。

陳洛白推著車子走到第二臺機器旁邊：「那我每樣都夾幾個給妳。」

然後是第三臺、第四臺……

很快，推車也滿了。

周安然看他下頜線不再似剛才那般緊繃，輕聲問：「夠了吧？你打算夾多少個呀？」

陳洛白頭也沒回：「三百六十五個吧，替高一的陳洛白每天補送妳一個。」

周安然唇角一彎：「那你會被老闆趕出去的。」

男生轉過頭，眉梢輕輕揚了下：「妳現在正和我同流合汙，老闆要趕，肯定也是連妳一起趕，怕不怕？」

周安然：「……」

什麼同流合汙呀？

她唇角還翹著：「怕。」

說完頓了頓，鼓起勇氣去把他的手從手把上拉下來：「所以已經足夠了，你記不記得你還欠我一個條件，我現在就想用掉。過去的都過去了，我現在很開心，而且這裡也差不多有幾十個了，你替高一的陳洛白每個月送我一兩個就行啦，不然我家都要放不下了，你不要不高興，也不要覺得有什麼遺憾。」

陳洛白的目光落到她握在他腕間的手上。

周安然耳朵熱了下，卻沒鬆開。

「周安然。」陳洛白心裡軟得厲害，輕聲叫了她一聲，「妳傻不傻？我當初送妳一個條件，是讓妳為了自己跟我提要求的，不是讓妳為了我跟我提要求的。」

周安然仰頭看著他：「但條件歸我，那提什麼就由我做主呀，你不要告訴我，你現在打算說話不算話。」

陳洛白目光灼灼地望著她，沒接話。

周安然不由輕聲問了一句：「如果說話算話的話，你不要不高興了，好不好？」

陳洛白重新低眸，視線落在她拉住他腕間的手上，停頓一秒，又重新落回她臉上，靜靜地看了她兩秒，手稍稍往下移動，反握住她的手。

周安然感覺指尖一點點被分開。

電子遊樂場裡光線偏暖，襯得男生神情和聲音都有些溫柔。

「好，聽我未來女朋友的。」

06

得知他們在電子遊樂場，其他人在吃完飯也都跑了過來，一大群人在裡面一起玩了大半個小時。

周安然看陳洛白玩了一會兒投籃機，又被他教著，自己也投了好幾顆，等到快接近九點，一群人才出了電子遊樂場，慢吞吞地走向附近的公車站。

那晚月明星稀，第二天應該也是個大晴天。

走到一半，祝燃突然開口：「我們明天要不要去野餐啊，趁著天氣好的時候，也好久沒出去玩了。」

「好啊，算我一個。」黃書傑踴躍報名。

盛曉雯接話：「你也不早點提議，剛才電子遊樂場的另一邊有間超市，我們也好買點東西。」

「東西就不用操心了吧，交給陳洛白，我們陳少爺能找到人處理的。」祝燃說著，視線往最後的二人身上瞥了眼，「更何況，他確實該請客吧？」

湯建銳點頭認同：「確實，這種情況不請客說不過去啊，是吧，洛哥？」

陳洛白笑了聲：「是該請客。」

頓了下，他偏頭看向旁邊的女生：「想去嗎？」

周安然摸了摸耳朵。

期中考才剛結束，確實可以適當休息一下，而且她還沒跟他一起出去玩過。

「去吧。」

「好，那具體去哪裡，想吃什麼，晚一點我們再創個群組討論。」祝燃說著，目光瞥見陳洛白手上那一大袋和他氣質不相符的娃娃，突然笑得不行，「對了，周安然，妳知不知道陳洛白這夾娃娃的技術，是為了一個女孩子學的啊？」

周安然腳步稍稍一頓。

理智上，她知道這多半另有內情，不然祝燃幫他瞞著還來不及，不會主動告訴她，但情感上，不知怎麼，多少還是控制不住地有一點忌妒。

也不知道是什麼內情，會讓他為一個女孩子學夾娃娃。

陳洛白淡淡地掃了祝燃一眼，目光又落回旁邊女生的身上：「別理他，那個女孩才三歲，是我外甥女。」

周安然：「……」

嚴星茜突然說：「好巧哦，然然也有個三歲的小外甥女。」

陳洛白又偏頭看了周安然一眼：「是嗎？這麼巧？」

周安然點點頭：「嗯。」

「對了，然然。」嚴星茜像是突然想起什麼似的，「那款汽水糖，妳下次去妳表姐家，記得再幫我去那家超市看看還有沒有。」

周安然：「！」

汽水糖的事，她當初沒好意思告訴嚴星茜幾人，剛才也沒好意思跟他坦白，沒想到嚴星茜會猝不及防地提起，就算想要阻止也來不及了。

果然，她餘光瞥見旁邊的男生腳步一停，目光像是往她身上落了一瞬。

周安然低下頭。

「汽水糖？」陳洛白頓了下，「是不是一個日本品牌？」

嚴星茜有點意外地接道：「是啊，你也吃過那款糖果嗎？」

陳洛白看了垂下頭的女孩一眼，垂在一側的手指收緊了下：「有幸吃過兩顆。」

張舒嫻和盛曉雯聞言也開始插話。

「哪款汽水糖啊？好吃嗎？」

「然然帶給妳的嗎，我們怎麼沒吃過？」

「超好吃，吃起來就像汽水一樣，真的有小氣泡在嘴裡爆炸的那種，然然也只買給我一次而已。」嚴星茜回想了一下，「就上學期……也就是期中考那陣子吧？週末就被我吃完了，沒帶去學校，後來她再去，那邊的超市就沒再賣了，我們沒記住牌子，也不好網購。」

張舒嫻一臉遺憾：「說得我也好想吃啊，然然，妳下次再去看看吧？」

周安然硬著頭皮點點頭：「好。」

說話間，一群人剛好走到公車站。

大家紛紛上了月臺，周安然抬腳，剛打算跟著站上去，就感覺書包又被人拽了下。

她回過頭，瞬間鼓了鼓臉：「你怎麼又扯我的兔子啊？」

陳洛白鬆開她的兔子，往前靠近一步，低著聲沒什麼表情地問：「還有什麼事瞞著我？」

周安然：「……」

一點心虛感冒上來。

「沒有了。」

陳洛白：「真的沒有了？」

周安然搖搖頭：「真的沒有了。」

說完她悄悄抬頭，看見他下頜線又緊繃起來。

正想著要怎麼哄他，男生突然抬起大手，在她腦袋上重重地揉了下。

周安然皺了皺鼻子：「你又弄亂我的頭髮。」

陳洛白看她的眸色比平時沉上少許，那雙眼顯得越發深邃：「我現在不止想弄亂妳的頭髮。」

周安然眨眨眼：「你還想做什麼？」

陳洛白看她露出一副警惕的模樣，唇角不由又勾了下，低著聲：「妳還是不要問比較好。」

周安然：「……？」

多半又是什麼亂七八糟的事情。

「然然。」嚴星茜突然喊她，「車來了，你們聊完了沒？」

周安然回過頭，看見一輛會經過她家的十六號公車緩緩駛近。

她又抬頭看了他一眼，見他情緒像是好了一些，才稍稍放下心，聲音輕著：「我先回去了。」

陳洛白「嗯」了聲。

周安然跟在嚴星茜後面上了車。

車上難得人少，一眼望去似乎只有兩三名乘客，周安然正想往裡面走的時候，某種熟悉又清爽的氣息突然從身後籠過來。

周安然倏然回過頭，看見陳洛白也跟著她上了車。

她又驚又喜：「你怎麼也上來啦？」

陳洛白：「怎麼突然變傻了，當然是送妳回去。」

嚴星茜聞言也回頭看了一眼，一副稍顯嫌棄的語氣：「你怎麼這麼黏人啊？」

想著可能是因為她今晚暴露了上學期球賽的事，她撇了下嘴：「算了，今晚就把然然讓給你吧，我坐前面，你們去後面坐吧。」

周安然最後跟著他坐到了後面第一排的雙人座，她坐在靠裡面的位置。

她偏頭看向窗外。看見街道上的霓虹燈在迅速倒退；看見男生帥氣的側臉倒映在車窗上；看見她和他並排而坐。

也看見他在看她。

第二天的天氣果然很好，天朗氣清，萬里無雲。

姓陳的某位少爺安排了一輛旅遊巴士，司機一早就出發，按照提早傳給他的地址，繞了半個城市接齊了十個人，再一同載著去了郊區的一個渡假飯店。

他們會在這邊住上一晚，中午可以在半山腰的瀑布下野餐，晚上可以在玻璃房裡一起看星星。

因為路程不近，抵達飯店時，已經是上午十點。

難得出來玩，大家的興致都很高，放下行李略休整了一下，就打算直接去半山腰野餐。

飯店早就幫忙準備好了野餐所需的器具和食材，幾個男生也沒讓服務人員送下去，一人拎著一個手提箱，一起坐了觀光巴士下去。

十一月中旬並非旅遊旺季。

安靜了許久的半山腰，在這天上午突然熱鬧起來。

「銳銳，你他媽連桌布都還沒擺好就偷吃。」黃書傑突然大喊。

湯建銳反擊：「靠，我這還不是跟你學的？你剛才偷吃了一塊肉，你當大家都沒看見？」

「冰塊呢，冰塊呢？」張舒嫻扯著嗓子問，「我幫你們調個飲料。」

周安然把冰塊盒推過去：「在這裡。」

張舒嫻往一個大玻璃碗裡放了一堆東西，然後又喊著：「養樂多在哪裡，誰可以幫我拿一下！」

盛曉雯把養樂多拿過去給她。

包坤一臉懷疑：「這真的能喝嗎？」

「當然。」張舒嫻非常篤定，「肯定好喝。」

飲料調好，一人裝了一杯。

盛曉雯提議：「一起碰杯吧，就祝我們都能考上心儀的大學。」

十個玻璃杯碰在一起，發出清脆的聲響。

所有人齊齊響起的聲音也清脆動聽：「祝我們都考上心儀的大學！」

碰完杯，大家各自低下頭，開始尋找心儀的食物來吃。

湯建銳拿了隻雞腿，才啃了一半，突然又說：「就這樣吃是不是太單調了？要不要搞點什麼BGM？」

「不然你們誰來唱首歌吧？」黃書傑提議。

包坤瘋狂搖頭：「算了吧，你們幾個的唱歌水準……還是別了。」

「誰說的？洛哥唱歌不是很好聽嗎？」黃書傑不服。

湯建銳：「那也得要洛哥願意唱才行，求他都不一定有用。」

祝燃抬抬下巴：「你們平時求他也不一定有用，但今天……不是有周安然在嗎？」

周安然：「……？」

陳洛白隨手抓了包洋芋片朝他扔過去，笑罵：「鬧什麼，不知道她臉皮薄啊。」

「她臉皮薄不薄，」祝燃笑嘻嘻地接過洋芋片，「你知道就好了啊。」

邵子林：「嘖嘖嘖，洛哥護得真緊，都不讓別人打趣。」

「就是說啊。」湯建銳附和，「你唱首歌我們就不鬧了。」

「對啊，嫂——」黃書傑輕咳一聲，「周安然都還沒聽過你唱歌呢。」

陳洛白偏頭看向旁邊臉微紅的女生：「想聽嗎？」

周安然確實沒聽過他唱歌，聞言點點頭：「想聽。」

「想聽什麼？」陳洛白問她。

周安然不知道他會唱什麼：「都行。」

陳洛白拿出手機翻了翻。

很快，舒緩的伴奏聲響起，隨即是男生低沉好聽的聲音。

是一首粵語歌。

周安然聽不懂歌詞，但她就坐在陳洛白旁邊，可以看到他手機螢幕上的歌詞。

「你何以始終不說話，儘管講出不快吧。事與冀盼有落差，請不必驚怕。我仍然會冷靜聆聽，仍然緊守於身邊，與你進退也共鳴。」

這首歌的調子起伏不高，被他這麼低低地唱出來，有種娓娓道來的動聽。

剛才還喧鬧無比的半山腰又安靜了下來。

「仍然我說我慶幸。」

這一句唱完，周安然看見一直垂眸看歌詞的男生，突然偏頭朝她看過來。

陳洛白唇角像是很淺地勾了下。

目光對視間，周安然接著唱了下一句——

「你永遠勝過別人。」

一首歌唱完，周安然的心跳快了不少。

湯建銳又拿起了一隻雞腿：「我錯了，這哪是唱歌，這明明就是放閃現場。」

「就是說啊。」黃書傑舉手，「強烈要求洛哥不准再唱了。」

陳洛白把收手機一收：「你們是不是有毛病？不是你們求我唱的嗎？」

「你自己想唱給周安然聽，可別拿我們當幌子啊。」祝燃拆穿他。

周安然：「……？」

嚴星茜見不得他們老是拿自家姐妹打趣，解圍道：「那不然都別唱了，我放點歌當 BGM 吧。」

男生們也沒反對。

「也行。」

「反正重點是吃的。」

嚴星茜打開音樂播放器。

歌曲的第一句很快在眾人耳邊響起。

『當我和世界不一樣，那就讓我不一樣。』

這首歌紅遍大街小巷，學校的廣播室經常會在清晨或下午播放這首歌，幾乎沒人不會唱，到了副歌的時候，不知道是誰起頭跟著哼了一句，最後莫名變成了大合唱。

「我和我驕傲的倔強，我在風中大聲地唱，這一次，為自己瘋狂，就這一次，我和我的倔強。」

最後這頓野餐，一直從上午十一點，慢吞吞地吃到了下午一點半。

一群人也沒急著回飯店。

有人湊在一起，就著剩下的食物玩起了桌遊；有人結伴去一邊拍照；也有人去溪邊玩水……

還有兩個人躺到了鋪好的長墊上曬太陽。

下午的日光比上午更炙熱。

曬了一會兒，周安然覺得臉有點熱，想伸手擋一下，又懶懶的不太想動。

不知道是不是某種心有靈犀，一隻大手突然伸過來擋在她臉前，小小的一片陰影覆蓋在她臉上。

陳洛白的聲音在離她很近的地方響起：「為什麼偷偷往我抽屜裡塞兩顆糖果？」

周安然看著他手心上細細的紋路，輕聲回應：「因為你那天看起來很不開心。」

「就因為這個？」陳洛白問。

周安然：「嗯。」

陳洛白安靜一秒：「妳傻不傻啊？」

周安然：「……？」

男生的手突然撤開，眼前的陰影消失，隨即有更大一片的陰影覆蓋下來。

周安然愣愣地看向半懸著身、擋在她身前的男生：「你幹嘛呀？」

陳洛白：「張嘴。」

周安然：「……你到底要幹嘛？」

「先張嘴。」陳洛白頓了頓，忽然勾唇笑了下，「反正不會是親妳，我不是說了嗎？我答應過老高，在畢業前不會正式跟妳談戀愛。」

周安然：「！」

她的臉瞬間通紅，不由瞪了他一眼。

陳洛白笑得肩膀發抖。

這個人每次一欺負完她，心情好像就格外好。

「不張嘴，我就真的要親妳了啊。」

周安然：「……！」

她急忙張了下嘴。

有什麼東西被塞到了嘴裡。

微酸的檸檬口感，有小小的氣泡在口腔炸開。

好像是那款檸檬汽水糖。

但她沒心思品嘗，因為男生剛才往她嘴裡塞糖果的時候，指尖不小心碰到了她的唇瓣。

周安然的臉燙得厲害，心裡像是有一堆小氣泡炸開。

陳洛白突然在這時候低頭靠過來。

周安然呼吸微滯。

距離越來越近，近到陳洛白幾乎能看清女生緋紅小臉上細細的絨毛，他指尖蜷了蜷，上面似乎還留有剛才的柔軟觸感。

兩人之間的距離只剩幾公分而已。

陳洛白停下來，喉結滾了下，指尖收緊。最後還是選擇退開，重新平躺回長墊上。

天空很高，一朵綿軟的白雲慢悠悠地飄過。

周安然緩了下呼吸和心跳，聽見男生的聲音再次在很近的地方響起，和運動會那天上午一樣，帶著點懊惱，又像是在壓抑著什麼。

「快點畢業吧。」

周安然緩和的心跳又重新加快。

雲朵還在天空緩緩飄動，陽光晃眼又溫暖。

有片刻，兩個人都沒再說話。

直到祝燃的聲音在不遠處響起：「陳洛白，你們說完了沒，過來溪邊玩。」

嚴星茜也喊了一聲：「然然，妳快來，這裡的水好清澈，還有好多魚。」

陳洛白側過頭：「過去嗎？」

周安然點頭：「去吧。」

從草地上站起來後，陳洛白突然反身朝她伸出手。

周安然把手交給他，然後被他拉住手腕。

兩人一起迎著陽光，跑向溪邊。

後來的日子確實過得飛快。

這次期中考，周安然前進了好幾個名次，頭一次考進年級前四十。

之後陳洛白依舊會講解題目給她聽，她也會頻繁地換到他的位子上。

某次，張舒嫻聽著從後面傳來的講題聲，偏頭看了祝燃一眼：「他們兩個不談戀愛，天天都在認真讀書，是不是襯得我們兩個好像很平庸似的？」

祝燃贊同地點點頭：「深有同感。」

張舒嫻：「陳洛白講的這題，其實我也做錯了。」

祝燃：「我也是。」

他說完伸手撞了撞後排的課桌：「姓陳的，反正你們是在講解題目，不是在聊什麼悄悄話，不介意的話，讓我們一起聽一下吧？」

陳洛白抬頭，眉梢輕輕一揚：「想聽就聽啊。」

從這之後，就變成了他一個人在講解題目，周安然和坐前排的祝燃、張舒嫻一起聽。

周安然需要他幫忙講的題目不多，也不希望耽誤他學習，最後乾脆把時間固定在晚自習開始前的二十分鐘，有需要他講解的題目，他就幫忙講一下，沒有的話，他們就坐在一起，各自寫自己的作業。

再後來，湯建銳幾人也常過來聽他講解。

有一次教務主任趙啟明路過二班，看到一大群人圍在一起，還以為他們在偷偷搞什麼小動作，輕著動作走進來偷聽了幾分鐘，最後又一臉欣慰地背著手出去了。

後來在某個升旗典禮上，趙啟明還當眾表揚了他們班的學習風氣非常好。

周安然悄悄看見祝燃在底下憋笑憋得臉都紅了。

他旁邊那個人倒是一臉風輕雲淡，只在抓到她的目光時，衝她揚了下眉。

等到下一次月考，周安然的成績又前進了好幾名。

再一晃眼，整個學期就過完了。

期末考後照舊是班會課。

結束後，周安然不再需要像去年那樣，要偷偷觀察他收拾東西的進度。

陳洛白收好自己的東西後，就側靠在她桌邊等她收東西。

她也不用再悄悄跟在他身後，而是跟在他身邊，和她的朋友，還有他的朋友們一起走出校門。

出校門後，他也沒立刻和她分道而行，而是一路把她送到了公車站前。

周安然也終於有勇氣對他說出，去年只敢放在心裡的那兩句話：「新年快樂，下學期見。」

陳洛白盯著她看了兩秒，突然抬手在她臉上掐了一把。

周安然捂了捂臉頰，皺著鼻子抬頭看他。

男生還是那副欺負她之後就格外愉悅的模樣，唇角勾著明朗且少年氣十足的笑意：「別下學期見了，寒假也見一見吧。」

寒假還是有寫不完的作業。

周安然還沒等到和他見面，先等來一個好消息——

周顯鴻辭了伯父那邊的工作，明年將會入職銘盛總部。

成功辭職那天晚上，何女士高興得做了一大桌子的菜以表慶祝。

周安然跟爸爸媽媽吃完這頓晚後，陪著他們在客廳稍微聊了一會兒，然後就回到了自己的房間，悄悄把手機拿出來，傳了一則訊息給去北城親戚家做客的某人。

周安然：『跟你說個好消息。』

那邊回得很快。

C：『想我了？』

周安然臉一熱：『才不是。』

C：『這樣啊，那我也不想妳了。』

周安然唇角彎了下：『跟你說正經的。』

C：『嗯，說吧。』

周安然：『我爸爸快要換工作啦，還是之前他要去的那家公司，不過這次是在南城總部。』

C：『那不是得慶祝一下？』

周安然剛想和他說，她媽媽今天做了一大桌子的菜來慶祝，他的訊息就突然跳了出來。

C：『今天太晚了，明天我請人把禮物送過去給妳。』

周安然在第二天中午就收到了他的禮物。

拆開包裹，裡面是一個小小的禮盒，小禮盒裡裝的又是一個兔子吊飾。

和她書包上掛的那隻的款式有點相近，但形狀小了很多，大概只有她四分之一的巴掌大小。任何東西變得小小隻，可愛值似乎就會瞬間加上無限倍。

周安然輕輕地把小兔子從盒子裡拿出來，正打算掛到手機上，就看見兔子底下還有張賀卡。

她把兔子放到一邊，打開賀卡。

上面是無比熟悉的字跡——『送給我無情無義、一點都不想我的前座鄰居。』

最終和他見上面是在春節後，他們一大群人一起約著去看賀歲片。

周安然跟嚴星茜她們去買奶茶的時候，還特意問他要不要喝，他說不要。

可等到電影放到一半，周安然就感覺到他身上清爽的氣息瞬間靠近，聲音也在她耳邊很近的地方響起：「周安然，我渴了。」

周安然側頭，目光在昏暗的光線裡，撞進男生漆黑的眼中。

她也輕著聲：「開場前問你，你又說不要。」

陳洛白的目光在她手上的奶茶上落了一秒，聲音又壓低幾分：「我可以喝嗎？」

周安然耳朵悄然一熱，睫毛低低垂下來，手卻沒往回收。是默許的姿態。

一秒後，她手上的奶茶被那隻冷白修長的大手握住。

周安然看見男生低下頭含住了她的吸管。

臉在一瞬間變得滾燙。

那天的賀歲片只有六七分的水準，周安然過沒多久就忘了內容。

可那一刻心跳加速的感覺，和男生咬住她吸管時、朝她望過來的目光，她記了好久好久。

高二下學期，陳洛白戴著她送的護腕，帶領著二班拿下了校籃球賽的冠軍。

這一年周安然長高了不少。高三上學期一開學，周安然一到教室就發現，她的新座位和陳洛白臨在一起，也就是說，她跟某人正式成了隔壁鄰居。

因此這學期坐在她前面的張舒嫻，在開學第一天頻頻回頭，用一臉「我就這樣被妳拋棄了」的怨念表情看著她。

於是第二天一早，周安然就從家裡帶了何女士做的冰綠豆沙過來哄張舒嫻。

但哄好了張舒嫻，某人又不開心了。

男生的聲音淡淡地在她耳邊響起：「為什麼沒幫我帶？」

周安然早就熟悉他的口味，偏頭瞥他：「你又不喜歡喝。」

「誰說我不喜歡喝了？」陳洛白伸手搶走她手上的半杯。

進入高三後，時間好像就過得更快了，每天都是日復一日的枯燥學習，做不完的題海，和倒數計時器上不停減少的數字。

雖然很辛苦，但偶爾周安然寫題目寫累了，稍稍一偏頭，就能看見旁邊的男生正低著頭在認真寫題目，側臉帥氣又好看，是好像無論看了多少次，都還是會為他心動的模樣。

她就像是抓到了一點堅持下去的動力。

答應要和他一起考同一間大學的。

偶爾她低頭在認真寫題目時，會有一隻手從旁邊伸過來，往她嘴裡餵一顆汽水糖，大多時候是檸檬口味的，偶爾也會是其他水果口味。

小氣泡在嘴裡炸開的感覺格外提神醒腦。

可能是因為這些相處的小細節，後面再回想起這段日子，又覺得每一天都值得紀念。

高三上學期，周安然的成績已經穩定在年級前十。

他們大部分的人都留在二中考升學考，周安然和陳洛白也是。

但因為周顯鴻和何嘉怡一起請假過來陪考，周安然和他也沒什麼見面的機會，只在考試第一天的早上，悄悄和他見了一面。

兩天的考試就這樣過去了。

考試結束後，周安然走出校門，就看見在門外等待的兩位家長，都是一副想問又不敢問的神色。

她走到他們身邊。

「爸爸、媽媽。」周安然先叫了他們一聲，又主動說，「我考得應該還行。」

兩位家長齊齊露出欣慰且如釋重負的神情。

何嘉怡笑著問她：「今晚確定不回來吃飯了，是吧？」

周安然點點頭：「我和茜茜他們還有另一些同學約好要去吃飯。」

周顯鴻問：「需要爸爸和媽媽送妳們過去嗎？」

周安然又搖頭：「不用啦，我們大概有十幾個人，你們早點回去休息吧。」

「好。」何嘉怡又多交待一句，「那晚上別玩太晚，早點回來。」

周安然應下：「好的，媽媽。」

每到升學考這兩天，二中外面的車位就供不應求，他們今天比較晚到考場，所以停得比較遠。

周安然站在原地，看著父母的背影慢慢消失在視線中。

她的考場離校門最近，想著其他人這時應該也快要出來了，周安然正打算回頭，書包就被人從後面扯了一下。

這下連頭也不用回了。

周安然唇角彎起：「陳洛白，你又扯我的兔子。」

回答她的是一串愉悅的笑聲，他的手搭在她的肩膀上，聲音從側邊傳過來：「考得怎麼樣？」

「還行。」周安然側頭看他，「你呢？」

太陽還未下山。

金色的日光籠在男生輪廓分明的側臉上，他唇角也勾著點笑意，語氣還是猖狂得厲害：「普普通通吧，大概也就理科榜首的水準。」

周安然唇角翹起的弧度變大，又問他：「我們就在這邊等其他人嗎？」

陳洛白的目光在她唇邊的小梨渦上停了兩秒：「不等他們了吧，讓他們自己先去玩，那邊會有人招待他們，妳暫時跟我走？」

周安然眨眨眼：「要去哪裡呀？」

陳洛白也是臨時起意，他本來想等明天或是後天再找個時間單獨約她。但剛才那一刻，看她朝他笑得那麼甜，他突然就不想再等了。

「還沒想好。」他目光稍抬，隨即衝不遠處的公車站抬抬下巴：「去那邊的公車站，等一下哪輛公車先來，我們就上哪一輛，一路坐到終點站，如何？」

周安然不是喜歡未知和冒險的性格，但有他陪著一起，未知和冒險好像也變得讓人期待，

「好。」

兩人朝公車站走去。

還沒到站，有輛公車突然駛近。

「就這輛吧。」陳洛白說。

周安然還沒反應過來，也沒來得及看清公車號碼，手腕已經被男生拉住，被他帶著跑到了車站，從前門上了車。

等刷完卡到後排落坐時，周安然的心跳依舊快得厲害。

公車上只有寥寥幾人。周安然還沒調整好心跳和呼吸，又聽見陳洛白的聲音在耳邊響起：「運氣還不錯。」

周安然偏頭看他：「什麼？」

陳洛白用下巴指指一旁的路線圖：「最後一站剛好是個公園。」

周安然順著看過去，眼睛也亮起來：「真的耶。」

這班車的起點離學校不遠，離終點站有二十多站。

公車搖搖晃晃地向前，時間也緩緩前行。

到終點站時臨近日落，晚霞是大片橘子汽水的橙色。白日的暑氣散了少許，公園裡植被密

布，氣溫明顯比外面低上幾度。

進去後，陳洛白先租了一輛自行車。周安然坐在他後座，手拽著他的白色T恤，被他載著逛了小半圈。

然後兩個人一起去公園裡面吃了一頓，有史以來吃過最難吃的晚餐，最後都沒吃飽，又一起去路邊攤買了兩根玉米填肚子。

吃完他們走到湖邊去坐遊船。

周安然抬頭看晚霞，旁邊的男生低頭握住她的手。

下船後，兩人的手心都起了汗，但誰都沒主動鬆開。

因為剛才那頓晚餐太難吃，他們對公園的奶茶店也產生了一點疑慮，最後還是去旁邊的便利商店買汽水。

陳洛白拿了瓶可樂，周安然拿了和晚霞同款的橘子汽水。

牽在一起的手也沒鬆開，兩人十指緊扣著，一路走去坐摩天輪。

因為還要回去和其他人會合，兩人沒排隊，直接買了快速通關的票券。這邊正好是雙人車廂，他們不用和其他陌生人同乘。

車廂緩緩升起，城市被拋在腳下。暮色早已降臨，城市亮起的萬家燈火像碎在地面的星星。

周安然低頭看了會兒夜色，又感覺旁邊男生的目光始終都落在她身上，她不由偏了偏頭，目光撞進他漆黑深邃的眼中。

「周安然。」陳洛白叫她的名字，聲音壓得有些低，「汽水今天被扣在下面了。」

沒頭沒尾的一句話，周安然卻瞬間明白了他的意思，心跳也在這剎那間逐漸加快。

陳洛白手撐在座椅上，低頭朝她靠近，聲音仍輕著：「可以嗎？」

周安然呼吸微屏，心跳越發喧囂，就像運動會那天，他在圍牆邊逼問她，是不是喜歡他時那樣，她緩了下心跳，還是很輕地回了他一聲：「嗯。」

車廂還在慢慢上升。

在升至摩天輪頂端的那一瞬，陳洛白低頭吻住了她。

很輕的一個吻。

先是輕輕貼著她的雙唇，而後含著她的唇親了片刻，最後很輕地咬了下她的唇瓣。

陳洛白這才稍稍退開，額頭抵著她的額頭，「再不畢業，我就要瘋了。」

07

高二那年，他們為了野餐創立的群組一直沒解散。

升學考分數出爐的那天下午，群組格外熱鬧，臨近下午四點，結果近在眼前，可能是因為緊張，群組裡的聊天速度更是接近洗版。

祝燃這個話癆一個人就能洗掉半個聊天室。

祝燃：『靠，我超他媽緊張。』

祝燃：『怎麼才三點五十分啊？我感覺已經過去了一世紀。是不是我手機壞了？』

祝燃：『你們那裡幾點了？』

C：『你手機沒壞，腦子可能壞掉了。』

祝燃：『……你出來幹什麼？我不想在這時候看到你。』

周安然正坐在家中客廳裡。

周顯鴻和何嘉怡特意請了兩小時的假回來陪她查成績，兩位家長早已開好電腦嚴陣以待。

周安然受他們影響，本來也緊張得不行，此刻看著這兩個人在群組裡鬥嘴，心情才稍稍緩下來。

祝燃：『@所有人。』

祝燃：『我們把這個不用擔心成績的人踢出群組吧。』

祝燃：『他現在跟我們不是一個戰線的了。』

周安然唇角不自覺彎了下。

陳洛白昨天就已經提前接到了AB兩所大學的招生電話，A大招生組的人提前一個小時就抵達他家，據說B大招生組馬上就會到，雖然沒透露具體成績，但從兩邊早早開始搶人的架勢來看，就能得知他的分數肯定不低。

祝燃昨天剛好在他家玩，他知道，他們群組裡所有人就都知道了。

周安然知道他一直屬意A大法學院，她自己也更偏向於A大的生科院，他們兩人私下早有默契，只看她能不能穩住成績。

祝燃還在群組裡洗版。

祝燃：『我們來舉手表決。OK，全數通過。』

湯建銳：『老祝，你代表我們都投通過沒關係，但你是不是忘了群組裡有一個人肯定不會通過的。』

黃書傑：『那個人肯定不會通過，加一。』

包坤：『那個人是誰呢？』

邵子林：『那個人是誰呢？』

盛曉雯：『那個人是誰呢？』

嚴星茜：『那個人是誰呢？』

張舒嫻：『當然是我們聰明溫柔又漂亮的然然寶貝啦。然然，我們要把妳男朋友踢出群組，妳同不同意啊？』

周安然：「……？」

這群人從高二就開始打趣他們，怎麼到現在都還沒膩？

她耳朵尖一熱，把手機往旁邊藏，避開兩位家長的視線，正想著要怎麼回，他的訊息就先跳出來。

C：『你們夠了啊。』
C：『本來還想點奶茶請大家喝的。』
湯建銳：『洛哥我錯了。』
黃書傑：『（對不起.jpg）。』
盛曉雯：『（我這就閉嘴.jpg）。』
嚴星茜：『（我這就閉嘴.jpg）。』
張舒嫻：『（我這就閉嘴.jpg）。』
C：『把地址傳給我，想喝什麼就說。祝燃沒份。』
祝燃：『一杯奶茶而已，你當我稀罕啊？』
祝燃：『我還真就稀罕了。』
祝燃：『洛哥我錯了……』
祝燃：『哦，忘了你心黑手狠，求你沒用，我求另一個人吧。』
祝燃：『大嫂我錯了@周安然。』
周安然：「……」
這哪是認錯？明明是藉機打趣。
周安然的小臉又是一熱。
周安然：『你別亂叫@祝燃。』

C：『這不算亂叫吧。』

周安然：「……？」

就這麼插科打諢，最後的十分鐘終於過去。

四點剛到，兩位家長就提醒她趕緊查成績，周安然把手機放到腿上，點進官網，但這時候查成績的學生爆滿，網站根本打不開，一直處於載入狀態。

周安然的心慢慢提到嗓子眼。

放到腿上的手機這時又響了一聲。

周安然低頭，看見是陳洛白傳了一則訊息給她。

大概是他的分數。

雖然知道他的分數肯定穩進AB兩所大學，但周安然知道他絕對不止穩進AB兩所大學而已。

她抬頭看了仍在載入的網站一眼，低頭點開他的訊息。

看清他傳來的照片時，周安然倏然愣住，隔了兩秒才反應過來似的，難得情緒外露地抱住了旁邊的何嘉怡。

「媽媽，我考了七百分。」

比她預想中的還要好。

何嘉怡也愣住：「什麼七百分，網頁不是還在載入嗎？」

周安然鼻尖莫名發酸：「七百分，我同學幫我查了。」

她的身分證號碼和准考證號碼，陳洛白都倒背如流。

陳洛白沒先查自己的成績，先幫她查了她的成績。

雖然知道自己應該考得不錯，但分數出來的這一刻，她才終於有種塵埃落定的踏實感。

她真的能和他上同一間大學了！

和父母分享完喜悅，周安然重新拿起手機，正想問他有沒有查出自己的成績，他的訊息先一步跳出來。

周安然打開他傳來的截圖，一眼看到底下的總分。

七百一十七分。

確實很高，但是……

像是猜到她想知道什麼，陳洛白又傳了一則訊息過來。

C：『全國第一。』

周安然手機差點沒拿穩，她又一把抱住旁邊的何嘉怡。

「怎麼又突然抱住媽媽？」何嘉怡的眼眶還有點溼潤，笑著拍了拍她後背，「考了個好分數，就這麼興奮啊？」

「不是，我們班——」周安然有點語無倫次，「我同學，他考了全國第一。」

何嘉怡驚訝道：「這麼厲害啊？」

周安然在心裡默默接了一句。

他就是這麼厲害！

之後是嚴星茜、盛曉雯、張舒嫻、祝燃……大家的成績都陸續出爐。

有人超常發揮，有人正常發揮，但在他們的群組裡，沒有一個人發揮失常。

所有人的努力都沒有被辜負。

再之後是填寫志願，等錄取，一切的一切都塵埃落定後，壓在頭上名為升學考的大山挪開，突然就只剩下熱烈無比的夏天和一個漫長的、可以肆意揮霍的暑假。

於是畢業旅行自然而然就被安排進了行程。

野餐的群組再次熱鬧起來，董辰和賀明宇也被拉了進來。

有人提議去南邊看海，卻被否決。

畢竟南城都熱得要命了，還跑去更南邊？肯定會被曬死。

又有人提議去北邊看海，也被否決。

升學考之後的夏天，好像總該做點瘋狂的事情。

最後定下了川藏自駕遊。

當然，他們不可能真的自駕，畢竟一行人都沒來得及考駕照。

最終是陳洛白的家人幫忙找了一個專業團隊帶他們。

因為對方經驗老到，準備充足，旅行的一路，他們都沒有出現過太嚴重的高山症。

高山症也是周安然在來之前最擔心的事情，好在除了一開始有點不舒服以外，之後的全程她都適應得很好。

他們的旅程正好撞上一場流星雨，於是把最後一站定在魚子西。

一行人訂了四個帳篷，當天晚上，十二個人排成一排坐在帳篷前。

這邊視野開闊，抬頭就是密布的繁星在夜空中閃耀，不用等流星雨開始就已經美不勝收。

周安然從沒見過這樣壯闊的星空，眼睛都沒捨得眨一下，因而第一顆流星閃過的時候，她立刻就發現了。

她想也沒想地直接拉住拉陳洛白的手，往上一指：「流星。」

陳洛白沒抬頭，目光朝她落過來，只覺得她的眼睛比星星還要亮。

他反握住女生的手，又鬆開，笑著輕聲道：「不是要許願嗎，還不快點？」

周安然也偏頭看了他一眼，然後合掌許願。

那晚的流星璀璨又絢爛。

等到流星雨結束，周安然感覺旁邊的男生朝她靠過來，清爽的氣息襲來，他的聲音在她耳邊很近的地方響起。

「許了什麼願？」

周安然的耳朵尖熱了下，側頭瞥他一眼，小聲說：「說出來就不靈了。」

陳洛白：「那就不說——」

周安然稍稍鬆了口氣。

卻聽見他緩緩接道：「只要告訴我是不是和我有關的就好了。」

周安然的臉也熱起來，卻還是誠實地點了點頭：「許了兩個和你有關的。」

夜空下，男生唇角很明顯地彎了起來。

周安然忍不住小聲問他：「那你呢？」

陳洛白看著她沒說話。

周安然眨眨眼。

男生伸手在她臉上掐了下，語氣還是猖狂得厲害：「這還用問嗎？別的願望我自己都能實現，只許了和妳有關的。」

周安然的唇角緩緩翹起。

祝燃的聲音在不遠處響起：「你們兩個在說什麼悄悄話呢？」

陳洛白倚在座椅靠背上，懶懶地抬了下眼：「知道我們在說悄悄話，你還有臉打擾？」

「當我們多想被閃似的。」祝燃翻了個白眼，從座位上起身，「懶得當被嫌棄的電燈泡了，撤了。」

盛曉雯裝模作樣地打哈欠：「好睏啊，茜茜、舒嫻，我們先去睡吧。」

「走走走。」湯建銳也站起來，「我們進去打一下牌。」

剩下幾個男生也都進了帳篷，賀明宇走在最後，回頭看了一眼，又克制地收回了視線。

轉眼間，帳篷外只剩周安然和陳洛白。

陳洛白抬手幫她撥了撥被風吹亂的頭髮，聲音很低：「睏不睏？」

周安然搖搖頭。

陳洛白朝她張開雙手：「那過來我抱一下？」

周安然站起身，走到他身前。

他們已經抱過好幾次，但坐到他腿上的抱法還是頭一回，周安然有點不好意思，想回頭看看其他帳篷的遊客還在不在。

剛一轉頭，腰就被一隻大手攬住，她瞬間跌進男生的懷裡。

陳洛白抱著她笑得不行：「別看了，全都進去了。」

周安然紅著臉「哦」了一聲，把頭埋到他肩膀上。

「然然。」陳洛白低聲叫她。

周安然：「怎麼啦？」

陳洛白仍輕著聲，像蠱惑：「妳不抬頭看我一眼嗎？」

周安然忍不住抬起頭。

還沒來得及看清他的臉，男生的唇已經壓了上來。

周安然攥在他衝鋒衣上的指尖倏然收緊。

這不是第一次和他接吻。

他第一次親她是在升學考結束那晚的摩天輪上。

第二次是在謝師宴，全班一起聚在一個大包廂。她在中途被他騙出去，在漆黑的消防通道裡跟他接了個很短的吻。

在這趟旅程中，他也親了她好幾次。

但心跳還是在一瞬間就快得無以復加。

頭頂是浩瀚星海，他們在星空下靜靜接著吻。

過了許久，陳洛白才稍稍退開。

男生唇角勾著點笑意，上面似乎還有些許水光，他低聲叫她的名字：「周安然。」

周安然的臉燙得厲害，呼吸亂，腦子也亂，什麼都是亂的，隔了幾秒，才很輕地應了一聲：「嗯。」

陳洛白的額頭與她相抵：「那句話，我想聽妳親口跟我說一遍。」

周安然猜到他想聽什麼，一時間發現她的臉居然還能變得更燙，裝傻道：「我不知道你在說什麼。」

「是嗎？」陳洛白在她緋紅的小臉上掐了下，「要不然……我一個字一個字地教妳？」

周安然：「……？」

陳洛白：「我。」

男生垂眸很近地望著她，於是那雙黑眸就顯得格外深邃且專注。

周安然分不清是不是被他蠱惑，還是她其實也想親口告訴他一次，她跟著他一起念：

「我。」

陳洛白：「喜。」

周安然：「喜。」

「歡。」

「歡。」

「你。」

「你。」

陳洛白唇角勾了下，輕著聲像是在哄她：「合起來念一遍。」

周安然張了張嘴，卻還是沒好意思完整地說出來。

「不說也可以。」陳洛白頓了下，目光又在她唇上落了一秒，「那妳張嘴讓我親。」

周安然：「……？」

「給妳三秒的時間做選擇。三、二——」

周安然：「！」

大腦好像自動幫她在兩個都很羞恥的選項中，挑出羞恥度更低的那個。

她脫口而出：「我喜歡你！」

最後一個「你」字剛念完，陳洛白重新低下頭，舌尖探進她的牙關，像是怕嚇到她，很輕也很克制地和她舌尖碰了碰，持續不到一秒的時間，他又重新退出來。

周安然的臉又燒得更厲害，她皺了皺鼻子：「你怎麼又耍賴？」

陳洛白的眼底全是笑意，理所當然的語氣：「誰叫妳當初騙我。」

周安然：「我哪有騙你？」

他怎麼還倒打一耙？

陳洛白又不輕不重地捏了下她的臉頰：「籃球賽明明是妳幫我的，妳騙我是嚴星茜。偷偷塞糖果到我抽屜裡，也一直不告訴我。還有那天送藥給我，我要是沒及時拉住妳，妳是不是打算逃跑？」

周安然開始心虛，聲音逐漸變小：「這都多久以前的事情了？」

陳洛白突然低頭在她唇上咬了一下：「妳知道我有多後怕嗎？要是我一直都沒發現該怎麼辦？」

周安然還是第一次聽他說「怕」這個字。

她心裡瞬間又酸又軟，像是突然鼓起某種勇氣似的，她頭一次主動伸手，緊緊抱住了他，腦袋靠在男生的肩膀上，輕著聲說：「沒有那種如果，你就是發現我了呀。」

你發現了我，你也喜歡我，我青春裡最美好的夢就成真了。

——番外〈如果重來〉完結——

高寶書版集團
gobooks.com.tw

YH 147
檸檬汽水糖（下）
作　　者　蘇拾五
封面繪圖　阿殁Amo
責任編輯　眭榮安
封面設計　也　津
內頁排版　賴姵均
企　　劃　何嘉雯

發 行 人　朱凱蕾
出　　版　英屬維京群島商高寶國際有限公司台灣分公司
　　　　　Global Group Holdings, Ltd.
地　　址　台北市內湖區洲子街88號3樓
網　　址　gobooks.com.tw
電　　話　(02) 27992788
電　　郵　readers@gobooks.com.tw（讀者服務部）
傳　　真　出版部(02) 27990909　行銷部 (02) 27993088
郵政劃撥　19394552
戶　　名　英屬維京群島商高寶國際有限公司台灣分公司
發　　行　英屬維京群島商高寶國際有限公司台灣分公司
初　　版　2024年2月

本著作物《檸檬汽水糖》，作者：蘇拾五，由北京晉江原創網絡科技有限公司授權出版。

國家圖書館出版品預行編目(CIP)資料

檸檬汽水糖 / 蘇拾五著. -- 初版. -- 臺北市：英屬維京群島商高寶國際有限公司臺灣分公司, 2024.02
冊；　公分. --

ISBN 978-986-506-878-3(上冊：平裝). --
ISBN 978-986-506-879-0(中冊：平裝). --
ISBN 978-986-506-880-6(下冊：平裝). --
ISBN 978-986-506-881-3(全套：平裝)

857.7　　112014111